그 남자네 집

그 남자네
집

박완서 장편소설

현대문학

《현대문학》이 창간한 지 50주년을 맞게 된다는 소리를 듣고부터 그때에 맞춰 소설책을 한 권 내보고 싶다는 생각을 하게 되었다. 강요된 바도, 계약 따위 절차를 밟은 바도 없건만 한번 그런 생각이 들고부터는 스스로 그 생각에 얽매이게 되었다. 왜 그랬을까. 아마 사랑 때문이었을 것이다. 아니, 사랑은 너무 과장되고 어떤 기억 때문이었을 것이다. 기억 중에는 갚아야 할 것 같은 부채감을 주는 기억도 있는 법이다.

50년대 초, 내가 결혼해서 시집살이를 한 동네는 좁고 꼬불탕한 골목 안에 작은 조선 기와집들이 처마를 맞대고 붙어 있는 오래된 동네였다. 특별히 가난할 것도 넉넉할 것도 없는 평범한 주택가였지만 전쟁이 막 끝난 때니만큼 사는 모습들은 제각기 치열하고도 남루했다. 출구가 보이지 않고, 막무가내로 답답하기만 한 시절, 어느 날 우리 집에서 멀지 않은 한 동네 낡은 조선 기와집에 '現代文學社'란 간판이 붙었다. 워낙 살기가 어려울 때라 살림집도 길목만 좋으면 한쪽 벽을 헐고 구멍가게를 내는 일이 흔했다. 그런 동네 구멍가게와 다름없는 집에 그 간판이 붙자 그 집뿐 아니라 그 골목까지 갑자기 찬란해졌다. 그 남루하고 척박한 시대에도 문학이 있다는 게 그렇게 내 가슴을 울렁거리게 했다. 문학 때문에 가슴이 울렁거리고 나면 피가 맑아진 것 같은 느낌이 들곤 했다. 그때 문학은 내 마음의 연꽃이었다. 진흙탕에서 피어난 아름다움이었고, 범속하고 따분한 일상에 생기를 불어넣는 힘이었다. 이건 물론 '현대문학사'라는 고유명사가 아니라 문학에 바치는 헌사獻詞이다. 그러나 모든 것이 무너져 내리고 남아 있는 거라고는 살아남기 위한 아귀다툼밖에 없던 시절, 문학이 그 누추한 삶을 뛰어넘을 수 있는 힘이 될 수 있다고 믿고 전후 최초의 문예지를 창간한 현대문학사에 대한 고마움과 사랑도 한번 근사하게 나타내고 싶었다. 그래서 시작한 이 소설은 지지난해《문학과 사회》에 발표한 동명의 단편 「그 남자네 집」에 기초하고 있다. 단편으로 발표하고 나서 연작으로 몇 편을 더 이어 쓰고 싶은, 집착에 가까운 애정을 느꼈고, 그걸 이기지 못해 마침내 장편이 되었다. 거기다가《현대문학》50주년에 맞추고 싶다는 욕심까지 부리게 되어 지난여름은 힘이 많이 들었지만 다 쓰고 나니 내 안에서 중요한 게 빠져나간 것처럼 허전하다. 힘든 것도 있었지만 이 소설을 쓰는 동안은 연애편지를 쓰는 것처럼 애틋하고 행복했다. 이 나이에 연서를 쓰는 기쁨과 고통을 누리게 해준 현대문학사에 감사하며 번영과 장수를 빈다.

마지막으로 살림집의 번잡스러운 일상사로부터 이 늙은 작가를 격리시켜 안전하게 보듬고 편안한 작업환경을 마련해준 원주의 토지문화관에 고마움과 그리움을 전하고 싶다.

2004년 10월

박완서

1

아파트에 살던 후배가 땅 집으로 이사 간다고 하길래 덮어놓고 잘했다고 말해주긴 했지만 정작 어디다 집을 샀는지 동네 이름은 별로 귀담아듣지 않았다. 무심한 것도 일종의 버릇인가 보다. 내 노쇠 현상의 특징이 이름이나 숫자에 대한 현저한 기억력 감퇴라는 걸 알게 되면서부터 그런 것들은 아예 건성으로 듣게 된 게 버릇이 된 듯싶다. 그 대신 어떻게 생긴 집이며 마당은 있는지, 방은 몇 개고 전망은 어떤지에 대해서는 꽤 꼬치꼬치 알고 싶어 했다. 사실 말하고 싶은 건 그게 아니었는데.

나도 수년 전 오랜 아파트 생활을 청산하고 단독으로

이사를 했다. 포장이사라 힘들 일이 없었는데도 내 생애의 마지막 이사라고 스스로에게 되풀이 다짐을 했다. 힘이 안 들 줄 안 게 끝마치고 나니 오히려 녹초가 되었다. 내 머릿속에 힘드는 일이라고 붙박인 일이 조금도 힘 안 들이고 돼가는 걸 보는 것이 그렇게 피곤했다. 땅 집에 누운 첫날밤 이상한 피로에 겹쳐 도대체 뭘 찾아 먹으려고 여기까지 왔나, 내가 저지른 일이 하도 한심하고 딱해 잠을 이루지 못했다. 아름다운 전망, 상쾌한 공기, 조용한 환경, 적당한 고독, 그런 것들은 오랫동안 내가 꿈꾸던 것이 아니던가. 그 밖에 뭘 더 바랐을까. 온갖 편리한 기능이 구비되고 투자 가치까지 보장된 아파트에 살면서 줄곧 이게 아닌데 싶었다면 이게 아닌 저것은 뭐였을까. 나만의 비밀스럽고 고유한 추억이 점점 안 중요해지다가 마침내 아무것도 아닌 게 돼버리는 텅 빈 느낌이 아파트 탓이 아니듯이 땅 집은 그런 것을 저절로 품고 있는 것도 아닐 것이다. 지은 지 얼마 안 되는 단독주택일수록 아파트의 구조와 기능을 그대로 본떠 불편한 점이 조금도 없을 것 같지만 건물을 관리하는 책임은 전적으로 집주인에게 달려 있다. 수도꼭지 하나 갈아 낄 능력이 없는 위인이라는 사실을 왜 이제야 깨달았을까. 실은 이사 온 첫날 밤의 불안 중 그게 가장 공포스러웠다. 다행히, 마침 봄이었다.

다음 날 아침 마당에 내려서자 여서 제서 흙을 뚫고 솟아오르는 여리고 예쁜 싹들이 보였고, 그것들이 이 세상 빛을 보길 참 잘했다고 저희끼리 좋아라 하는 소리가 들리는 듯했다. 그건 나만이 알아들을 수 있는 소리였기에 내 안에서도 땅 집에 이사 오길 잘했다는 화답이 샘솟는 듯한 느낌이 왔다. 예기치 않은 기쁨이요 위안이었다. 후배는 나보다 20년은 아래다. 실리와 편리를 둘 다 희생하고 얻은 게 기껏 봉숭아나 채송화 나부랭이라 해도 하나도 손해 볼 것 없는 나이가 되려면 아직 아직 멀었다. 그런 조심스러운 의구심 때문에 도대체 당신은 뭘 찾아 먹으러 그 좋은 아파트 놔두고 땅 집에 가려는 거야? 라는 난폭한 질문을 예비해놓고 있는지도 몰랐다. 내가 속으로 무슨 생각을 하건 말건 후배는 예정대로 이사를 했고 낯선 동네의 새로운 풍경을 얘기해주었다. 주로 점잖은 중산층들이 모여 사는 오래된 주택가라 분위기가 가라앉아 있을 줄 알았는데, 대학이 가까워서 그런지 온종일 창밖만 내다보고 있어도 그 활기 때문에 심심한 줄 모른다고 했다. 대학

이름을 물었더니 성신여대라고 했다.

성신여대면 돈암동에 있을 텐데? 나는 좀 놀란 소리로 물었다. 그렇다고 했다. 그러나 지금은 여러 동으로 나뉘어져 제각기 다른 이름으로 불리고 있었고 후배가 가르쳐준 건 새 이름이었던 것이다. 나는 그쪽 지리에 훤했다. 위치를 자세히 물어보니 성신여대와 성북경찰서 사이인 게 분명했다. 내 처녀 적의 마지막 집도 성신여고와 성북경찰서 사이에 있었다. 내가 시집갈 무렵 친정집도 딴 동네로 이사를 가버려서 다시는 가볼 기회가 없었다. 기회가 있다고 해도 피했을 것이다. 나는 50년 전에 그 동네를 떠났다. 50년은 긴 세월이다. 돈암동은 외진 동네가 아니다. 도심에서 멀지도 않다. 혜화동 고개를 넘어 미아리, 길음동, 수유리로 통하는 대로를 거치는 일이 50년 동안에 어찌 한두 번만 있었겠는가. 그 길가에 내가 단골로 다니던 동도극장이 없어진 것도 오래전이다. 그게 없어진 걸 안 것은 버스나 전차의 차창을 통해서였을 것이다. 나는 그게 있던 자리가 허전해 허리를 비틀고 고개가 아프게 뒤돌아보았다. 그때 내가 안타깝게 배웅한 건 단지 극장 자리가 아니라 비 내리는 흑백 화면 속의 장 마레나 샤를 부아예였을 것이다.

그럼 후배가 이사 간 건 한옥이란 말인가. 한번 떠난 후 다시는 안 가봤기 때문에 오히려 생생하게 그 동네를 떠올릴 수가 있었다. 얌전하게 쪽 찐 노부인처럼 적당히 품위 있고 적당히 퇴락한 조선 기와집 동네를. 후배는 아니라고, 반지하와 2층은 세를 놓을 수 있게 지은 최신식 이층집이라고 했다. 그 동네도 한옥은 얼마 남아 있지도 않거니와 남아 있는 한옥도 조선 기와지붕만 겨우 남겨놓고 카페나 패스트푸드점, 의상실 등으로 구조 변경을 한 집이 대부분이라고 했다. 대학이 들어섰으니까 주택가가 대학촌으로 변한 건 당연지사라 하겠다. 그러면 그렇지, 내가 생생하게 떠올릴 수 있는 게 그 자리에 그냥 있었던 적이 어디 한 번이라도 있었던가. 서운하면서도 마음이 놓였다.

후배가 집 구경 오라고 날을 잡아주었다. 집수리와 마당 꾸미는 일 때문에 후배는 나에게 자주 전화할 일이 생겼고 그럴 때마다 나는 그가 묻는 말보다는 그 동네에 대해 이것저것 호기심을 나타내 보인 것을 어서 집들이하라고 조르는 줄로 알아듣고 부담스럽게 여겼나 보다. 초대한 손님은 나 혼자였고 아직 수리가 깔끔하게 끝난 상태가 아니니 점심은 집 근처에서 사 먹고 집에서는 차나 마시자고 했기 때문이다. 그가 성신여대역까지 마중을 나와주었다. 어디쯤이라고 말만 해주면 찾아갈 수 있다고 했는데도 나와준 건 고마운 일이었다. 그를 따라간 동네는 내 머릿속에 입력된 그 옛날의 돈암동이 아니었다. 가볍고 세련되고 없는 것 없고 활기가 넘치는 전형적인 대학촌이 거기 펼쳐져 있었다. 그 대학의 길지 않은 역사에 비해 활기가 부글부글 넘치지 않고 오히려 자제하려는 품격 같은 게 느껴지는 건, 아주 드물게 눈에 띄는 거긴 하지만 모던하게 꾸민 쇼윈도 위로 고즈넉하게 내려앉은 조선 기와지붕 때문인 듯도 싶었다. 내 기억은 조선 기와지붕, 그거라도 확실하게 거머쥐려고 허둥대고 있었다.

후배가 미리 답사까지 해보고 정했다는 음식점은 해물탕집이었다. 그의 선택은 탁월했다. 기본적인 몇 가지 해물에다 각종 야채와 양념을 기호에 따라 집어넣어가면서 손수 끓여 먹을 수 있는 잡탕은 시원하면서도 깊은 맛이 있었다. 값도 적당했다. 값싸고 맛있고 풍성하기까지 하니 최고의 식사였다. 통유리로 된 창가 자리여서 노천카페 같은 기분이 나는 것도 나쁘지 않았다. 요샌 뭐든지, 먹는 것도, 입는 것도, 돈 버는 것도, 사랑하는 것도 여봐란듯이 하는 세상이니까. 저만치 산 밑으로 성신여대의 높은 축대가 보였다. 내가 살던 돈암동 집도 골목만 나오면 꼭 그만한 각도로 그만큼 떨어져서 성신여고를 바라볼 수 있었는데. 그럼 내가 나의 옛 집터에서 점심을 먹었나. 기분이 이상해지려고 했다. 내가 그런 얘기를 했더니 후배는 그럼 자기 집으로 가기 전에 우선 내가 살던 집부터 찾아보자고 했다. 안감내安甘川만 찾으면 그 집을 쉽게 찾을 줄 알았다. 성북동 골짜기에서 발원하여 삼선교 돈암교를 거쳐 우리 동네 앞을 흐르던 개천을 우리는 그때 안감내라고 불렀다. 안감내는 수량이 풍부하고 맑아서 동네 사람들은 큰 빨래만 생기면 그리로 들고 나갔다. 개천과 나란히 난 천변길은 인도와 차도가 따로 있을 정도로 너른 한길이고 개천 쪽으로는 수양버들이 늘어져 있어 차가 많지 않은 당시에는 타동네 사람들까지 일부러 산책을 올 정도로 한적하고 낭만적인 길이었다.

내 머릿속 지도의 한가운데를 대동맥처럼 관통하던 안감내는 찾아지지 않았다. 그게 안 보이는데 무슨 수로 어디가 어딘지 분간을 한단 말인가. 안감내가 복개됐다는 건

진작부터 알고 있었을 것이다. 복개됐더라도 개천과 천변 길을 합치면 8차선 넓이쯤은 되는 대로로 남아 있어야 했다. 80년대 초 처음으로 유럽 여행을 가서 센강을 보고 애개개 그 유명한 센강이 겨우 안감내만 하네, 라고 생각할 정도로 내 기억 속의 안감내는 개천치고는 넓은 시냇물이었다. 집만 나서면 개천 건너로 곧바로 성북경찰서의 음흉한 뒷모습과 거기 속한 너른 마당이 바라다보였다. 그만한 거리감 없이 우리 식구가 거기서 허구한 날 그 건물을 바라보며 살 수는 없었을 것이다. 그 동네에 그렇게 넓은 이면도로는 없었다. 복개된 개천 자리 다음으로 표적이 될 만한 건 성북경찰서였다. 그건 금방 찾을 수 있었다. 내가 찾은 게 아니라 우리가 맴돌던 지점에서 후배가 조오기, 라고 손가락질해 보여주었다. 그제서야 내가 천주교회와 신선탕 중간 지점에 서 있다는 걸 알았다. 나의 옛집은 바로 신선탕 뒷골목에 있었고, 그 남자네 집은 천주교당 뒤쪽에 있었다. 천주교당도 신선탕도 천변길에 있었다. 교회는 증축을 했는지 개축을 했는지 그 자리에 있으되 외양은 많이 바뀌고 커져 있었지만 목욕탕은 그때 그 모습 그대로이고 이름까지 그대로였다. 세상에 50년 전 그 목욕탕이 그대로 남아 있다니, 50년이면 목욕탕이 온천이나 사우나나 찜질방으로 변하고도 남을 시간이 아닌가. 나는 그놈의 목욕탕 때문에 그 넓지 않은 이면도로가 안감내를 복개한 길이라는 걸 믿을 수밖에 없었다. 내 머릿속 지도의 거리는 실재하는 거리가 아니라 다만 확보하고 싶은 거리에 지나지 않았던 것이다. 신선탕 뒷골목의 옛 조선 기와집은 남아 있지 않았다. 그 일대에 다세대주택이 들어서서 정확한 집터조차 분간할 수 없었다.

후배네 집에 가서 집 구경도 하고 차도 마셨다. 넓지는 않지만 마당도 있었다. 전 주인이 가꾸지 않아 공터처럼 버려져 있어 후배는 아마 거기에 반했을 것이다. 지대가 높은 편이어서 동네가 한눈에 들어왔다. 그 남자네 집은 어디쯤일까. 후배는 내년 봄 마당에다 이것저것 나무들을 심을 계획으로 들떠 있었다. 소나무, 후박나무, 왕벚꽃, 영산홍에서 체리나무, 앵두나무, 대추나무 등 유실수로 옮겨가다가 작약, 모란, 창포 등 숙근초까지 손바닥만 한 마당을 놓고 한없이 가짓수를 늘려가는 후배를 바라보면서 나는 딴생각을 했다. 왜 그런 생각이 들었을까. 자꾸만 그 남자네 집은 남아 있을 것 같은 생각이 드는 거였다.

2

그 남자네가 안감천변으로 이사 온 것은 우리가 그리로
이사 간 지 한 달도 안 돼서였을 것이다. 우린 아직 새집이
자리가 잡히지 않아 어수선할 때였다. 어머니가 철물전에
가는데 따라가서 바께쓰, 쓰레받기, 부삽, 쥐덫 따위 너절
한 것들을 들고 오다가 그 남자네가 이삿짐을 부리는 걸
만났으니까. 이사 오는 집 안주인이 먼저 우리 어머니를
보고 반색을 했다. 어머니는 달갑지 않은 얼굴로 마지못해
인사를 받았다. 허리가 많이 굽어서 그런지 우리 어머니보
다 열 살은 더 들어 보이는 노마님을 그렇게 데면데면하
게 대하는 건 어머니답지 않았다. 어머니의 외가 쪽 친척

인데 나이는 노마님이 위지만 항렬로 따지면 어머니가 한 항렬 위라고 했다. 단지 그런 사이를 거북해하는 것치고는 어머니의 태도가 일방적으로 차가운 게 나는 민망하기도 하고 우습기도 했다. 나는 어머니가 왜 그러는지 알고 있었다. 조금씩 조금씩 집을 늘려가던 재미로 살던 어머니가 이번에는 당신이 납득할 수 없는 이유로 가세가 기울어 집을 왕창 줄여먹게 된 것이다. 전에 살던 동네보다 집값이 훨씬 싼 동네에다 며느리에 손자까지 본 삼대가 살기에는 턱없이 작은, 어머니 말을 빌리자면 코딱지만 한 집으로 이사를 했으니 어머니가 남부끄러워하는 건 당연했다. 그래도 집안에서는 어머니의 기세가 그 어느 때보다도 등등할 때였다. 대식구가 셋방살이로 나앉지 않고 오막살이나마 집을 지니게 된 것은 어머니 공이 컸기 때문이다.

어머니가 달가워하건 말건 노마님은 희색이 만면해서 우리더러 집 구경하고 가라고 부득부득 안으로 이끌었다. 이사하는 그 북새통에 스스러운 사람한테 집 구경을 시키고 싶어 하다니, 사람이 너무 좋아 보이기도 하고 조금은 주책스러워 보이기도 했다. 한편 어머니가 그 노마님에게 데면데면하게 구는 게 집을 줄여먹었기 때문이듯이 노마님이 가깝지도 않은 친척을 저렇게 친밀하게 대하는 건 아마도 살던 집보다 늘려 왔기 때문이려니 하는 생각이 들면서 나라도 불쌍한 어머니에게 꼭 붙어 있으려고 했다.

장정들 여럿이 짐을 안으로 나르고 있었다. 그중엔 일꾼도 있고 아들도 있고 사위도 있었다. 이삿짐은 그 집의 살림 규모를 노골적으로 드러내게 돼 있다. 어머니는 품위 있고도 화려한 화류장롱, 고풍스러운 문갑, 길이 잘 든 사방탁자 등을 보고 기가 꺾였겠지만 나는 대강 묶기만 한 책들이 몇천 권은 될 것 같은 데 질리고 말았다. 노마님의 강권에 못 이겨 기웃거려본 집 안도 그 동네의 조촐한 기와집들하고는 규모가 달랐다. 집 앞은 트럭이 몇 대 서 있는데도 차나 사람들의 통행에 불편을 안 줄 정도의 대로인데 그 집은 대로에서 들어간 골목 안에 있었다. 막다른 골목이라고 볼 수 있었으나 골목이 넓고 골목을 같이 쓰는 이웃 없이 그 집 혼자 쓰는 전용 공간이어서 서울 집에는 드문, 바깥마당처럼 보였다. 그뿐이 아니었다. 한길에서 그 집을 들여다보면 대문이 보이지 않고 고궁에서나 볼 수 있는 홍예문이 보였다. 홍예문은 사랑마당으로 통하는 문이었고 안채로 통하는 대문은 홍예문이 달린 담장과 기역 자로 꺾인 곳에 달려 있었다. 난 왠지 문지방이 돌로 된 위압적인 솟을대문보다는 단아하고 고풍스러운 홍예문에 더 압도당하고 있었다. 추녀를 나란히 한 고만고만한 조선 기와집하고는 격이 달라 보였다. 마침 짐을 나르던 청년이 우리 곁에서 머뭇대며 아는 척을 하고 싶어 하는 눈치를 보이자 노마님이 우리 막내라고 인사를 시켰다. 서글서글한 미남이었다. 막내를 보는 노마님 얼굴은 흐뭇한 미소로 주름이 가득해졌다. 손자라야 알맞을 것 같은 나이 차이 때문에 노마님이 좀 더 주책맞아 보였다. 청년은 평상복에 교모를 쓰고 있어서 나는 냉큼 그가 어느 학교 다닌다는 것부터 알아보았다.

내가 다니는 여고하고 같은 동네에 있는 고등학교였다. 당시 광화문을 중심으로 신문로 안국동 계동 수송동 일대에는 열 개가 넘는 남녀 중고등학교가 몰려 있었으니까 그 정도를 무슨 기이한 인연이라고 생각한 건 아니었다. 나는 그저 그가 다니는 학교가 우리 학교 애들이 별로로 치는 중간급 정도의 학교라는 것 때문에 열등감을 다소나마 만회할 수 있어서 다행이었다. 그런 일은 그 후에도 또 생겼다. 그날은 안팎이 발 디딜 틈 없이 어수선해서 중문

간에서 안채를 기웃대다 나오고 말았지만 노마님이 하도 친절하게 집 구경을 시켜주고 싶어 하던 게 어머니 마음에 걸려 있었나 보다. 노마님은 어머니보다 예닐곱 살가량 손 위지만 외가 쪽으로 조카뻘 되는 먼 친척이니까 남남처럼 지내도 그만이지만 이웃 간이 됐으니 사촌이 된 거나 마찬가지라며 성냥이라도 한 통 사가지고 다녀와야겠다고 별렀다. 다녀오더니 그 집의 맏이가 중앙청의 고관이고 며느리도 예의범절이 깍듯하더라면서 부러운 듯 심난한 눈치였다. 그러면서도 토를 다는 걸 잊지 않았다.

"그러면 뭐 하냐? 시집갈 때도 친정 형편이 처지는 데다가 인물도 신랑이 훨씬 잘나고 공부도 많이 했으니 잘 살아낼지 모른다고 어른들이 걱정해쌓더니만 여태까지도 영감 시집살이가 수월치 않은가 보더라."

"그 노인네가 엄마한테 그런 얘기까지 해요?"

"꼭 얘기를 해야만 아냐? 며느리를 그만큼 음전하게 들이고도 진일을 못 면하는 눈치더라. 남한테 잘하는 것도, 영감님하고 시집 식구들한테 기죽을 못 펴 버릇한 게 아주 굳어버린 게지 뭐. 원 부잣집 마나님이 왜 그러고 사는지, 몽당치마에다 손은 갈퀴 같고."

내 주장이 강한 어머니다운 자기 위안의 방법이었다. 결정적으로 어머니에게 우월감을 안겨드린 건 나였다. 대학 신입생이 되고 나서 어머니하고 구두를 맞추러 나가다가 그 노부인을 만났다. 어머니는 우리 딸이 서울대학에 들어가서 지금 구두 사주러 나가는 길이라고 자랑을 했다. 그냥 대학에 들어갔다고만 해도 될 텐데 명토까지 박은 것은 서울대학 이상 가는 대학은 없으니까 하는 어머니의 자만심 때문이었을 것이다. 노마님의 막내도 대학에 붙었다고 했다. 좋은 대학이었지만 서울대학은 아니었다. 어머니가 으스대는 걸 보고 나는 생전 처음 효도한 것 같은 우쭐하면서도 계면쩍은 기분을 맛보았다. 졸업한 지 며칠이나 됐다고 고교 시절이 아득하게 느껴졌다.

등교 시간만 되면 원남동에서 안국동까지의 한적하고 아름다운 길은 제복의 남녀 학생으로 넘쳐났다. 만약 그 밀도가 조금이라도 성기어지는 기미가 보인다면 그건 지각할지도 모른다는 신호니까 그때부터라도 뛰는 게 수였다. 우리 학교는 교장 선생님까지 교문을 지키고 있다가 지각생에게 모욕을 주는 것으로 유명한 학교였다. 홍예문집 막내가 다니는 학교 아이들한테는 특별히 더 신경을 쓴 관계로 등굣길에 몇 번 눈길이 마주친 적이 있었다. 짧은 일별로도 그의 전체가 빛나는 것을 느낄 수가 있었다. 그 애도 나를 알아보았는지 미처 확인할 새도 없이 황급하게 눈길을 피하긴 했지만, 잠깐이라도 그 애하고 눈길이 마주친 날은 온종일 기분이 좋았다. 그건 내가 특별히 얌전하거나 내숭스러워서가 아니라 고교생의 이성 교제가 엄격하게 금지돼 있을 때였고, 나는 그중에도 답답한 모범생이었다. 둘이 똑같이 대학생이 된 걸 알고 제일 먼저 떠오른 생각은 이젠 마주쳐도 그럴 필요가 없다는 설레는 자유에의 예감이었다. 흰 교복 깃을 안으로 꾸겨 넣지 않고도 극장에 드나들 수 있다는 사소한 자유만 상상해도 가슴이 터질 듯한 초년생이었으니 그까짓 게 특별한 감정일 리는 없었다.

3

후배네 집은 아직 수리가 덜 끝난 상태였다. 뒷베란다에 알루미늄 새시를 달고 간 뒤에 곧 흙차가 마당에 객토를 하러 왔다. 어수선한 김에 그만 일어서려고 했더니 후배가 부득부득 따라 나오면서 전철 정류장까지 배웅을 해주겠다고 했다. 아까 옛집을 찾는답시고 얼마나 길눈이 어둡게 보였던지 전철 정류장도 못 찾아나갈 대책 없는 노인 취급을 했다. 나는 가다가 둘러볼 데가 있다면서 완곡하게 거절한다는 게 그 남자네 집 얘기를 비치고 말았다. 김 아무개도 이 아무개도 아닌 남자와 여자 사이에 있었던 일은 감추거나 줄여서 말하려고 할수록 상대방의 호기심을 자극하게 돼 있는 것을. 후배는 연애소설에 맛을 들이기 시작한 소녀 같은 얼굴로 내 길잡이가 돼주었다. 나의 옛 집터를 알아놓았으니까 거기서 다시 출발하면 그 남자네 집을 찾는 것은 어렵지 않을 것 같았다. 그 남자네 집은 천주교당 뒤쪽, 성북경찰서 옆 양회다리로 통하는 큰 한길가에 있었다. 그 집은 한길에서 한 걸음 물러나 있긴 해도 대로변에 바깥마당을 끼고 있는 집이었다. 그렇게 대지 넓은 집이 날로 번창하는 대학촌에 아직까지 가정집으로 남아 있길 바랄 수는 없는 일이었다. 물론 내가 생각하는 가정집도 후배가 이사 간 2층이나 3층짜리 양옥집 정도지 조선 기와집은 아니었다. 내 예상을 뒤엎고, 이 시대의 도도한 흐름에서 홀로 초연히 그 남자네 집은 그냥 조선 기와집으로 남아 있었다. 대문이 한길로 면한 그 길가의 다른 집들이 다 4, 5층 높이의 빌딩으로 변해버려서 그런지, 한 걸음 물러나 있으므로 더욱 당당해 보이던 집이 푹 꺼져 보였다. 한길을 향해 개방돼 있던 바깥마당에다 철문을 해 단 게 옛날과 달라진 유일한 변화였다. 철문은 완강하게 닫혀 있었다. 철문 때문에 그 안의 조선 기와집은 좌우의 빌딩들과 나란히 있는 것 같으면서도 접근을 거부하는 은둔의 자세를 취하고 있었다. 철문은 가슴 높이부터 안을 들여다볼 수 있는 창살로 돼 있는데도 그 안에 나무를 빽빽하게 심어놓아 홍예문이 잘 보이지 않았다. 적어도 사람이 지나다닐 수 있는 길은 남겨놓고 나무를 심어도 심었으련만 가지가 하도 무성하게 뻗어 안을 엿볼 수 있는 시각적인 통로조차 없었다.

지금의 주인도 나무나 화초를 좋아하나 보다. 문득 집에도 영靈 같은 게 있을지 모른다는 생각이 얼음 조각처럼 가슴을 섬뜩하게 했다. 홍예문 집은 사랑마당은 물론 안마당에도 유난히 나무와 화초가 많았다. 그 집 뒤란에는 겨울을 밖에서 날 수 없는 유엽도, 석류, 파초 등을 갈무리할 수 있는 움까지 있었다. 5월에 사랑마당의 활짝 핀 라일락이 담장을 넘어오면 길 가던 사람들이 다들 홍예문 위를 쳐다보고 코를 벌름거리면서 걸음을 멈추거나 늦추었다. 옷이나 몸에 그 향기가 배기를 바라는 듯이. 나는 철문 기둥을 받치고 있는 초석에 올라서서 키를 돋우고 안을 기웃거렸지만 반듯한 조선 기와지붕을 확인한 것밖에는 아무것도 더 알아낼 수 없었다. 조선 기와지붕은 손이 많이 간다. 더군다나 요즘에는 제대로 된 기왓장을 구하기도 어렵다. 예전에도 기와장이 품삯은 미장이의 세 곱절은 됐다. 기술은 안 이어받고 품삯에 대한 풍문이나 믿는 얼치기나 걸리기 십상이다. 도심의 빌딩 숲 사이에 어쩌다 남아 있는 조선 기와지붕의 그 참담한 퇴락상을 보면 전통 가옥 보존 어쩌구 하는 소리가 얼마나 무책임한 개수작이라는 걸 알 것이다. 그 남자네 집은 거의 해마다 손을 봐준 것처럼 기왓골의 선이 가지런하고 윤기가 흘렀다. 돈과 정성이 꽤 드는 까다로운 치다꺼리를 마다 않는 주인이라면 팔리지 않아서 억지로 사는 게 아니라 조선 기와집을 사랑하는 유복한 사람일 것이다. 그 남자네 집이 주인을 잘 만났다는 게 기쁘다 못해 감동스럽다. 그 남자네가 그 집을 떠난 것도 내가 시집갈 무렵이었으니 문서상의 소유권이 바뀌어도 열 번은 더 바뀌었을 세월이 흘렀는데도 말이다. 그러나 바깥마당에 너무 빽빽하게 나무를 심어 홍예문을 들여다볼 수 없는 건 암만해도 섭섭했다. 나무는 사철나무처럼 잎이 두껍고 윤이 나는 관목이었지만 사철나무보다는 키가 컸다. 무슨 나무일까 내가 궁금해하자 후배가 보리수라고 했다. 그는 나무 이름에 해박했다. 나무만이 아니라 작은 풀꽃도 이름 모를 꽃으로 대강 보

아 넘기지 못하고 꼭 그 이름을 알아내고야 마는 노력에
는 집요한 데가 있었으니 그가 보리수라면 보리수가 맞을
것이다. 아무리 그래도 내가 보리수로 알고 있는 나무하고
는 얼토당토않았다. 나는 딱 한 번 보리수를 본 적이 있다.
지금보다 훨씬 젊었을 적 힌두 문화권의 더운 나라를 여
행한 적이 있는데 어느 외딴 마을에서 관광버스를 멈추고
잠시 휴식을 취한 적이 있었다. 그때 20여 명의 일행이 약
속이나 한 듯이 강렬한 햇볕으로부터 몸을 피해 한곳으로
모인 데가 보리수나무 그늘이었다. 30미터도 더 되는 거
대한 나무는 줄기가 울퉁불퉁 꼬이긴 했어도 잔가지 없이
곧장 자라 아득한 높이에서 풍성한 녹음을 우산처럼 펼쳐
주고 있었다. 가이드가 보리수라고 그 나무 이름을 가르쳐
주었다. 부처님이 그 아래서 정각을 얻고 성불했다는 보리
수하고 동일한 보리수일 리는 없었지만 왜 하필 보리수나
무였을까가 충분히 이해될 만큼 그 나무는 자비롭고도 권
위가 있어 보였다. 그런 것이 신성이라는 거 아닐까. 그때
의 인상이 하도 강렬해서 국내에 보리수나무가 있다고 생
각해본 적이 없었다. 우리나라는 그런 거목을 키울 기후가
아니다. 그렇다면 뮐러가 노래한 린덴바움? 그렇지만 그

집 바깥마당에서 홍예문을 가로막고 우거져 있는 나무들은 그 그늘 아래서 단꿈을 꾸기에는 너무 옹졸하지 않은가. 그 나무는 내가 품고 있는 보리수나무에 대한 두 개의 상이한 이미지 중 어떤 것하고도 닮아 있지 않았다. 그러나 친구가 툭 던진 보리수라는 이름을 나는 놓치고 싶지 않았다. 집에도 영이 있을지도 모른다는 생각은 얼음 조각이 아니라 불씨가 아니었을까.

집에 와서 수목도감을 찾아보았다. 자연 상태에서 자랄 수 있는 국내의 수목을 총망라한 도감이었는데 보리수도 나와 있었다. 사진을 봐도 그렇고, 간단한 설명을 봐도 그렇고, 그 나무들이 보리수라고도 아니라고도 못 하게 불충분했다. 그래도 가을이면 지름 6~8밀리 정도의 구형 열매가 붉은색으로 변한다는 설명은 확실하게 머릿속에 챙겨 넣었다. 세종로의 은행나무들이 자기 안에 깊숙이 숨어 있던 노랑 중 최고로 순수한 금빛을 환장을 한 것처럼 한꺼번에 분출하던 날, 5호선을 타고 집으로 가다 말고 동대문운동장에서 4호선으로 갈아탔다. 교보에서 산 책 보따리가 제법 무거웠지만 달리 어쩔 도리가 없었다. 성신여대 정거장에서 내렸다. 나는 결코 길눈 같은 거 어둡지 않았다. 곧장 그 남자네 집으로 갔다. 혼자여서 아무것도 은폐할 필요가 없었다. 여전히 철문은 굳게 닫혀 있었다. 수목도감에는 낙엽관목으로 나와 있었으나 그 두텁고 푸른 잎들은 약간 윤기가 퇴색했을 뿐 아직도 심술궂게 나하고 홍예문 사이를 가로막고 있었다. 그러나 이파리 사이로 삐죽삐죽한 잔 가장귀엔 서너 개씩 빨간 열매가 달려 있었다. 아마 여름엔 이파리하고 같은 색이어서 눈에 안 띄었나 보다. 이 나무들은 얼마나 있어야 그 밑에서 단꿈을 꿀 만큼 자랄까. 한 50년쯤. 나는 보리수나무가 세월을 거꾸로 먹어 50년 전엔 그 무성한 그늘에서 관옥같이 아름다운 청년이 단꿈을 꾼 것 같은 착란에 빠졌다.

4

그 남자를 다시 만난 것은 전쟁 중이었으니까 대충 50년
전쯤이라고 해두자. 우리 집에 아녀자만 남고 나서였다. 나
는 아이들과 여자를 동격시하는 아녀자란 말이 싫었지만
차차 동의하게 되었다. 전쟁이 휩쓸고 간 후 집안 꼴이 그
렇게 되었다. 남자들은 성북경찰서를 거쳐서 이 세상 사람
이 아니게 되었다. 전쟁이 난 지 1년이 넘었는데도 전선은
서울 북쪽 몇십 리 안에서 일진일퇴를 거듭하고 있었고 피
난 못 간 서울 사람들은 가난뱅이들뿐이었다. 다들 가난할
때여서 진짜배기 가난뱅이는 오히려 귀했다. 생업에 종사
하는 것은 여자들이었다. 우리 집만 아니라 이 도시에 남은

것은 아녀자뿐인 것 같았다. 뚝섬서 열무를 떼다가 팔면 반찬값은 떨어진다고 해서 올케하고 같이 새벽 장사에 따라나선 적이 있다. 안감내를 남쪽으로 한없이 따라가면 개천이 어디론가 숨었다가 또 나타나곤 하면서 살곶이다리와 살곶이벌판이 나온다. 밭 주인은 돈 낸 것만큼 네모반듯하게 열무밭을 떼주면서 뽑아 가도록 했다. 거기까지는 남들하는 대로 하다가 그다음부터는 남들 하는 대로 할 수가 없었다. 남들은 더 달라고 아우성인데 우리는 덜 줄 수 없냐고 뒷걸음질을 쳤다. 떼어주는 열무의 양이 엄청났기 때문이다. 우리가 이고 오던 열무를 수없이 땅바닥에 태질하면서 어찌어찌 집에 당도한 건 어둑어둑해질 무렵이었다. 남들은 열무 장사한 이문으로 쌀 사고 반찬 사다가 저녁밥을 지을 시간이었다. 팔 시간이 있었다고 해도 수없이 태질을 당한 열무는 이미 상품 가치를 상실하고 있었다. 나는 그 후 미군부대에 취직을 했다. 그전부터 부대에서 허드렛일을 하는 이웃 아줌마가 우리 처지를 딱하게 여겨 소개해주겠다는 걸 어머니가 굶어 죽어도 그 노릇만은 못 시킨다고 펄쩍 뛰어 못 하던 취직 자리였다. 아줌마는 나 같은 대학생은 청소보다 나은 자리도 있을 것처럼 말했는데 그걸 어머니는 양공주 자리가 났다는 것처럼 알아들었나 보다. 열무 장수의 실패는 어머니에게도 충격이었던지 혹은 목구멍이 포도청이었는지 어머니는 못 이기는 척 설득을 당했고, 그 후 나는 미군부대의 꽤 편한 자리에 취직이 되었다. 먹고사는 문제가 해결됐는데도 가난은 날로 남루해졌다. 딸이 미군부대에서 벌어 오는 돈으로 먹고사는 걸 식구들이 치욕스러워했기 때문이다.

그해 겨울 퇴근하는 전차 안에서 그 남자를 만났다. 남자가 먼저 반색을 했다. 그는 다짜고짜 나를 누나라고 불렀다. 누나라는 말은 묘했다. 마음을 놓이게도 섭섭하게도 했다. 늦은 시간의 전차 안은 텅 비어 있었지만 그 안에서는 서로 반가워서 어쩔 줄 모르는 것 이상의 감정 표현을 하지 못했다. 종점에서 내려서 불빛이 희미한 빵 가게로 들어갔다. 가슴이 울렁거리고 발밑의 언 땅이 고무공처럼 나의 온몸에 탄력을 주었다. 주인이 손수 만든 도넛이나 찐빵 같은 걸 파는 궁기가 더덕더덕한 가게였다. 시척지근한 막걸리 냄새가 진동하는 찐빵을 시켜놓고 나는 제일 먼저 나를 누나로 부른 까닭부터 물었다. 이유는 간단했다. 같은 해에 대학에 들어갔으니까 동갑일 텐데 자기는 일곱 살에 소학교에 들어갔으니 십중팔구 나보다 한 살 아래일 거라고 했다. 그건 맞는 말이고 그럴듯한 계산법이었다. 그는 군복을 입고 있었다. 졸병들이 입는 허술한 군복이 아니라 미군 장교나 입을 것 같은 날이 선 사아지 군복 바지에 반짝거리는 구두에다 안에 털이 달린 파카를 입고 있었다. 비록 미군부대에 다니지만 미군 장교는 좀 그렇고, 국군 장교하고라도 친할 수 있었으면 얼마나 좋을까 속으로 동경해 마지않던 때였다. 전시에 군복이 잘 어울리는 장교는 권력의 상징이자 백마 탄 기사였다. 그러나 장교가 아니라도 좋았다. 신분이 확실한 젊은 남자라는 것만으로도 웬 떡이냐 싶었다. 찐빵에 손도 대기 전에 그는 주인에게 싸달라고 하더니 나가자고 했다. 괜찮은 포장마차를 알고 있다고 했다. 그럼 처음부터 그리로 가자고 하든지, 그의 경박함이 못마땅했지만 아직도 그는 나의 웬 떡이었으므로 놓치고 싶지 않았다. 삼선교까지 전차 한 정거장 거리를 그를 따라 되돌아갔다. 천변에 불빛이 보였다. 도깨비불처럼 귀기가 돌게 창백한 불빛은 간데라 불이었다. 카바이트 냄새가 싫지 않았다. 찐빵집보다 더 허술한 천막집이었는데 이상스럽게도 궁기는 없었다. 나중에 안 일이지만 그 남자는 궁기를 가장 참을 수 없어 했다. 궁기를 좋아할 사람은 없지만 그는 좀 유별나서 특정 냄새를 못 참는 것처럼 즉각 생리적인 반응을 나타냈다.

그날 나는 그 포장마차에서 처음으로 구공탄불이라는 걸 보았다. 구멍마다 독한 불꽃이 올라오는 연탄난로 위 무쇠솥에서 오뎅 국물이 끓고 있었다. 앞치마를 두른 오뎅집 남자가 그를 무심하게 맞았다. 막사기 대접에다 달걀과 뎀뿌라와 무 토막과 두부 튀긴 것과 정체 모를 고기의 힘줄 같은 걸 꿴 꼬챙이를 하나씩 넣고 뜨끈한 국물을 부어 주었다. 오뎅 국물도, 꼬챙이에 낀 것도, 심지어는 달걀까지도 진한 간장빛이었다. 그러나 맛은 슴슴하고 들척지근했다. 주인은 벙어리처럼 말이 없고 무심했다.

"이번 난리에 느네 식구 중엔 다친 사람 없냐? 우린 아녀자만 남았는데."

나는 그가 묻기 전에 냉큼 그 말부터 했다.

"우린 달랑 모자만 남았는데."

"정말? 그 큰 집에? 그 전엔 몇 식구였는데?"

"일곱 식구, 엄마 아버지, 큰형 내외하고 조카들 둘."

"말도 안 돼. 아이들까지 다 죽었단 말야. 폭격도 안 맞았으면서."

그런 일을 겪고도 젊음 그 자체처럼 빛나는 그에게 순간적으로 정이 떨어지려고 했다.

"아냐, 죽긴 왜 죽어. 넘어갔어. 북쪽으로. 큰형이 좌익이었거든."

"중앙청 고관이라고 우리 엄마가 부러워했는데 그런 사람도 좌익이 될 수 있구나."

"고관은 무슨, 우리 형은 자타가 공인하는 수재였으니까 그 정도의 고관은 그쪽에서도 이용해먹겠지, 뭐."

"그럼 넌 뭐니? 니 정체는 도대체 뭐냐구?"

나는 핍박받아야 할 월북자 가족과 그의 번드르르한 군복 차림이 도무지 꿰맞춰지지가 않아 신경질적으로 따져 물었다. 빨갱이 가족이 당해야 할 고통과 수모와 감시라면 나도 이가 갈릴 만큼 알고 있었다. 그러면 그렇지 이 세상에 웬 떡이 어디 있을라구. 께적지근한 낙담으로 똥 밟은 얼굴이 되고 말았다. 그는 대답하지 않고 꼬챙이에 낀 힘줄같이 생긴 걸 늙은이처럼 느릿느릿 신중하게 씹기 시작했다. 마치 그 안에 숨어 있는 미소한 고기 맛도 안 놓치겠다는 듯이, 그의 턱 운동은 철저하고 집중적이었다. 그러나 하나도 게걸스럽지는 않았다. 다 씹어 삼키고 나서 주인에게 한다는 소리가, "아저씨 접때 먹은 힘줄은 그래도 양키 군화 삶은 정도의 누린내는 나던데 이번 건 영 아냐. 꼬랑내만 조금 나는 게 혹시 마루 밑에서 옛날에 신던 아저씨 구두를 줏어다 과낸 거 아뉴?"

"아차, 그런다는 게 그만 우리 어머니 고무신을 훔쳐다 삶아냈는지도 모르겠네."

두 남자가 낄낄거렸다. 화음이 잘 맞는 웃음소리였다. 나는 잔뜩 신경을 곤두세우고 그들이 주고받는 수작을 지켜보았다. 뜻밖에 요새 읽은 책 얘기를 했다. 둘이서는 서로 책을 빌려 보는 사이인 듯했다. 나는 그들이 나를 의식하고 꼴값을 떠는구나 같잖게 생각했다. 그가 주인 앞으로 돈을 밀어놓으며 일어섰다. 거스름돈을 주려 하자 어머니 고무신 사드리라고 손을 내저었다.

"장한 우리 상이군인 아저씨, 사골 국물이라도 한번 진하게 내드리는 게 국민 된 도린 줄은 알겠는데 당최 그놈의 마루 밑 밑천이 떨어져야 말이지. 번번이 미안하이."

주인이 하나도 안 미안한 얼굴로 머리를 긁적거리며 우리를 배웅했다. 나는 밖으로 나오자마자 그에게 따져 물었다.

"아니 상이군인이라니 그게 무슨 소리야. 이렇게 사지가 멀쩡해가지고. 너 그 어수룩한 사람한테 사기 친 거지? 그치? 도대체 네 정체가 뭐야, 말해봐 빨리."

그는 느리게 조근조근 말했다. 삼선교에서 안감천변 목욕탕 뒷골목 우리 집까지 오는 동안에 그의 이야기는 끝났다. 딱 그 길이에 분량을 맞춘 것처럼. 그 거리는 얼마 안 됐다. 따라서 그의 이야기도 간결하게 요약된 것이었다.

여름에 인민군이 들어오고도 어떻게 된 게 그의 형은 숙청 대상이 안 되고 계속해서 안정된 신분을 유지했다. 그러나 사람에게는 양다리밖에 없으니까 양다리 이상은 걸칠 수가 없다는 건 자명한 이치, 석 달 만에 인민군이 후퇴할 때 그도 따라서 북으로 가버렸다. 처음 월북은 처자식과 노부모를 남겨놓은 단신 월북이었다. 그러나 세상은 또 한 번 뒤집혀 겨울에 인민군이 다시 서울을 점령했을 때 형이 가족을 데려가려고 나타났다. 처자식은 두말없이 따라나섰겠지만 부모는 달랐다. 왜냐하면 인민군이 후퇴하고 서울이 수복된 동안에 막내가 국군으로 징집됐기 때문이다. 막내가 국군이 되었기 때문에 그동안 그 집 식구들이 월북자 가족으로 받아야 할 핍박을 많이 줄여준 건 사실이지만 노부모에게는 이럴 수도 저럴 수도 없는 딜레마였다. 결국 노부부는 헤어지는 쪽을 택했다. 아버지는 큰아들네 식구를 따라 북으로 가고 어머니는 남아서 군인나간 막내아들을 기다리기로 했다. 그런 연유로 그 남자가넓적다리에 부상을 입고 명예제대하여 집으로 돌아와보니 그 큰 집에 늙은 어머니 혼자 달랑 남아 있었다. 그동안에 파파 할머니가 돼버린 어머니를 부둥켜안고 눈물을 흘리기는커녕 무슨 효도를 보려고 자기를 기다렸느냐고 드립다 구박만 했다. 저 노모만 없었으면 얼마나 자유로울까, 그 생각만 하면 숨이 막힐 것 같아서 요새도 맨날맨날구박만 한다고 했다. 한 번 뒤집혔던 세상이 원상으로 복귀해서 미처 숨 돌릴 새 없이 다시 뒤집혔다가 또 한 번 뒤집히는 엎치락뒤치락의 틈바구니에서 우리 집에서는 이런 일이 있었고, 그 남자네 집에서는 그런 일이 있었던 것이다. 국가라는 큰 몸뚱이가 그런 자반뒤집기를 하는데 성하게 남아날 수 있는 백성이 몇이나 되겠는가. 하여 우리는 서로 조금도 동정 같은 거 하지 않았다. 우리가 받은 고통은 김치하고 밥처럼 평균치의 밥상이었으니까. 만약 아무도 죽지도 않고 찢어지지도 않고 온전한 가족이 있다면 우리는 그 얌체꼴을 참을 수 없어 그 집 외동아들이라도 유괴할 것을 모의했을지도 모른다.

나는 그날 밤 잠을 이루지 못했다. 그의 아름다운 얼굴에서 창백하게 일렁이던 카바이트 불빛, 불손한 것도 같고 우울한 것도 같은 섬세한 표정, 두툼한 파카를 통해서도 충분히 느껴지던 단단한 몸매, 나는 내 몸에 위험한 바람이 들었다는 걸 알아차렸다. 그 불쌍한 어머니를 맨날맨날 구박한다고 해도 그게 하나도 못돼 보이지 않았다. 피차 동정 같은 건 하지 않았지만 닮은 불운을 관통하는 운명의 울림 같은 걸 감지한 건 아니었을까. 나는 마치 길 가다 강풍을 만나 치마가 활짝 부풀어 오른 계집애처럼 붕 떠오르고 싶은 갈망과 얼른 치마를 다독거리며 땅바닥에 주저앉고 싶은 수치심을 동시에 느꼈다. 장작을 아끼기 위해 우리 식구들은 다들 안방에 모여 자고 있었다. 깊이 잠든 살아남은 식구들, 두 과부와 두 어린것들의 평화로운 숨소리가 들렸다. 마침내 더는 나빠질 수 없는 밑바닥에 도착한 안도감과 평화는 같지 않을 수도 있었다. 그러나 살아남은 자의 슬픔보다는 평화가 얼마나 더 거룩한가. 나는 내 안에서 회오리치는 위험에의 갈망과 이렇게 맞섰다.

그 남자는 거의 매일같이 부대 앞에서 나를 기다렸다. 미군부대의 잡역부들은 일자무식으로부터 대학을 나온 사람까지 다양했지만 다들 어딘지 켕기는 데가 있는 사람들이었다. 특히 병역 기피자가 많았다. 정식으로 허락된 건 아니지만 군복을 입을 수 있고, 꼬부랑글씨로 된 신분증이 나오니까 요령만 좋으면 큰소리쳐가면서 검문을 피할 수 있었다. 찌들고 떳떳지 못한 사람들은 군복이 썩 잘 어울리고 건강하고 거침없어 보이는 미남자에 대해 이것저것 궁금해했다. 동생뻘 되는 친척이라는 소리는 안 했으면 좋았을 것을. 아무도 안 믿었다. 사지가 멀쩡한 상이군인이라는 신분은 선망과 질시의 대상이었다. 마음대로 생각하라지, 우린 그런 것들을 즐겼다. 그런 것들은 우리의 행복감을 상승시켰다. 남이 쳐다보고 부러워하지 않는 비단옷과 보석이 무의미하듯이 남이 샘내지 않는 애인은 있으나 마나 하지 않을까. 그가 멋있어 보일수록 나도 예뻐지고 싶었다. 나는 내 몸에 물이 오르는 걸 느꼈다. 그는 나를 구슬 같다고 했다. 애인한테보다는 막내 여동생한테나 어울릴 찬사였다. 성에 차지 않았지만 나도 곧 그 말을 좋아하게 되었다. 구슬 같은 눈동자, 구슬 같은 눈물, 구슬 같은 이슬, 구슬 같은 물결…… 어디다 그걸 붙여도 그 말은 빛났다.

그해 겨울은 내 생애의 구슬 같은 겨울이었다. 안감냇가 말고 애인들이 갈 수 있는 데는 많지 않았다. 우리는 둘 다 대학생이 되고 고등학교 때의 금기의 장소에 미처 익숙해지기도 전에 난리가 나고 서울은 폐허가 돼버린 것이다. 그나마 극장이 남아 있다는 게 천만다행이었다. 전시의 극장은 난방이 안 됐다. 그는 내 옆에 꿇어앉아 자기 털장갑을 뒤집어서 내 발끝에 씌워주곤 했다. 손가락장갑을 바닥만 뒤집으면 그 안에 다섯 손가락이 뭉쳐 있게 되고 그걸 발끝에다 신으면 아무리 꽁꽁 언 발가락도 스르르 녹으면서 훈훈해진다. 그는 어떻게 그런 신통한 생각을 해낼 수가 있었을까. 그건 일석이조였다. 언 발가락이 따뜻해졌을 뿐 아니라 내가 얼마나 애지중지당하고 있다는 만족감까지 맛볼 수 있었으니까. 주로 중앙극장에서 영화를 보았기 때문에 곧잘 명동으로 진출할 수 있었다. 종로 거리가 완전히 파괴되고 시민들은 거의 다 피난을 가서 주택가에도 사람 사는 집이 얼마 안 되던 전시에 명동의 은성한 불빛은 비현실적이었다. 우리는 부나비처럼 불빛 안에서 자유를 만끽했다. 근사한 단골 다방도 생기고 비싼 제과점도 알게 되었고 양품점에서 앙증맞고 불필요한 소품을 사는 재미도 알게 되었다. 명동에는 그런 것들 말고도 미군 장교하고 살림을 차린 고급 양부인이 주 고객인 중후하고도 화려한 보석상도 있었다. 드넓은 한구석엔 응접실처럼 꾸며놓은 은은한 코너도 있어서 요염하게 화장을 한 고객들이 서양 배우처럼 세련되게 다리 꼬고 앉아 주인의 아첨을 즐기는 게 밖에서도 훤히 들여다보였다. 이국적이고 고상한 분위기는, 구경만 하고 나올 것 같은 손님은 꼭 집어낼 듯이 위압적이기도 해서 감히 그 안에 들어가볼 용기가 나지 않았다. 그 대신 내가 쇼윈도에 붙어 서서 눈독을 들인 귀금속들은 모조리 장차 내 것이 되었다. 나는 보석보다 그의 허황한 약속이 더 좋아 자꾸자꾸 부추겼다.

비싼 보석에 눈요기 이상의 욕심을 내지 않았건만도 연애는 돈이 많이 드는 짓이었다. 그는 한 푼도 못 버는 백수였고, 나는 돈을 벌긴 해도 다섯 식구의 밥줄이었다. 나는 내 식구의 밥줄의 존엄성을 무시할 만큼 연애질에 눈이 멀지 않았다. 그것이 그 남자와 나의 다른 점이었다. 상이군인에게 아직 연금도 없을 때였다. 그의 가장 만만한 돈줄은 늙은 어머니였다. 큰아들과 영감을 따라갈 것이지 무슨 효도를 받으려고 나 같은 걸 기다리고 있었느냐고 노모를 구박하던 그 남자는 툭하면 노모를 못살게 굴었다. 그에게 반찬 없는 밥을 안 먹이는 것만도 노모로서는 습관화된 살던 가락 아니면 유지하기 벅찬 노릇이련만 그는 그걸 과람해할 줄 몰랐다. 용돈에 목말라 노모를 괴롭혔다. 노모가 시장 바닥에 옷가지도 들고 나와 팔고 광주리를 이고 다니면서 푸성귀 장사까지 한다는 걸 나는 엄마를 통해 알았다. 이사 올 때보다 허리가 더 굽어 거의 기역자로 보이는 노인이 무거운 걸 머리에 여주면 발딱 일어서서 곧바로 걷는 게 너무 신기하다고 했다. 우리 집도 툭하면 엄마가 시장 바닥으로 물물교환을 하러 나갔다.

서울이 텅 빈 것 같아도 동네 시장에 가면 사람들이 바글바글했다. 살기殺氣에 가까운 생기가 넘치는 그곳에는 사는 사람과 파는 사람이 따로 있지 않았다. 아무나 아무데나 물건을 펴놓고 팔기도 하고 사기도 했다. 재래시장의 가게 주인들도 거의 다 피난을 갔기 때문에 열려 있는 가게는 얼마 없었다. 죽기 아니면 살기 식의 거친 상행위

는 닫힌 가게의 추녀 끝이나 시장 거리, 골목 등 아무 데서
나 할 수 있었지만 거기도 텃세 같은 게 있어서 목 좋은 자
리는 싸움박질이 잦았다. 성질이 괄괄하거나 기운만 좀 있
으면 주택가 골목으로 이고 다니면서 떡 사세요, 떡. 얼갈
이 배추나 열무 사료, 마늘이 왔어요, 장아찌 마늘요, 하고
악을 악을 썼다. 여편네들이 광주리를 이고 다니면서 장사
를 하는 것은 흉이 아니었다. 아직도 전쟁이 날뛰고 있는
중이었다. 돈벌이할 수 있는 남자들은 죽었거나 전쟁터에
있거나 납치당했거나 해서 지금 여기에 없었다. 그보다 더
능력 있는 남자는 처자식을 이끌고 전쟁터에서 먼 대구나
부산쯤에 피난 가 있거나 해서 여기에는 여자가 먹여 살
려야만 하는 쭉정이만 남아 있었다. 임을 일 수 있다는 건
경제활동을 할 수 있는 능력 그 자체였고, 광주리는 움직
이는 가게터였다. 굵은 육쪽마늘을 열 접이나 일 수 있는
여편네, 광주리에 채소를 고봉으로 인 채 업은 아기 머리
통을 겨드랑이 밑으로 빼내 젖을 물리고도 태연히 걸어갈
수 있는 여자가 하나도 신기하지 않은 세상이었다.

　우리 엄마는 그의 노모에게 임을 이어준 얘기를 하고
나서 한동안 쓸쓸하고 망막한 표정을 지었지만 동정심에

서 그러는 것 같지는 않았다. 설사 동정심이라 해도 그건 어머니의 자기 위안일 뿐 그의 노모에게 해당되는 건 아닐 터였다. 많이 굽은 허리 때문에 실제의 나이보다 훨씬 더 늙어 보이는 그 노인이 아들이 못되게 굴 때마다 마치 늦둥이 재롱 보듯 즐거워하는 걸 여러 번 보았다. 그 노인은 자신은 전혀 돌보지 않았다. 그런 크고 품위 있는 집을 쓰고 사는 노인이라고는 믿어지지 않게 남루하게 하고 다녔다. 궁상도 그냥 궁상이 아니라 파격적인 궁상이었다. 밑에는 늘 몸뻬 바지를 입고 다녔는데 남색이나 밤색처럼 때 안 타는 천이긴 해도 비단이었다. 아마 평화로울 때 입고 다니던 비단 치마를 눈대중으로 재단해서, 두 가랑이가 들어가게 아무렇게나 꿰매서 허리에다 고무줄을 끼웠을 것이다. 윗도리도 한복 저고리였다. 저고리 역시 좋은 옷감으로 만든 거였지만 옷고름이 귀찮은지 잘라버리고 단추를 달거나 옷핀으로 대신했기 때문에 주워다 입은 옷처럼 보였다. 더 못 봐주겠는 건 허리였다. 한복 저고리는 짧고 몸뻬는 엉치에 걸리니 허리가 드러날 수밖에. 맨살을 안 내놓으려고 저고리 밑에다 아들의 헌 러닝셔츠를 받쳐 입었다. 저고리 밑으로 한 뼘 이상이나 드러난 헌 러닝은 허리 하나가 더 들어가도 될 만큼 헐렁할 뿐 아니라 여기저기 동전만 한 구멍까지 나 있었다. 그런 부조화가 노인을 남루하다기보다는 거지처럼 보이게 만들었다. 옷차림이 깔끔한 편인 엄마는 그 노인의 그런 무신경이 눈에 거슬렸을 테고 불쌍해 보이기도 했을 것이다. 그러나 그 노인이 아들에게 주머니를 몽땅 털리고도 합죽한 입 언저리에 여러 겹의 파문 같은 주름을 지으며 바보처럼 웃는 모습을 보면, 불쌍한 건 그 노인이 아니라 우리 엄마라는 생각이 들곤 했다. 엄마가 그 노인에게 임을 이어줬을 때도 그 부처님 같은 웃음으로 고맙다는 인사를 대신하지 않았을까. 아마 아들이 창피하다고, 해진 셔츠 좀 그만 입으라고 구박해봤댔자 왜 이 란닝구가 어때서, 하며 히히 웃고 말았을 것이다.

그 남자는 살아 돌아왔다는 사실 하나만으로도 충분한 효도를 하고 있었다. 그래 그랬던가, 나는 그 남자가 노모를 가혹하게 착취하는 걸 부추겼다고는 할 수 없어도 말리지도 않았다. 그래도 누울 자리 보고 다리 뻗는다고 잔돈푼보다 큰돈에 궁하면 그 남자는 부산까지 원정을 갔다. 그 남자하고 월북한 큰형 사이에는 누님이 두 분 있었는데 한 분이 의사였다. 부산으로 피난 가서 큰 병원에 취직해서 계속해서 돈을 벌 수 있었기 때문에 그 남자에게는 가장 큰 돈줄이었다. 그 남자에게 의사 누님은 여러모로 쓸모가 많았다. 노모가 주는 용돈이 약소하다 싶을 때마다 부산 가서 누나한테 달랠 거라고 공갈을 치면 귀한 골동품이라도 내다 팔아 돈을 마련해주곤 했기 때문이다. 속속들이 착한 노모는 아들이 시집간 딸한테 폐가 되는 걸 여간 싫어하지 않았다. 그러나 착한 딸은 어머니에게 생활비를 보태고 싶어 동생을 부산에 부르곤 했다. 그 남자가 부산 간 날이면 나는 외롭고 쓸쓸해서 이불 속에서 몰래 숨을 죽여 흐느끼곤 했다. 아무리 시장 바닥에 인간들이 악머구리 끓듯 하면 뭐 하나, 그가 없는 서울은 빈 거나 마찬가지였다. 마지막 남은 남녀는 절대로 헤어져서는 안 된다. 하루만 더 그 무의미, 그 공허감을 견디라 해도 차라리 죽는 게 낫다고 생각할 정도로 하루하루 절박하고도 열정적으로 그 남자를 기다렸다. 돌아오겠다는 날보다 더 있다 온 적이 없었건만 그는 돌아오는 때마다 벌을 받아야 했다. 일상적인 위안보다 더 큰 위안, 그건 휘황한 장소에서 분수에 넘치는 호화 취미를 즐기는 거였다. 그렇다면 그 남자가 어머니와 누나를 무차별적으로 착취하도록 부추긴 건 내가 아니었다고는 못 하겠다. 그렇다고 분수에 넘치는 호사 취미에 대한 나의 욕구가 물질적인 것에만 국한됐던 건 아니다. 그 남자는 시를 좋아할 뿐 아니라 외우고 있는 시가 많았다. 가로등 없는 골목길을 5리를 10리, 20리로 늘여서 걸으면서, 또는 삼선교의 포장마찻집의 새파랗고도 어둑시근한 카바이트 불빛이 무대조명처럼 절묘하게 투영된 자리에서, 그는 나직하고도 그윽하게 정지용, 한하운의 시를 암송하곤 했다. 그 남자는 그 밖에도 많은 시인들의 시를 외우고 있었지만 내가 누구의 시라는 걸 알고 들은 건 그 두 시인의 시가 고작이었다. 포장마찻집에서는 딴 손님이 없을 때에만 그런 객쩍은 짓을 했기 때문에 주인 남자도 잠자코 귀를 기울였다. 다 듣고는 분수에 넘치는 사치를 한 것 같다고 고마워했다. 나에겐 그 소리가 박수보다 더 적절한 찬사로 들렸다. 우리에게 시가 사치라면 우리가 누린 물질의 사치는 시가 아니었을까. 그 암울하고 극빈하던 흉흉한 전시를 견디게 한 것은 내핍도 원한도 이념도 아니고 사치였다. 시였다.

5

신문 문화면에서 양구에 있는 박수근미술관 개관 2주년 기념 특별전이 열린다는 기사를 읽었다. 그 신문 말고 딴 신문에는 양구라는 궁벽한 산간벽지가 박수근이라는 탁월한 문화 상품 때문에 평일에도 전국 방방곡곡에서 관광객이 줄을 잇는 문화 도시가 됐다는, 어떤 문화계 인사의 논평이 실려 있었다. 나도 박수근의 그림을 좋아하는 사람 중의 하나지만 거기까지 쫓아갈 만큼 열성적이진 않았다. 박수근과 그와 동시대의 화가전이라는 기사의 내용으로 봐서 전시된 그의 그림은 몇 점 안 되지 싶었다. 좋아하기로 작정하면 무조건 쫓아다니고 보는 팬 노릇을 하기엔 나는 너무 늙어버렸다. 그렇게 접어두었는데도 계속 걸리는 게 있었다. 양구라는 지명이었다. 양구라는 두 자만 가지고는 어쩐지 완성되지 않은 느낌이 들었다. 문화 도시 양구, 산간벽지 양구…… 이것저것 닥치는 대로 붙여보아도 그 이름이 완성되지 않았다. 온종일 그 생각만 한 건 아니지만 문득문득 의식의 흐름을 가로막던 게 심야에 외화를 보다가 문득 생각이 났다. 갓뎀 양구였다. 내가 처음 들은 양구라는 지명은 그냥 양구가 아니라 갓뎀 양구였다. 50여 년 전 미군부대 다닐 때 들은 지명이 그랬다. 부대에는 미군들이 최전방에서 후방으로 교체되어 들어오기도 하고 나가기도 하는 게 일상사였다. 온통 전진을 뒤집어쓴 군복에서 초연 냄새가 풍기는 미군에게 어느 전선에 있다가 오냐고 물으면 대개는 장단, 판문점, 철원, 인제 등 지명을 굴리는 발음으로, 그러나 알아듣게 말하는데 유독 양구만은 씹어뱉듯이 진저리를 치면서 갓뎀 양구라고 대답하곤 했다. 어쩌다 한두 사람이 그러는 게 아니라 공통적으로 그러했다. 아마 거기가 유난히 격전지였거나 아니면 기후나 지형이 혹독한 땅이었을 것이다. 그동안 어떻게 변했는지 가보고 싶었다. 본디 모습을 모르는데 어떻게 변화

52

를 알아보려는지. 혹시 그놈의 갓뎀 양구를 기억하고 있는 걸로 그 시절의 양구를 기억하고 있는 것처럼 착각을 하고 있는지도 몰랐다.

과연 양구는 오지였다. 그러나 길 닦는 데 도가 튼 우리나라 토목 기술에 오지는 없었다. 마침 5월이었다. 오염되지 않은 산수와 아찔한 낭떠러지를 동시에 즐기며 어느 틈에 미술관에 당도했다. 보통의 농촌에서 단박 품위 같은 게 느껴진 건 대화가의 출생지라는 선입견 때문이겠지만 결국 그런 게 문화의 힘이 아닐까. 미술관은 그의 그림처럼 소박하고 친근했다. 버스 두 대로 단체로 온 사람은 7, 80명은 돼 보였다. 거의 젊은 사람들이었고 아이들을 데리고 온 사람도 적지 않았다. 예상한 대로 박수근의 그림은 몇 점 안 됐지만 동시대의 화가들 그림이 소품인데도 하나같이 진수만 모은 것처럼 빛나서 오길 참 잘했다 싶었다. 거의 가족 아니면 친구끼리 온 사람들 중에서 나처럼 외톨이도 있다는 걸 우리끼리는 곧 알아보게 되었다. 나이는 나하고 비슷해 보이는데 나보다 멋쟁이여서 솔기에 모조 진주가 달린 하늘색 바지와, 같은 색의 챙 넓은 모자가 썩 잘 어울렸다. 우린 별말은 안 했지만 어떤 그림은 오래 보고 어떤 그림은 빨리 보는 속도가 잘 맞아 저절로 같이 다니게 되었다. 내가 먼저 말을 걸었는데, 불쑥 한다는 소리가, 이런 그림을 보면 슬쩍 훔쳐 가고 싶다고 했다. 어느 예쁜 그림 앞에서 주위의 눈치를 살피는 시늉까지 하면서 그렇게 말했는데도 그 멋쟁이 할머니는 나를 이상한 사람 취급하는 것 같지는 않았다. 조금 친해진 느낌이 들었다. 박수근의 무덤을 이장할 때 나왔다는 유품을 보면서 이번에는 그가 불쑥 말했다.

"나는 박수근의 그림을 보면 괜히 눈물이 난다니까요. 주책이죠?"

나는 놀라면서 그의 얼굴을 자세히 봤지만 눈물 자국은 없었다. 그가 정정을 했다.

"정물화나 풍경 말고 사람이 나오는 그림 말예요. 여긴 없어서 섭섭하지만 다행이에요. 눈물이 나오면 우는 대신 슬쩍 합장을 한다니까요. 부처님한테 하듯이."

곧 유홍준 미술관장이 사람들을 모아놓고 박수근미술관의 내력과 그의 예술에 대한 해설을 시작했기 때문에 우리의 대화는 그 언저리에서 중툭이 잘렸다. 관장은 재미있고도 자상한 설명 끝에 이런 말을 했다. 박수근 그림에 나오는 여자들은 다 부지런히 일을 하고 있는데 남자는 우두커니 앉았거나 놀고 있는 게 특징이라고 했다. 남자들에게는 일거리가 없어서 여자들이 나가서 무슨 일이라도 해야만 식구들을 먹여 살릴 수가 있었던 당시의 사회상을 본 대로 느낀 대로 그린 사실적인 그림이지만, 캔버스에다 옮기는 게 아니라 돌을 쪼듯이 그렸기 때문에 암벽에 새겨진 마애불 같은 시각 효과를 나타낸다고도 했다. 전문가의 해설이 비전문가의 안목과 일치하는 게 신기했다. 전시장을 돌아 나오는데 회랑처럼 생긴 통로에 박수근의 판화가 걸려 있었다. 판화 속의 여자들도 다들 임을 이고 어디론지 걸어가고 있었다. 그중에 탑이 가운데 있고 그 주위를 임을 인 여인들이 맴도는 것 같은 구도의 판화를 보고 엄마의 손을 잡고 구경 온 어린이가 큰 소리로 외쳤다.

엄마, 저 아줌마 대빵 큰 모자 썼다. 그치?

여인들이 머리에 인 빈 광주리가 대빵 큰 모자로 보였던 것이다. 그 아이는 아마 광주리는커녕 작은 보퉁이 하나도 머리에 인 것을 본 적이 없을지도 모른다. 그 시절의 광주리는 정말이지 대빵 컸다. 지름은 1미터 가까이나 되지만 운두는 손을 올려 잡을 수 있어야 하는 걸 감안해, 낮

게 왕골로 엮은 광주리는 뚝섬에서 두세 평씩 밭떼기한 열무나 굵은 육쪽마늘 열 접도 한꺼번에 담을 수가 있었다. 어떻게 그 많은 것을 잘 쟁여 담느냐가 문제지 목이 어떻게 그 무게를 지탱할 수 있느냐는 문제 삼지 않았다. 임만 이면 여자들의 목은 움츠러들기는커녕 오히려 빳빳이 일어섰다. 그 남자의 어머니처럼 굽은 허리까지 일으켜 세우는 이상한 임질도 있었다. 등짐장사로 생업을 삼은 애비가 식구들에게 뼈가 부러지고 등가죽이 벗겨지도록 일했노라고 공치사하는 반면, 여자들은 광주리장사를 회고할 때 목이 빠지게 임질을 했다고 표현하는 것만 봐도 알 수가 있다. 어려운 시절이 지나고 여자들이 광주리장수를 면하게 된 후에도 웬만한 집에선 대개 커다란 광주리 한두 개씩은 뒤란이나 광에 걸려 있었다. 김장 때 무나 절인 배추를 씻어 건져 담는 데 없어서는 안 되는 생활필수품이었으니까. 식구가 다섯 식구만 되어도 김장을 100포기씩 할 때였다. 극도로 궁핍한 전시를 넘기자 김장을 몇 포기나 했냐로 그 집이 얼마나 살 만해졌나 부의 척도로 삼는 시대가 왔다.

박수근이 표현한 그와 동시대의 여인들은 판화 속에서

나 유화 속에서나 빈 광주리를 이고 있다. 그래서 귀로歸路
처럼 보인다. 귀로의 허기와 충만감, 귀로의 쓸쓸함과 조
급증, 귀로의 피곤과 안도감, 그런 것들을 겪어보지 않고
어찌 읽어낼 수 있을까. 더군다나 미묘한 선이 생략되어
유화보다는 화강암에 새긴 오래된 부조처럼 보이는 작은
판화에서.

어쩌면 그 멋쟁이 할머니한테만은 생략되었기 때문에
오히려 더 숨었던 미묘한 것들이 살아나 생으로 육박해왔
을지도 모른다는 생각을 하며 밖으로 나왔다.

6

뭐니 뭐니 해도 가장 돈 안 드는 사치는 그 남자네 집 사랑채에 있었다. 홍예문이 달린 사랑채는 니은(ㄴ) 자 구조로 돼 있었다. 안채의 기역(ㄱ) 자 구조와 맞물리면 미음(ㅁ) 자가 되지만, 맞물리지 않고 넉넉한 공간을 두고 떼어놓았기 때문에 서로 독립적이었다. 사랑채엔 따로 사랑마당이 딸렸을 뿐 아니라 대문을 거치지 않고도 외부와 소통할 수 있는 홍예문이 있었다. 사랑마당을 바라볼 수 있는 툇마루가 딸린 큰방은 그의 아버지와 형이 공유하던 서재고, 큰방에서 안채를 향해 꺾어진 작은방은 그의 형이 처자식과 따로 홀로 취미 생활을 즐기던 방이라고 했다. 형의 취미는 음악 감상이었을까. 그 방엔 당시엔 드문 전축이 있었고 빼곡하게 꽂은 음반이 두 벽 천장까지 닿아 있었다. 내 귀는 클래식에 전혀 훈련이 돼 있지 않았다. 그것 때문에 나는 은근히 그에게 열등감을 느끼고 있었고 그것을 눈치챈 그는 나에게 최대한으로 친절하려고 애썼다. 그러나 이래도 귀에 기별이 안 가고 배기나 보자고 위협이라도 할 듯이 들려준 베토벤의 〈9번 교향곡〉을 듣고도 너무 시끄럽다, 어머니 깨시겠어, 라고 소음 취급을 하자 어처구니없어하는 표정이 되었다. 그렇다고 아주 단념한 건 아니었다. 고등학교 음악 시간에 귀에 익은 〈들장미〉, 〈라르고〉, 〈보리수〉 같은 가곡을 들려주기 시작했다.

그는 음반을 조심조심 마치 애무하듯이 다루었다. 그는 전축이 돌아가는 동안 다음에 걸 음반을 골라서 호호 살짝 입김을 불어 넣기도 하고 작은 브러시로 닦아내기도 했다. 그 브러시는 원래는 음반 청소용이 아니라 화장할 때나 쓰는 것일 수도 있었다. 서양 여자의 속눈썹을 연상시키는 정교하고 섬세한 브러시였다. 부드러울 것도 같고 빳빳할 것도 같은 그 솔에 닿으면 전류가 통할 것 같은 기분이 들곤 했다. 음반을 어루만지고 싶어서 그러는지, 먼지를 닦으려고 그러는지, 분간이 안 되는 그의 골똘하고도 탐미적인 손놀림 때문일 것이다. 그는 또 내가 이름을 알리 없는 외국 테너의 기름진 미성도 애무하듯이 가만가만 관능적인 허밍을 넣으면서 들었다. 솔이 허밍인지 허밍이 솔인지 잘 구별이 안 됐다. 촉각과 청각이 서로 녹아들면서 아슬아슬한 도취의 순간을 만들어냈다. 그가 가장 자주 틀어준 음반은 〈보리수〉였다. 내가 뜻을 알고 듣는 유일한 가곡이기 때문일 것이다. ─암 부룬넨 홀 덴 토레 다 스테트 아인 린덴바운, 이히 트러임트 인 자이넴 샤텐 소 멘헨 쉬셴 트라움─그 가사는 우리가 고3 때 배운 독일어 교과서에 나오는 시였다. 그 가사에다 그가 허밍을 넣는 걸 듣고 있으면 나는 온몸에 솜털이 곤두서는 것 같았다. 그 시절부터 우리는 얼마나 멀리 와 있나. 그 시절이 우리에게 정말 있기나 있었을까. 여긴 어딘가. 그건 일종의 위기의식이었다. 안채에 있는 그의 어머니의 존재가 신경이 써지는 건, 음악 소리가 클 때보다 조용할 때, 대화가 끊기고 어색하고도 터질 듯이 부푼 침묵이 우리 사이를 압박해올 때가 오히려 더할 수도 있었다.

5월이 되자 사랑마당에서 온갖 꽃들이 피어났다. 그렇

게 여러 가지 꽃나무가 있는 줄은 몰랐다. 향기 짙은 흰 라일락을 비롯해서 보랏빛 아이리스, 불꽃 같은 영산홍, 간드러지게 요염한 유도화, 홍등가의 등불 같은 석류꽃, 숨가쁜 치자꽃, 그런 것들이 차례로 불온한 열정—화냥기처럼 걷잡을 수 없이 분출했다. 이사하고 나서 조성한 정원이어서 그 남자도 이렇게 꽃이 잘 핀 건 처음 본다고 했다. 그런 꽃들을 분출시킨 참을 수 없는 힘은 남아돌아 주춧돌과 문짝까지 흔들어대는 듯 오래된 조선 기와집이 표류하는 배처럼 출렁였다. 우리는 서로 부둥켜안고 싶을 만큼 아슬아슬한 위기의식을 느꼈다. 돈이 안 드는 사치는 이렇게 위험했다.

5월은 마치 미친 것처럼, 울부짖는 것처럼 격렬하게 제명을 다하고 극성스러운 여름이 되었다. 나는 6월의 모란꽃처럼 피곤했다. 찌는 듯한 더위가 극에 달한 어느 날 휴전이 되었다. 휴전회담이 진행되는 동안 전투는 오히려 더 치열했다. 남과 북의 경계선은 휴전 문서에 조인하는 그 순간의 영토에 고정되게 돼 있으므로 한 치라도 더 땅을 뺏으려고 젊은 피로 산하를 물들였다. 이름 붙은 고지들이 다시는 꽃 피고 잎 돋는 일이 있을 것 같지 않게 초토화됐다. 휴전 문서에 조인하는 시간에 못 박힌 휴전선은 해방 후 5년 동안 남북을 갈랐던 직선에서 곡선으로 변했다. 동부전선은 북으로, 서부전선은 남으로 내려왔다. 회담으로 문제를 해결하려는 자들은 곡선이 직선보다 인간적이라고 주장하고 싶을지는 몰라도 마지막 순간까지 젊은 피를 아낌없이 바치게 했다는 걸로 이 세상에서 가장 비극적인 곡선이 되었다. 휴전으로 피난 간 사람과 못 간 사람을 완강하게 갈라놓던 한강의 통금도 풀렸다. 멀리는 대구, 부산에서 가까이는 수원이나 인천, 더 가까이는 영등포에서 칼잠을 자던 피난민들이 다리 뻗고 자려고 앞다투어 한강을 건너고 마침내 정부도 환도했다. 서울에 활기가 넘치고 하루하루 인구가 늘어났다.

엄마는 남편과 아들을 잡아가서 다시는 돌려보내지 않은 성북경찰서와 그 옆의 청년단 건물과 직결처분을 해서 한 구덩이에 처넣었다는 소문을 듣고 미친 듯이 시체를 찾아 헤매던 성신여고 뒷산 사이에 끼어 사는 걸 더는 못 참아했다. 정말 참을 수 없었던 것은 한 골목 사람들이 돌아오는 것을 맞이해야 하는 일이었다. 아버지나 오빠처럼 지금 이 자리에 적응할 생각보다는 다른 생각을 하고

산 잘못밖에 없는 사람에게 그런 치명적인 죄를 뒤집어씌운 건 이웃의 누구누구였을 거라고 믿고 있었으니까. 한때 무고가 역병처럼 번졌다면 원한 또한 면할 길 없는 후유증이었다. 엄마는 골목 안 사람들이 돌아오기 전에 이사를 가고 싶어 했지만, 피난 갔던 사람들은 신속하게 정든 동네, 살던 집으로 돌아왔다.

엄마가 또 만나기를 가장 꺼리던 반장집도 돌아왔다. 엄마가 그 집을 싫어한 건 전쟁 나던 해 가을, 서울이 수복되고 나서 시민들에게 시민증을 발급할 때부터였다. 반장이 우리 집에만은 신청서를 나누어주지 않고 끼고 있어 끝까지 애를 먹였다. 시민증이 목숨 같은 때였다. 결국은 나누어주었고 발급해주는 심사를 할 때는 보증까지 서주어서 시민증을 발급받을 수 있었는데도 아버지와 오빠를 고발한 건 반장이라고 믿고 있었다. 이웃이 무서울 때였다. 인공 때 숨어 있지 않고 버젓이 나다닌 죄밖에 없는데 그걸 아는 사람이 골목 안 사람밖에 더 있겠느냐는 것이었다. 그때부터 엄마는 툭하면 이웃사촌이 아니라 이웃이 바로 원수다, 라고 한탄을 하곤 했다. 엄마는 스스로 반장네와 우리를 가해자와 피해자의 관계로 설정해놓고, 어떻게 된 세상이 때린 놈은 다리 뻗고 자고, 맞은 놈은 새우잠을 자게 되었는지 모른다고 개탄했다. 반장네를 다시 만나는 걸 전전긍긍해하느니 차라리 안 보고 싶었을 것이다.

이 전쟁이 생전 안 끝날 것처럼 앞이 안 보이던 지난겨울에도 이사 가고 싶어 집을 내놓은 적이 있다. 그때만 해도 이 동네만 아니라면 어디라도 그만이라고 생각했던 것 같다. 빈집이 널렸을 때였고 집값도 쌌다. 그래도 매매가 아주 없는 건 아니었다. 전쟁이 끝나고 평화가 돌아올 때를 대비해 집을 사두려는 사람이 종종 있었다. 사람이 사는 한 시장이 서는 것처럼 사람은 한뎃잠을 잘 수 없는 이상 복덕방은 있게 마련이었다. 빈집이 많다는 게 전세나 사글세를 찾는 사람 발길을 끊게 한 건 사실이지만, 매매에는 그다지 영향을 주지 않았다. 우리가 파는 입장이라 해도 집값이 싼 게 문제시되지 않았다. 싸게 판 만큼 싸게 사면 되니까. 집을 보고 간 사람이 내일 계약하러 오겠다고 시간 약속까지 하고 간 날 밤에 화폐개혁이 되었다. 원화가 100대 1로 절하되면서 환화가 되었다. 생전 처음 겪어보는 일에 그저 어리둥절하다가 하마터면 큰일 날 뻔했다는 걸 뒤늦게 알아차리게 되었다. 100대 1이 됐다고 해서 500만 원 하던 집이 5만 환이 되는 게 아니라고 했다. 원칙대로라면 그래 마땅하지만 집값은 으레 몇백만 원에서 몇천만 원인 걸로 길들여진 머리로 단돈 몇만 환에 어떻게 집을 사고팔겠느냐는 거였다. 집값만 오르게 생긴 거죠 뭐, 라고 귀띔을 해준 건 복덕방 영감이었다. 설마 그럴 리가 하다가 한동안 뜸하던 작자가 다시 나섰다고 제시한 금액은 아닌 게 아니라 100대 1보다 훨씬 많은 70대 1에 해당되는 금액이었다. 엄마는 올려 받겠다고 한 바가 없는데 저절로 오른 금액에 기절초풍을 하고 말았다. 경제에 어두운 엄마도 하마터면 가만히 앉아서 집을 반으로 줄여 먹을 짓을 할 뻔했다고 깨달은 것이다. 벌지도 못하는 주제에 유일한 재산을 반쪽을 내다니. 그때 놀란 가슴 때문에 엄마는 집 팔기를 아예 단념하고 말았다. 집값만이 아니라 모든 물가가 100대 1에 승복을 못 하고 몇천은 몇백이라도 돼보겠다고 하늘 높은 줄 모르고 치솟을 때였다. 인플레를 잡으려고 한 화폐개혁이 오히려 인플레를 부추기는 현상에 어리둥절하고 자신감을 잃은 엄마는 어떡하든지 이 동네를 면하고 싶다는 소원까지 접고 아주 무력한 노인이 되었다. 엄마에게서 힘이 빠질수록 그 무게가 내 어깨로 실려오는 것 같아 우울했다. 나는 딸자식답게 빠져나가기를 꿈꾸고 있었다. 엄마를 힘 나게 하기 위해서 나는 은근히 이사를 부추겼다.

잠시라도 어떻게 한 골목 안에서 마주 보고 사나? 걱정 했던 것과는 달리 반장네와의 재회는 순조로웠다. 반장네 는 피난 보따리를 풀기도 전에 우리 집으로 인사를 먼저 왔다. 그리고 그들이 피난 가 있는 동안 세간살이랑 묻어 놓고 간 귀중품이 하나도 손을 안 타고 고스란히 남아 있 는 게 마치 우리가 남아서 지켜주었기 때문인 것처럼 치하 를 했다. 그중에도 싱가미싱이 남아 있는 게 꿈만 같다고 했다.

"그걸 못 짊어지고 간 걸 얼마나 후회했는지. 양식 떨어 졌을 때랑, 막내 홍역 앓다 놓칠 뻔했을 때랑 싱가미싱 생 각이 굴뚝같더니만 손 안 타고 남아 있는 걸 보니까 어찌 나 반가운지, 안 가지고 가길 참 잘했지 가지고 갔어봐, 지 금까지 남아났겠우. 고마워요."

엄마는 그런 인사를 모욕으로 받아들인 듯했다. 겁쟁이 가 모욕당했을 때 어떤 표정을 짓는지, 나는 그걸 바로 보 기 민망해 외면했다. 고맙다는 인사를 하고 난 반장네는

나하고 동갑인 그 집 맏아들이 전사한 얘기를 했다. 반장
네가 그 얘기를 하면서 목이 메자 갑자기 엄마는 소리를
내어 흐느꼈다. 그러자 반장네도 둑이 터진 듯 엉엉 큰 소
리로 눈물 콧물을 쏟아냈다. 두 엄마의 통곡 소리가 초상
집 같았다. 그걸로 반장네와 엄마는 그동안의 오해와 원망
을 푼 것처럼 보였다.

　이사가 늦어진 건 반장네를 꺼리는 마음이 없어졌기 때
문이 아니라 이사 갈 데 먼저 정해놓고 집을 팔려는 엄마
의 용의주도함 때문이었다. 달랑 집 한 채가 아버지의 유
일한 유산이자 엄마의 전 재산이었다. 이걸 까먹지 않고
적절히 이용해 식구가 먹고살아야 한다는 건 엄마의 막중
한 책무이자 강박관념이었다. 지금까지는 내가 미군부대
에서 타 오는 월급으로 나머지 식구는 판판히 놀고도 먹
고살 수가 있었다. 판판히 논다는 다소 자조와 능멸이 담
긴 말은 내 생각이 아니라 엄마가 그렇게 생각하고 있었
다. 엄마는 몇 번 시도해보았지만 실패로 끝난 광주리장수
때문에 그 남자의 어머니에게 열등감을 느끼고 있었고, 딸
에게도 은근히 미안해했다. 미군부대에서는 월급이 꼬박
꼬박 나왔고, 안에서 하는 일도 고되지 않았지만 엄마는

창피하게 여겼다. 목구멍이 포도청이니까, 남의 이목이 없으니까, 참아준다는 투였다. 그러나 날로 남의 이목이 번다해지고 있었다. 집값도 들썩이고 매매도 활발해졌지만 소심한 엄마는 그런 때를 기회라고 여기기보다는 하룻밤 사이가 다르던 화폐개혁 때의 악몽이 되살아난 듯 작자만 나섰다 하면 갈 집 먼저 정해놓고 팔겠다고 보류를 시켜놓고 집 보러 다니는 사이에 작자를 놓치곤 했다. 엄마는 대강 어느 방향 어떤 동네로 가고 싶다는 생각도 없이 무작정 발길 닿는 대로 돌아다니다가 와서는 그 돈 가지고 이만한 집 구하는 건 어림도 없어, 야아, 마지막 야아 소리를 충청도 사람보다 더 길게 빼고는 올케와 나를 번갈아 쳐다보곤 했다.

아직도 엄마는 뭐는 안 하고 싶고, 뭐는 피하고 싶다는 생각에 사로잡혀 장차 뭘 하고 싶은지 어떻게 해야 되는지에 대해서는 한심할 정도로 요령부득이었다. 우리 사정을 잘 아는 반장네가 이런 엄마를 딱하게 여겼던지 이것저것 아는 척을 하기 시작하면서 우리의 문제점을 꿰뚫어 본 듯했다. 집을 줄여가며 몇 푼 떨어지는 것 갖고 돈놀이할 생각 같은 것은 절대로 하지 마라, 차라리 곶감 꼬치 빼

먹듯이 야금야금 생활비로 써버리느니만도 못하다. 아무리 한 푼이라도 버는 게 수라지만 돈놀이는 아무나 하는 게 아니다. 이 집엔 여자 일손이 둘이나 된다. 둘 다 밥하는 재주밖에 없고, 집구석밖에 모르니 적성을 살려 하숙을 치는 게 어떻겠느냐고 했다. 겉으로는 흔연대접해도 속으로는 응어리를 다 못 삭인 반장네의 말이지만 그 말만은 엄마를 솔깃하게 했다. 하숙을 치려면 우선 방이 많이 있어야 된다. 대학이 가까이 있어야 한다. 대학도 될 수 있으면 시골 학생이 선호하는 대학일 것, 등등도 반장네의 충고였다. 하숙을 칠 각오를 했으면 반장네 아니라도 그 정도는 상식으로 알고 있어야 했다. 그 밖에도 반장네는 부동산에 대한 우리의 안목을 바꿀 만한 새로운 생각을 가지고 있었다. 여태까지는 대지가 몇 평이냐보다는 건물의 평수로 평당 집값을 계산했지만 앞으로는 대지 면적이 집값을 좌우할 것이다. 따라서 지금 가장 높은 값을 받을 수 있는 조건이 되는 조선 기와집에 굴도리에 부연 달린 집도 무의미해질 것이다. 폐허가 된 주택가가 많고 복구할 물자가 귀하니까 건물값을 높게 쳐주는 거지 머지않아 집 지을 땅이 귀해지는 세상이 오면 당연히 대지를 넓게 차지한 집이 이익을 보게 될 것이다. 벌써 문안 문밖이 무의미해진 것처럼 주택가의 범위도 넓어져서 지금 살기 편한 동네에 손바닥만 한 땅을 차지하고 있는 것보다 같은 값으로, 지금은 사는 데 좀 불편하더라도 변두리의 넓은 땅을 차지하고 있으면 큰 이익을 올릴 수 있을 것이다, 등등 예언적인 전망을 내놓았다.

뜻하지 않은 재난을 겪고 나면 무당한테 의지하는 수가 많은데 엄마는 전혀 그러지 않아 다행스러웠는데 반장네의 말에는 솔깃해하는 정도를 지나 엎어지다시피 했다. 여자들이 집에 앉아서도 돈을 벌 수 있는 일이 있다는 게 엄마에게 새로운 기운을 불어넣었지만 거기 맞는 동네를 찾기는 쉽지 않은 듯했다. 매일 무턱대고 발품만 팔다가 반장네가 따라나서주자 쉽게 가닥이 잡혔다. 종암동에 있는 방이 여덟 개나 되는 양기와집을 계약하고 우리 집도 합당한 값에 팔았다. 집 판 값에서 이사 비용, 등기 비용까지 제하고 남은 값으로 새집을 샀는데 대지는 판 집보다 세곱이나 넓은 집이었다. 당시만 해도 전차가 안 다니는 동네는 집값이 뚝 떨어졌다. 게다가 건물은 양기와집에다가 나왕으로 지은 오리목집이었다. 신선탕 뒷집도 집안이 기

울면서 줄여 온 집이었지만 반듯한 조선 기와집이 갖춰야
할 체통을 온전히 갖춘 집이었다. 춘양목으로 지은 부연
달린 집이었다. 나는 계약이 끝난 후에 보러 갔다. 하숙을
칠 마음이 급한 엄마는 올케에게도 나에게도 계약 전에
그 집을 보여주거나 의논 같은 것도 하려 들지 않았다. 한
번 굳힌 일에 이러쿵저러쿵 사가 끼는 걸 원치 않았던 것
이다. 하숙생은 방하고 주인 인심 보고 들지 집의 뼈대 보
고 들지 않는단다, 마치 몇십 년을 하숙 쳐 먹고산 것처럼
자신 있게 말했다. 기역 자로 된 안채는 보통 한옥의 기본
형태인 방 세 개와 마루 그리고 부엌으로 돼 있고 널찍한
마당엔 가운데 꽃밭이 있고 방 다섯 개가 행랑채처럼 일
자로 나란히 붙어 있어서 지방 도시 역전의 여인숙을 연상
시켰다. 뒤란까지 있어서 장독대와 헛간이 있었다. 엄마는
나란히 있는 하숙방을 하나하나 열어보면서 벅찬 소리로
말했다.

"난 이 방들을 분통같이 도배할 거다."

나는 하숙 칠 방보다는 우리가 거처할 안채에 관심이
많았다. 안방도 넓고 마루도 넓은데 나머지 방 둘은 네모
반듯한 한 칸짜리였다.

"어떠냐? 안방하고 마루가 널찍하니까 여름이나 겨울이나 학생들 겸상 차려줄 거 없이 교자상 놓고 같이 먹여도 되겠쟈? 내 자식 대하듯 흉허물 없이 대할란다."

그저 하숙 칠 궁리지 손자, 며느리, 과년한 딸한테는 어떤 방을 쓰게 한다는 계획 같은 건 처음부터 들어 있지 않았다. 엄마에게 사랑의 기억이 서려 있지 않은 집은 차라리 영업장인 게 나을지도 몰랐다. 아버지는 맏손자가 겨우 따로 선 날부터 대청마루 가운데 기둥에다 키를 새기기 시작했다. 아이의 키는 무럭무럭 자랐다. 안감냇가 집에는 지금도 그 눈금이 선명하게 남아 있었다. 아버지가 집에 안 돌아오게 되자 눈금도 성장을 멈췄다. 아이는 계속해서 자랐다. 엄마는 그런 보이는 기억, 안 보이는 기억들을 짜던 비단 폭 자르듯이 싹둑 자르고 새로운 피륙을 짜려 하고 있었다. 엄마가 모진 마음 먹고 잘라버린 것들 중엔 딸에 대한 꿈도 포함돼 있다는 걸 나는 섬뜩하게 실감했다.

종암동 양기와집 대청마루 가운데 기둥에는 내 키 높이에, 포탄 자국이 도끼로 뽀개다 만 것처럼 흉측하게 아가리를 벌리고 있었다. 나는 집에 들어서자마자 그게 먼저 눈에 들어왔지만 말하지 않았다. 섬뜩하고 보기 싫을 뿐,

집의 안전을 위협할 것 같지는 않았거니와 집에 대해 어떤 트집도 잡고 싶지 않았다. 엄마의 부푼 마음이 툭 건드리면 터질 듯이 위태로워 보였기 때문이다.

"박격포탄 자국이란다. 자다란 총알 자국은 거기 말고도 여기저기 많더라만 아무도 다친 사람은 없다고 하더라. 복덕방에서도 그러고, 동네 사람한테도 넌지시 떠보았다. 반장네가 어떤 사람이냐."

나는 묻지도 않았는데 엄마가 먼저 그렇게 말했다. 나한테는 어떤 방을 줄 건지 제일 궁금한 건 집에 와서야 물어볼 수 있었다.

"시집갈 때까지 나하고 같이 안방 쓰면 되지 무슨 걱정이야. 그 집엔 앞으로 사내 녀석들이 득시글댈 텐데 그런 영업집에 과년한 딸을 오래 데리고 있을 생각 추호도 없다. 생각 같아서는 아주 치우고 이사 가고 싶다만 그게 서둔다고 될 일이냐. 학교도 더는 못 보내니까 그런 줄 알아. 그동안 우리 밥 먹여준 미군부대가 고맙긴 하지만 우세스러운 꼴 당할까 봐 얼마나 조마조마한 줄 아냐? 이젠 남의 이목도 번다해졌으니까 너 혼자 깨끗한 걸로는 안 된다. 남의 말 하기 좋아하는 사람들 입 초사에 오르내리지 않는 게 수야."

엄마는 내 직업을 남이 안 보는 데니까 용납했다는 식으로 떳떳하지 못하게 여기고 있었다. 다섯 식구가 편안히 먹고살았을 뿐 아니라 입가에 버짐이 피던 조카들이 분유통 그림에 나오는 우량아처럼 살이 포동포동하고 야들야들해진 게 누구 덕인데. 미군부대에선 정해진 월급 말고도 생기는 게 쏠쏠했다. 해방 후에 주둔한 미군들이 껌을 쩌덕쩌덕 씹고 다니다가 손 내미는 아이에게 껌이나 초콜릿을 던져주듯이 부대 안에서도 넉넉히 쇼핑한 피엑스 물품을 선심 쓰는 미군들이 있었다. 필요한 거 있으면 사다 주마고 넌지시 친절을 베풀려는 미군도 없지 않았다. 나는 한 번도 그런 지나친 친절에 말려들지 않았지만, 그들이 약비나게 먹는 햄이나 소시지, 초콜릿, 캔디, 비스킷 따위를 침 넘어가는 시선으로 바라보지 않았는데도 그들이 아무렇지도 않게 그런 것들을 베풀었다고 말할 수는 없었다. 엄마가 이제 와서 그런 나의 공력을 창피하게 여기는 것보다 더 야속한 것은 더는 학교에 못 보내겠다는 한마디였다. 딸의 꿈이 걸린 그런 중대한 일을 어쩌면 그렇게 무 토막 자르듯이 말할 수가 있을까. 모든 것이 무너져 내렸다

해도 꿈꿀 터전, 꿈꿀 자유만은 남아 있다고 믿고 끊겼던 꿈을 잇기 위해 앞다퉈 돌아온 피난민으로 서울이 미어터져가는 이 마당에.

7

돌아온 사람들로 우리 골목 안만 만원이 된 게 아니었
다. 친척들도 돌아왔고 아버지와 오빠가 살면서 관계 맺
어온 사람들도 돌아왔다. 서울 사람만 돌아온 게 아니라
북쪽에서 내려왔다가 휴전선에 막힌 사람들도 남쪽에 눌
러앉지 못하고 서울로 돌아왔다. 남쪽이 고향인 사람들도
피난 중 맺은 서울 사람과의 인연이나 연줄을 따라 이번
참에 서울 사람이 되려는 이도 적지 않았으니 당연히 서울
은 미어터졌다. 엄마가 말한 이목이 번다해진다는 건 그런
뜻이었다. 다들 제 살기에 바쁘고 새롭게 뿌리 내리기 버
거워 남에게 신경 쓸 겨를이 없었다. 오래간만에 만난 인

사치레도 건성이었다. 그런데도 엄마는 우리가 예전에 속했던 인간관계의 그물망으로 다시 돌아온 것처럼 여기고 싶어 했다. 엄마가 그 그물망을 벗어나고 싶지 않은 건 필시 체면을 존중하는 이들끼리 엮여졌다고 믿기 때문일 것이다. 사람이 체면이 있어야지, 그건 엄마가 남을 판단하는 중요한 기준 중의 하나인데 내가 당신의 체면을 깎을지도 모른다고 생각했을 것이다. 체면을 존중하는 사람끼리도 전쟁 중에는 상처 준 사람 원수진 사람도 있으련만 반장네하고 엄마 사이처럼 없었던 일이 돼버렸다. 전쟁 나던 해 9·28 수복 후 서울 사람들이 무엇에 씐 것처럼 서로 고발질을 해 원수를 만들던 것과는 딴판이었다. 전화가 없던 시절에도 위로받을 사람과 위로할 사람, 이용할 사람과 이용당할 사람들은 쉽게 연줄이 닿았고, 나쁜 건 빨리 잊어버리는 게 살 궁리 하는 데 유리하다는 걸 저절로 터득하고 있었다. 마침내 살아남아 돌아왔다는 감격이 마취제처럼 원한을 달래고 상처를 다독거렸다.

정부도 돌아오고, 학교도 돌아오고, 기업체도 돌아오고, 돈 번 사람도 다 까먹은 사람도 돌아왔다. 성한 집은 얼마 남아 있지 않았다. 당연히 살 집이 모자랐다. 피난지에서 칼잠을 자면서 꿈꾼 네 활개 펴고 자고 싶다는 소망을 이루기 위해 그들은 여기저기다 하꼬방을 짓기 시작했다. 집이 불타버린 집터에뿐 아니라 상하수도 시설이 없는 산비탈에도 하룻밤 사이에 하꼬방이 버섯처럼 돋아났다. 미군부대에서 나온 깡통과 보루바꼬는 훌륭한 건축자재였다. 집보다 더 모자라는 게 취직 자리여서 도처에 자유업이 넘쳤다. 미성년도, 어린이까지도 돈을 벌고 싶어 했다. 내가 다니는 미군부대 주변에도 긴 장죽이나 놋쇠 장식, 군단이나 사단 마크를 수놓은 천 조각 등 조잡한 민예품을 들고 나와 하우 머치를 외치며 미군들에게 엉겨 붙는 소년들이 아가사리 끓듯 했다. 민예품은 겉포장이고 더 은밀한 곳엔 이상한 그림이나 사진을 숨겨가지고 있다가 조금이라도 틈을 보이는 미군이 있으면 턱에다 들이대는 포르노 장사로 변했다. 중학생 또래만 돼도 이런 철부지들을 모아 놓고 이상한 그림엽서를 마분지에 받쳐가지고 양키 턱주가리에 들이미는 척하면서 군복 포켓에 꽂힌 파카 만년필을 낚아채는 수법을 교습하기도 했다. 그런 애들은 미군부대 영내로 자유롭게 출입하는 젊은 여자는 모조리 양갈보 취급을 해서 코를 풀어 치마에 바르는 시늉을 하거나 미리 깡통에 준비한 오물을 뒤집어씌울 것처럼 공갈을 쳐서 돈을 갈취해 갔다. 미군부대에 붙어서 먹고사는 게 미군 다음으로 만만한 표적이 되었다. 그들은 그냥 배고픈 악동일 뿐 근본이 나쁜 아이는 아니었다. 동무가 하니까 취미로 나온 아이도 있었다. 거의 다 학교 끝난 방과 후에 그런 잔돈푼 벌이에 나선 평범한 집 아이들이었다. 학교마다 아이들이 넘쳐서 모든 국민학교가 5, 6학년만 빼고는 2부나 3부제 수업을 했다. 아이들은 심심했다. 놀이에 굶주린 아이들에게 양아치 짓은 스릴 넘치는 장난이었다. 그 바닥에서 이름난 악동도 아마 저녁상에선 선량한 부모의 예절 교육을 받을지도 모르고, 궁한 엄마는 세뱃돈 알겨먹듯 아들이 번 잔돈푼을 넘볼지도 모른다. 인구의 집중 현상과 의식주의 절대적인 부족은 사람의 실생활뿐 아니라 위계질서나 윤리 의식에도 엄청난 지각변동을 가져왔다.

그런 일들이 다 휴전이 된 그해가 가기 전에 일어났다. 그 남자네라고 그런 지각변동으로부터 자유로울 리가 없었다. 우리 집에 일어난 변화와 거의 비슷한 변화를 그 남자네도 겪고 있었다. 그 남자에겐 손위 누님이 둘이나 있었고 가까운 집안네도 번족했다. 그들이 돌아옴에 따라 체면상 그의 어머니도 더는 광주리장수를 할 수가 없었다. 광주리장수뿐 아니라 생활 전반에 걸친 결정권이 가까운 친척과 딸들에게 넘어갔다. 기역 자 허리가 머리에 임만 이었다 하면 일직선으로 펴지는 곡예를 못 하게 된 후 노인은 급격하게 쇠약해져 지팡이를 짚고도 엉금엉금 기다시피 했다. 임을 이고 다닐 때는 오다가다 만나도 옷깃을 가다듬고 옆으로 비켜서게 할 만큼 존대尊大해 보였다. 적어도 나는 그렇게 느꼈다. 주위에 도와줄 사람들이 여럿 생기더니 지팡이를 짚고도 바로 못 걷는 꼬부랑 할머니가 되었다. 꼬부랑 깽깽이 할머니가, 꼬부랑 지팡일 짚고서, 꼬부랑 고개를 넘어서…… 어려서 늙은이 놀려먹을 때 쓰던 무엄한 노랫말이 떠오를 정도로 우스꽝스러웠다. 불과 몇 달 사이에 저렇게 폭삭 퇴락할 수가 있을까. 나는 확실한 목격자건만도 때때로 그 노인의 곡예가 나의 환상이었던 양 믿을 수 없어지곤 했다. 그 비현실적인 재주 외의 모든 면에서 그의 어머니는 무능력했다. 딸들 중 능력 있는 의사 딸과 명문대학 교수인 삼촌이 주축이 된 가족회의에서 집을 팔아 줄여 가기로 합의를 보았다. 노인 혼자 건사하기에는 집이 너무 넓었다. 모자가 다 자기가 필요한 공간 외엔 관심이 없어서 구석구석에서 쥐가 들끓고 비가 새고 거미줄이 차일을 치고 있었다. 쓰는 공간보다 안 쓰는 공간이 몇 곱절 되는 집은 퇴락하게 마련이었다. 그 남자는 한국전에 징집되어 조국을 위해 용감하게 싸우다 부상까지 당하여 명예제대한 상이군인이건만 이제는 대학생 신분이 되었기 때문에 누군가 돌보고 책임져줘야 할 미성년자 취급을 받았다. 그는 응석받이 막내답게 책임지는 걸 싫어했다. 그래도 그가 감당해야 할 어수선하고 밑도 끝도 없는 잡무가 많았을 것이다. 새집을 보러 다니는데도 누나들과 사사건건 충돌했다고 한다. 어떤 점에서 의견이 잘 안 맞았는지 그런 말은 들으나 마나였다. 누님이 넌 도대체 언제 철이 날 거냐고 한탄했다는 소리만으로 대강 짐작이 갔다.

그 남자는 그 남자의 그물망이 따로 있었다. 시늉만 하기도 어렵다고 그 남자는 피곤한 몸짓을 하며 말하곤 했다. 가족의 한 사람으로서 최소한의 의무만 하기도 벅차단 소리였을 것이다. 우린 틈틈이 만났다. 언제 만나자는 약속을 못 지킬 적도 없지 않았다. 전 같으면 상상할 수 없는 일이었다. 오붓하던 우리의 연애질이 어쩔 수 없이 산만해지고 있었다. 연애질보다 급하고 실제적인 일이 우리를 필요로 하면 서슴지 않고 약속을 뒤로 미루었다. 때로는 거짓 일을 꾸며대면서까지 약속을 안 지킬 적도 있었다. 우린 이제 마지막 남녀가 아니라 수많은 남자 여자 중의 하나였다. 한 사람에게 몰두하는 일이 얼마나 집중력을 요하는 중노동이라는 걸 서서히 깨달아가는 중이었다. 직장에서나 집에서나 신경 써야 할 잡무가 많은데도 그게 오히려 휴식이 되었다. 연애질에서 비켜나 있을 수 있는 시간이 필요했다. 그렇다고 그 남자에게 싫증이 난 건 아니었다. 연애의 권태기가 온 것하고도 달랐다. 만일 그 남자를 못 만났더라면 그 시절을 어떻게 넘겼을까. 그 살벌했던 날, 포성이 지척에서 들리는 최전방 도시, 시민으로부터 버림받은 도시, 버림받은 사람만이 지키던 헐벗은 도시를 그 남자는 풍선에 띄우듯이 가볍고 어질어질하게 들어 올렸다. 황홀한 현기증이었다. 이 도시 골목골목에 고인 어둠, 포장마차의 연탄가스, 도처에 지천으로 널린 지지궁상들이 그 갈피에 그렇게 아름다운 비밀을 숨기고 있는 줄은 미처 몰랐다. 그 남자의 입김만 닿으면 꼭꼭 숨어 있던 비밀이 꽃처럼 피어났다. 그 남자하고 함께 다닌 곳치고 아름답지 않은 데가 있었던가. 만일 그 시절에 그 남자를 만나지 못했다면 내 인생은 뭐가 되었을까. 청춘이 생략된 인생, 그건 생각만 해도 그 무의미에 진저리가 쳐졌다. 그러나 내가 그토록 감사하며 탐닉하고 있는 건 추억이지 현실이 아니었다. 나는 이미 그 한가운데 있지 않았다. 행복을 과장하고 싶을 때는 이미 행복을 통과한 후이다. 그와 소원해진 사이에 느낀 휴식감도 절정감 못지않게 소중했다. 긴장 뒤엔 반드시 이완이 필요한 것처럼. 그러나 한번 통과한 그 시간을 되돌리고 싶지는 않았다. 전적인 몰두가 사람을 얼마나 지치게 하는지 알고 있었다.

무릉도원의 도화桃花도 일주일만 만개해야지 만약 1년 내내, 아니, 한 달만 만개 상태가 계속되어도 사람들은 지쳐서 몸살을 앓든지 환장을 하든지 할 것이다. 그러면 그 사람은 이미 무릉도원의 주민이 아니게 될 것이 아닌가.

어수선한 일은 어수선한 일끼리 엎친 데 덮치게 돼 있나 보다. 집안일 말고도 정리하고 결정해야 할 일이 많았다. 월급도 후하고 생기는 것도 적지 않았던 미군부대를 그까짓 하숙집 믿고 그만두는 일이 쉽지 않았다. 엄마하고 올케하고 하숙을 쳐서 먹고사는 문제만 해결이 되면 나는 나대로 월급을 차곡차곡 모았다가 대학 공부를 계속할 수도 있을 것 같았다. 나에게도 역시 그놈의 이목이 문제였다. 미군부대만 아니면 좀 좋을까. 또 집을 면하고 싶다는 생각도 문제였다. 나는 종암동 집이 마음에 들지 않았다. 그건 영업집이지 가정집이 아니었다. 엄마는 분위기로라도 딸을 보듬을 생각이 없이 조만간 내칠 군더더기 취급을 했다. 젖을 뗄 때 젖꼭지에 바르는 금계랍처럼 지독하게 쓴 소리만 골라서 했다. 내가 억울하고 분해서 대들면 시집갈 때가 되니까 정을 떼려고 저러나, 안 하던 포악까지 부린다고 뒤집어씌웠다. 정을 떼려는 건 엄마였다. 나도 지지 않고 신랑이 있어야 시집을 가지, 혼자서 어떻게 시집을 가냐, 신랑 자리 하나 못 구해 오면서 밤낮 무슨 시집 타령이냐고 대들었다. 서로 정 떼기 경쟁을 했다. 속으로는 엄마가 구해 오는 신랑감한테 내가 시집가나 보라고 별렀지만 나에게 혼처는 들어오지 않았다. 사실 엄마는 어디 널리 광고 칠 주제도 못 됐다. 엄마는 은근히 눈이 높으면서 겁이 많았다. 엄마가 겁내는 건 우리 집안의 약점을 알고도 누가 통혼을 하고 싶어 할까 하는 거였다. 이제 넌 반듯한 집 규수가 아니다. 그걸 알아야지. 게다가 미군부대까지 다닌다고 해봐라. 양색시들도 남 듣기 좋게 미군부대 다닌다고 한다더라. 네 덕에 잘 먹고살면서도 남들이 손가락질하는 것 같아 얼마나 뒤통수가 따거웠는 줄 아냐?

마침 그때 같은 미군부대 군속으로 있는 전민호가 내 눈에 들어왔다. 미군부대에 취직하자마자였으니까. 안다고 다 눈에 들오는 건 아니다. 내가 다니는 미군부대가 지금까지 쓰고 있는 건물은 대학 캠퍼스였기 때문에 환도한 대학 당국에게 돌려주고 서울 외곽으로 이사 갈 준비로 부산할 때였다. 의정부 쪽이라 따라가긴 틀린 일이었다. 놓치기 아까워하던 자리를 놓칠 수밖에 없게 되니 오히려 마음이 홀가분해졌다. 고민거리 하나가 저절로 떨어져나갔다고 마음을 정리했다.

내가 부대 이동과 동시에 그만두게 됐다는 걸 안 민호가 그 자리에 아가씨 한 사람을 넣어줄 수 없겠느냐는 부탁을 해왔다. 민호는 내가 장난삼아 아저씨라고 부를 만큼 만만해 보이는 남자였다. 친소에 관계없이 미스터 아니면 미스를 붙여서 부르는 게 미군부대 안에서의 관례였다. 그를 특별하게 부른 것은 친밀감보다는 그때 우리가 자조적으로 부르던 '엽전' 외엔 딴 아무것도 될 수 없는 그 순 토종의 인상 때문이었을 것이다. 아가씨 한 사람 취직시키는 일이라면 나보다는 그가 더 잘할 수 있을 것 같았다. 그는 부대 안의 흔해빠진 한국인 군속이었지만 내가 곤란한 일이 생겼을 때 통역을 부탁해서 해결한 일이 있었기 때문에 나보다는 발이 넓어 보였다. 그가 일하는 데도 본관 건물 안의 사무실이었고, 나는 가건물 한구석에서 하우스 키퍼들의 출퇴근이나 근무 태도를 체크하는 일을 했다. 그가 사무실에서 붓대를 놀리는지 구두를 닦는지 쓰레질을 하는지도 잘 모르고 한 번 부탁해본 통역도 그의 영어 실력을 믿어서가 아니라, 그가 내 부탁을 들어줄 만한 위치에 있는 제임스라는 싸진하고 돼먹지 않은 영어지만 서로 어깨를 쳐가면서 시시덕대는 걸 보았기 때문이었다. 내 부탁은 받아들여졌지만 그때 시험해본 그의 영어 실력은 나보다 더 형편없었다. 대개 학벌 없는 무식쟁이들은 브로큰 잉글리시 가지고도 미군들하고 의사소통이 잘됐다. 그에게 느끼고 있는 친밀감의 반 이상은 경멸이었을 것이다. 나는 내가 그를 우습게 알고 있다는 걸 드러내 보이며 말했다.

"그런 부탁이라면 아저씨가 더 잘하잖아요. 평소에 싸진한테 그만큼 애교 떨어놨으면 써먹어야지 됐다 뭐 하려고, 아 참, 내가 빚졌다 이건가요. 기억력도 좋으셔라."

왜 그렇게 그에게 모욕을 주고 싶었는지 모른다. 한 번 신세 진 일에 대해서도 그런 식으로밖에 말할 수 없었을까. 스스로 당혹스러웠던 것은 내가 그의 부탁을 부탁 이상의 어떤 신호로 받아들이고 있다는 사실이었다. 미군부대 같은 뜨내기 직장에서 얼굴을 익히고 아는 척 정도 하고 지낸 사이는, 우리 사회에 복귀했을 때 아무것도 아닌 게 돼버리는 게 편하다. 길에서 만나도 아주 모르는 척할 수가 없다면 저 사람 누구더라? 잘 생각나지 않는 얼굴을 할 테고, 이력서에도 미군부대 경력은 얼씬거리지도 못하게 할 것이다. 특별히 불미스러운 일을 저질러서가 아니라 잘 안 되는 영어 때문에 기를 쓰고 혀를 말던 일, 양키들이 던져주는 턱찌끼에 감지덕지하던 일은 서로 모르는 척하는 게 곧 덮어주는 게 되니까.

"내가 벌써 딴 부탁을 하나 했거들랑. 좀 무리한 부탁이었는데도 흔쾌히 들어준 건, 지도 이별을 아쉬워한다는 정표 같았어요. 그런데 또 무슨 부탁을 한다는 건 염치없는 일 같아서, 그리고 제임스는 그쪽 책임자가 아니잖아요.
다리를 놔달라는 것도 너무 구차스러운 것 같고."

"이별을 하다니, 제임스가 전속 가나요?"

"아니, 갠 이사 가는 거고, 떠나는 건 나야. 환도도 했으
니까 곧 내 본업으로 복직을 해야지."

"본업이 뭔데요?"

"미스 리 말대로 자린고비 은행원이지 뭔 뭐겠어요."

"내가 언제 은행원을 자린고비라고 했다고 그래요."

"작년 연말에 한국인 종업원들끼리 회식했을 때 생각
안 나요. 나중엔 술판도 벌어지고 그때 내가 젤로 취한 척
하다가 계산서가 나오니까 하나하나 따져가며 계산을 다
시 하는 걸 보고 은행원은 어디 가나 자린고비 티를 낸다
고 흉봤잖아요. 큰 소리로. 그때 내가 얼마나 비참했는지
알아요. 내가 은근히 잘 보이고 싶은 아가씨한테 아저씨
소리 듣는 것도 속상한데 자린고비라니, 여자들이 제일 싫
어하는 게 구두쇠잖아요."

"난 아저씨가 은행원인 것도 오늘 처음 알았는데 그랬
을 리가 있나요. 순 엉터리."

나는 나도 모르게 교태까지 부리며 강하게 부인했다.

사실은 그랬을 수도 있었다. 아마 술잔이 돌아오는 대로 홀짝홀짝 받아 마시고 해롱해롱했을 것이다. 막판에 전민호가 술값을 가지고 따지니까 옆의 사람한테 귓속말로 쟤 왜 저래? 했을 테고, 누군가가 쟤 은행에 다녔다지 아마, 했을 것이다. 그럼 내가 속삭이던 언성을 높여 큰 소리로 잘난 척을 했을 것이다. 누가 은행원 아니랄까 봐 자린고비 티 작작 내라고. 그리고 전쟁 나기 전에 그 아저씨가 뭐였는지 까맣게 잊어버렸을 것이다. 전쟁 전에 뭐 아니었던 사람은 없었다. 이북에서 넘어온 피난민들은 다들 몇백, 몇천석꾼인 지주 아니면 부르주아였고, 부대의 청소부 아저씨는 마카오 신사였고, 노점상 아저씨는 국회의원에 차점으로 낙선한 정치 지망생이었고, 부대 앞에서 좌판을 벌여놓고 양키 물건 장수를 하다가 하루 몇 번씩 쫓겨다니는 청년은 명문대 학생이었다. 남이야 믿거나 말거나 한때 한가락 했었다는 환상 없이는 살아내기 힘든 남루한 세상이었다. 한때 은행원이었다는 건 소박하다 못해 쩨쩨한 환상이지만 현실이라면 달랐다. 전쟁 나기 전에도 남녀 모두에게 은행원은 선망의 직업이었다. 생활이 보장되고 점잖고 깔끔하고 안전한 최고의 일자리였다. 전쟁은 집과 일자리를 초토화시켰다. 농사 외의 생산적인 일자리는 남아 있지 않았다. 엄마가 원하는 최고 사윗감이 은행원, 그다음이 교원이었다. 엄마의 상상력이 빈곤해서가 아니라 현실이 그랬다. 고교 동창 중에도 벌써 결혼한 애가 적지 않았는데 제일 잘 간 애가 국군 장교한테 간 거였다. 대학을 간 애나 안 간 애나 다 같이 어느 틈에 적령기에 접어들어 있었다. 엄청나게 많은 장정들이 죽거나 행방불명된 뒤이기 때문에 적령기 처녀들은 일종의 조급증에 걸려 있었다. 전민호를 만만한 아저씨에서 신랑감으로 격상을 시키니까 그야말로 웬 떡이냐 싶은 최고의 신랑감이 되는 걸 보고 나도 속으로 좀 놀랐다. 그는 총각일까? 그것부터 궁금했지만 짐짓 딴청을 부렸다.

"민호 씨하곤 어떻게 되는 아가씬데요? 영어는 좀 되나요?"

우선 그의 취직 부탁부터 들어볼 생각이었다. 나도 모르게 민호 씨라고 바꿔 부르고 있었다.

"친척은 아니지만 속내를 잘 아는 집이에요. 우리 집하고 한 골목에 나란히 붙은 집 아가씬데 7남매의 장녀죠. 여고도 마치기 전에 전쟁이 났으니까, 영얼 하면 얼마나

하겠어요. 거기서 쓸 수 있는 영어 정도는 닥치면 다 하게 되는 거 아닌가. 안 그래요? 난 일제 때 상고 다녀서 영어를 학교에서 정식으로 배운 건 2, 3년밖에 안 되지만 닥치니까 하게 되더라구요. 그 애 아버지는 처자식밖에 모르는 좋은 양반이었는데 전쟁 때 식량 구하러 시골에 갔다가 국도에서 폭격 맞아 죽고 밥하는 재주밖에 없는 어머니하고 식욕이 왕성한 7남매만 남았으니 사는 게 오죽하겠어요. 참 안됐어요. 아직까지는 그럭저럭 산 입에 거미줄은 안 치고 살아남았지만 앞으로가 걱정이죠. 전쟁 때는 먹고 살 걱정만 하면 됐지만 이제부터는 가르칠 걱정까지 해야 되잖아요. 춘희가, 나한테 취직시켜달라는 애 이름이 춘희예요, 그 애가 그래도 철이 나서 여러 식구 살 궁리를 얼마나 야무지게 하는지, 지 한 몸 희생해서 동생들은 가르쳐볼 테니 즈이 어머니한테는 하숙이라도 쳐서 먹는 문제는 책임지라는 거예요. 우리 집이 연지동인데 주위에 맨 대학이거든요. 그것도 좋은 대학만. 하숙집 방을 써 붙이자마자 학생은 미어터지게 들어오는데 방은 셋밖에 없으니 안방 하나에서 여덟 식구가 모여 잔다니 그 고초가 오죽하겠어요. 피난살이보다 더하겠죠. 모로 누워 칼잠을 자다

가 변소라도 갔다 오면 잘 자리가 없어진다나 봐요. 춘희
는 툭하면 다락에 올라가 자고서도 싫은 내색은커녕 독방
써서 미안하다고 식구들을 위로한다고 우리 어머니가 얼
마나 칭찬하시는지 몰라요. 가냘프디가냘픈 부끄럼 많은
여학생이었는데 참 안됐어요. 취직 부탁도 수줍어서 나한
테는 직접 못 하고 우리 어머니한테 조르나 봐요. 어머니
가 그러시는데 내가 취직 안 시켜주면 양갈보 나갈 거라
고 공갈을 치더래요. 어머니는 또 나한테 그 착하고 속 깊
은 애가 양갈보 나가는 건 못 본다고 공갈을 치시고요, 어
머니가 딸이 없어서 전서부터 걔를 무척 귀애하셨거든요.
아들도 나 하나예요. 우린 춘희네하고 똑같은 열한 평짜리
집인데 단 두 식구가 사니까 호강하는 것 같아 늘 미안하
다고 하셔요. 어쩌다 쇠고기 한번 구워 먹으려도 냄새 피
울 거 뭐 있냐, 굽지 말고 냄비에 볶아 먹자고 하시는 어른
이니까요."

　말이 많은 사람이 아닌 줄 알았는데 말을 많이 했다. 나
는 그의 느닷없는 자기표현 욕구까지도 어떤 신호로 받아
들였다. 내가 필요로 하는 정보가 거의 다 들어 있었기 때
문에 조금도 불필요한 긴 말로 들리지 않았다. 그는 미혼

이고 인정이 많은 홀어머니를 모시고 있고 일제시대에 상고를 나왔다. 마지막으로 지나가는 말처럼 상고 이름과 몇년도에 졸업했는지는 내 쪽에서 물었다. 명문으로 알려진 상고였고 나이는 나보다 예닐곱 살쯤 많다는 계산이 나왔다. 나이 차이가 좀 많았지만 처음부터 아저씨라고 불렀기 때문인지 생각했던 것보다 젊다고 생각했다. 그 정도로 기초가 잡힌 사람이면 그만큼 나이를 먹어 마땅했다. 은행원이라는 게 웬만한 허물은 덮고도 남을 만큼 대단해 보였다. 도대체 지금 무슨 생각을 하고 있는 거지? 보면 모르냐. 허둥대고 있었다. 사실 나는 엄마보다 더 나의 악조건을 의식하고 있었다. 내 콧대가 어떤 콧댄데 상고 출신이 아랑곳인가. 그의 조건에 내가 감지덕지하는 건 나의 악조건 때문이다. 나의 악조건은 객관적인가, 단지 나의 자격지심인가. 그것도 실은 확실하지 않았다.

　내 말 한마디로 춘희의 취직은 확정되었다. 내일 첫 출근에 지장이 없도록 임시패스까지 받아주고 나서 세 사람이 같이 다방에 갔다. 춘희는 핏기 없이 가냘픈 애가 흥분 때문인지 불안 때문인지 바들바들 떨고 있는 게 느껴져 나는 속으로 준비한 근무 수칙 같은 것을 입 밖에 내지 못

하고 망설이고 있는데 민호가 툭 한마디 던졌다.

"얼굴 반반한 애치고 미군부대에서 몸 버리지 않는 애가 없다지만 양키들은 적어도 강간은 안 한다."

그 한마디면 족한 것 같아 더는 말을 보태지 않았다. 춘희가 안절부절못하더니 먼저 가고 싶어 했다. 춘희를 보내고 나자 과연 그녀의 앞날을 그렇게 낙관할 수 있을까, 민호나 내가 무책임한 건지도 모른다는 생각이 들었다. 의정부로 이사 가면 한국인 종업원들도 숙식을 영내에서 하거나 인근에 따로 방을 얻거나 해야 될 것이다. 달라지게 될 근무 조건 때문에 그만두는 사람이 많았고, 그래서 그녀의 취직이 수월했다고 볼 수도 있었다. 내 코가 석 잔데 남의 걱정 할 때가 아니었다.

"민호 씨네는 워낙이 식구가 그렇게 단출했어요? 우리 집은 이번 난리에 식구가 확 줄었는데."

이런 식으로 시작해서 아버지와 오빠가 좌익으로 몰려서 죽임을 당한 얘기를 감정을 섞지 않고 줄여 말했다.

"겪어보니까 좌익사상은 내 취향이 아니던데."

나는 그의 간단하고도 덤덤한 논평을 듣고 기가 막혀서 입을 다물지 못했다. 이데올로기가 취향이라니, 이 사람은

94

골이 비었거나 무식하구나, 그렇게밖에 생각할 수 없었다. 몇백만의 젊음이 그 깃발 아래 목숨 걸고 싸우다 죽고, 남녀노소 가리지 않고 죽기 아니면 살기의 살인적인 열정의 노예로 만드는 이상한 힘, 어떤 무자비한 학살도 정당화시킬 수 있는, 절대로 양립할 수 없는 이념을 취향이라니. 내가 어떤 표정을 지었는지, 자리를 박차고 일어서려는 나를 그가 당황해하며 붙들어 앉혔다. 못 이기는 척 다시 그와 마주했지만 비웃음으로 얼굴을 일그러트리고 있었을 것이다.

"나는 솔직히 말해서 북쪽이 남한 정부보다 더 친일파를 제대로 척결하고, 억눌리고 가난한 사람에게 이로운 정치를 편다는 것만 풍문으로 들어서 알고 있는 정도지 이념 공부를 해본 적은 없어요. 풍문만 듣고 그쪽에 호감을 갖지 않을 사람이 어디 있겠어요. 그 사람들이 처음 쳐들어왔을 때는 나도 너희들한테 호감을 갖고 있다는 걸 나타내고 싶어서 어머니한테 집에 있는 빨간 헝겊 조각을 리본처럼 오려달래서 밀짚모자에 달고 다녔으니까요. 며칠 못 가서 이건 아니다 싶어진 게 바로 취향의 문제였을 거예요. 아무리 그 이념이 좋은 이념이라 해도 어떻게 온종일 그 생각만 하고 그것만 찬양하고 삽니까. 난 우리 어머니까지 여맹에서 끌어내는 걸 보고 그때부터 숨어 살았어요. 춘희네도 엄마는 여맹, 위로 둘은 민청, 꼬마들은 소년단, 그 여러 식구가 하나도 빼놓지 않고 다 단체에 속해서 식구들끼리 오순도순 모여 앉았을 시간이 없었으니까요. 난 그쪽 이념이 아무리 좋아도 가정생활을 할 시간을 안 주는 건 못 참겠더라구요. 이념 공부를 안 했으니까 이념의 입장은 될 수 없고, 고작 사람의 입장에서 나하고는 안 맞는다고 생각한 거니까, 그걸 사상이라고 부르긴 뭣하고 취향밖에 더 되겠어요?"

"이봐요, 아저씨, 그래도 그렇게 말하는 게 아니죠. 신념을 가지고 목숨 걸고 싸운 사람이 있으니까 이만큼이라도 평화가 온 거 아닌가요."

"이봐요, 학생, 단지 어떤 이념을 위해서 목숨을 걸지 않았다는 이유만으로 남을 비겁자 취급 말아요. 나는 취향도 목숨 걸 만한 가치가 있는 거라고 생각하니까. 9·28 수복이 되자마자 꼭 현역 군인이 될 줄 알고 제2국민병에 기꺼이 징집돼 나갔던 것도 개인의 취향을 용납하지 않는 세상하고는 목숨을 걸고 싸워도 좋다는 투지가 용솟음쳤기 때문이었으니까."

그는 처음으로 격앙된 것 같기도 하고 나를 약간 무시하는 것 같기도 했다. 그래도 기분이 나쁘진 않았다. 오히려 오랫동안 나를 짓누르던 것의 무게가 갑자기 제거된 것 같은 느낌이 들었다. 민호하고 얘기를 하면서 어느 틈에 그 남자와 나 사이의 문제점이 뭐였나에 생각이 미쳤다. 그 남자가 나를 지치게 했던 것은 조금도 한눈팔 틈을 주지 않고 그의 취향에 나도 같이 몰두하기를 바랐기 때문이 아니었을까.

춘희를 취직시켜줘서 고맙다고 어머니가 저녁을 대접하고 싶어 한다고 민호가 전해왔다. 그냥 어머니라고 해서 춘희 어머니인 줄 알았더니 그의 어머니였다. 핑계 김에 민호가 자기 집을 구경시켜주고 싶어 한다는 걸 알아차렸다. 춘희를 조카딸처럼 귀애한다는 건 이미 들어서 알고 있고, 바로 옆집인데 춘희네는 손님이 편안하게 밥상을 받을 수 있는 방이 없을 테니 그 핑계는 전혀 부자연스럽지 않았다. 나는 그의 유연한 접근 방법에 만족했다.

그의 집은 내가 살던 안감냇가의 집보다도 작았다. 엄마가 조선 기와집의 제일 조건으로 치는 굴도리집은 아니었지만 재목은 능히 조선 기와지붕을 지탱할 만큼 실했다. 마루고 기둥이고 장판 방이고 니스칠을 안 했는데도 길이 들어서 반들거렸다. 사랑받는 집이라는 게 여실히 보였다. 오리목 양기와집하고는 격이 달라서 나는 거의 감개무량한 눈으로 넓지도 않은 집 구경을 오래도록 했다. 특히 길이 잘 든 우물마루는 기껏해야 평반 정도밖에 안 되련만 옛 정자처럼 집을 넓히고 마음까지 트이게 했다. 참좋다고 칭찬을 하자 그의 어머니가 기다렸다는 듯이 아들이 이 집을 처음으로 장만했다는 것, 자기는 아들이 벌어오는 돈을 집 장만을 위해 차곡차곡 모으면서 장차 내 집대문에 걸 아들의 문패 먼저 만들어서 부적처럼 모셔놓고 살았다는 얘기를 자랑스럽게 했다. 남자는 그저 자수성가한 남자라야지 부모 재산 물려받은 남자는 못쓴다는 소리도 덧붙였다. 자수성가한 아들을 둔 자부심 때문일까, 작달막한 노인이 다부져 보였다. 근래에 도배 장판을 새로했는지 안방에선 콩댐 냄새가 은은했지만 세간은 볼만한게 하나도 없었다. 일생을 셋방으로만 떠돈 티가 역력한 일본식 단스 한 짝과 한쪽 고리가 떨어져나간 반닫이가 전부였다. 반닫이 위에 개켜 얹은 이부자리가 정결한 게 그나마 다행이었다. 단출하다기보다는 초라한 세간살이 때문인지 단스 위에 우뚝하게 올라앉은 라이카 카메라가 도드라져 보였다. 미제 물건 상자를 부족한 가구의 일부로 귀하게 쓸 때였지만 그건 빈 상자가 아니라 뜯지도 않은 새 상품이었다. 내 눈길이 자꾸 그리로 가는 걸 보고 민호가 말했다.

"일전에 제임스한테 마지막으로 부탁 하나 했다는 게 저거 사달라는 거였어요. 비싼 최고급짜리인데 꼭 갖고 싶어서 안 하던 짓을 했어요."

"사진에 취미가 있었나 보죠. 취향이 아니라 취미 말예요."

"결혼해서 내 아이를 갖게 되면 갓난아기 때부터 쭈욱 자라나는 모습을 찍어두려고 해요. 그걸 앨범으로 만들어서 그 애가 시집 장가갈 때 선물하면 좀 좋아하겠어요. 아마 앨범만 싸놓아도 제 키만 해질걸요."

"거창한 선물이 되겠네요. 꼭 사진에 원수진 사람 같네요."

"원수졌다고도 볼 수 있죠. 친구 중에 백날이나 돌 사진 있는 놈이 그렇게 부러웠으니까요. 그게 없으니까 난 혹시 얻어 온 자식 아닌가, 어려서 그런 생각 많이 했어요."

그는 어머니가 들락거리는데도 그런 소리를 아무렇지도 않게 했다. 어머니가 웃으면서 참견을 했다.

"자아가 그럴 만하다우. 죽은 즈이 형이나 누나, 백날 사진, 돌 사진은 있는데 제 것만 없으니까, 어려서부터 전 얻어 온 자식이냐, 천덕꾸러기였냐. 트집을 부리곤 하지 뭐유. 내가 5남매를 낳았는데 전생에 무슨 죄를 그리 많이 졌는지 쟤 하나 건졌어요. 그래서 쟨 천덕꾸러기로 키우기로 아주 작정을 했지. 항렬 자 넣어서 이름 지어 호적에 올린 것도 돌 지나고 한참이나 있다였으니까. 그 전까지는 돌쇠라고 불렀지. 이름이 천해야 명이 길다고들 하잖수. 그리고 쟤 어렸을 때만 해도 지금처럼 사진이 흔치 않았어. 사진관에 가서 벌거벗기고 백일사진 박는 건 웬만한 부잣집의 귀한 자식 아니면 못 했으니까. 그렇게 천금같이 위해 받쳐도 번번이 실패를 하니까 자아는 천하게 기르기로 작정을 하고 숫제 사진도 안 박아버렸어. 그랬더니 글쎄 죽은 동기간을 샘을 부리고 심통을 부려싸니까, 그 애들이 이 세상에 왔다 간 증표로 끼고 있던 사진을 없애버렸지 뭐유. 자아가 그렇게 고약한 놈이라우."

그의 어머니는 다 큰 아들을 귀여워서 꼬집고 싶은 얼굴로 흘겨보면서 말했다. 과부의 외아들도 악조건인데 그렇게 천금 같은 아들이었다니. 이건 좀 생각해볼 여지가 있었다. 춘희 어머니가 인사를 왔다. 딸의 취직 자리가 미군부대라는 게 암만해도 불안했었나 보다.

　"형님, 아무리 목구멍이 포도청이라도 아들도 아닌 딸을 미군부대 보낸다는 건 좀 그렇더라구요. 당최 마음이 질정이 안 되고 꿈자리도 뒤숭숭하더니만 어젯밤 꿈에는 생전 안 보이던 애아범이 다 보이지 뭐예요. 꿈에도 이놈의 영감 잘 만났다 싶어 멱살을 잡고 흔들면서 애새끼만 반 다스도 넘게 만들어놓고 혼자 가버리면 날더러 어쩌란 말이냐고 막 포악을 부렸더니 암말도 안 하는 거예요. 생전에 부부 싸움 할 때하고 똑같더라니까요. 형님은 그 사람을 늘 부처님 가운데 토막 같은 사람이라고 칭찬하셨지만서두 모르셔서 그렇지 살아보면 얼마나 답답하다구요. 뭔 말을 해야죠. 멱살만 흔들다가 깨보니 이불깃만 잔뜩 움켜쥐고 있지 뭐예요. 그래도 이 아가씨 보니까 영감 꿈꾼 게 길몽이었구나 싶네요. 나한테 멱살 잡히고도 아주 태평스러운 얼굴이었어요. 다 잘될 테니 걱정 말라는 듯이. 미군부대도 층수가 있나 봐요. 이렇게 학교 선생님처럼 점잖고 수수한 아가씨가 다니던 자리니까 걱정 안 해도 되겠지요, 형님."

"그럼 여부가 있나. 아무튼 아우님 내외 금실은 알아줘야 한다니까. 현몽까지 해서 안심을 시켜주고 갔으니."

"그래도 부처님 가운데 토막은 아니구먼요."

"알아, 알아. 부처님 가운데 토막이 무슨 수로 자식을 일곱씩이나 만들었겠나."

"맞아요. 맞아. 꿈에라도 멱살을 잡았으니까 망정이지 딴 걸 잡았더라면 또 애 하나 만들고 갔을 거구먼요."

춘희 어머니의 수다가 여간 아니었다. 그녀가 간단히 근심을 던 것과는 달리 나는 은근히 마음이 무거웠다. 만일 춘희가 잘못된다면 내 책임일 것 같은 생각이 들었다. 착한 사람들이라는 건 의심의 여지가 없었지만 착한 사람들은 끝까지 자기만 착해야 된다고 믿기 때문에 도덕적인 책임은 으레 남한테 덮어씌우려 드는 법이라는 생각이 들었다. 내가 만일 민호하고 결혼을 한다면 춘희네와 추녀를 나란히 하고 살게 될 게 아닌가. 두 집 사이는 보통 친한 이웃 이상으로 보였고, 그것도 부담스러웠다. 과부의 외아들이라는 건 그의 악조건이었지만 식구가 단출하다는 것 때문에 덮어줄 수도 있었다. 민호 어머니와 춘희 어머니의 이야기하는 뽄새로 봐서 두 집은 의좋은 동서끼리나 시뉘 올케 사이처럼 네 것 내 것 없이 엉켜 살 것 같은 생각이 들었다.

춘희 어머니가 먼저 부엌으로 나가고 민호 어머니는 맛있는 냄새가 솔솔 끼쳐온 후에 나가서 상을 손수 들고 들어왔다. 나는 엉거주춤하면서 민호에게 상 좀 받으라는 눈짓을 했지만 그는 못 알아듣고 그냥 손님처럼 앉아 있었다. 민호하고 둘이만 먹게 겸상으로 차렸고, 두 어머니는 먼저 먹었다며 회심의 미소를 띄고 구경만 하려 들었다. 상차림은 정갈하고 깔끔했다. 은빛이 돌게 보얗게 닦은 유기 반병두리에 뭇국하며, 깨소금이 타지도 않고 온전히 다닥다닥 붙은 북어구이하며, 노란 움파 빛깔이 선명한 파산적하며 어느 한 가지도 보기에 맛깔스럽고 혀에 감기지 않는 음식이 없었다. 안방의 세간이 지나치게 간소한데 비해 정성을 다해 차린 음식을 떠받치고 있는 유기 반상기의 은은하고 깊은 광택은 호사스러웠다. 중령하고 결혼한 친구 신접살림집에 갔을 때 사과 궤짝 위에 보자기를 덮은 밥상에서 점심을 얻어먹은 생각을 하니까 내 마음은 더욱 부풀어 올랐다. 나는 얌전 피우지 않고 모두 골고루 맛보고, 국은 따뜻한 걸로 더 청해서 먹었다. 민호네를 딴마음 먹고 관찰하는 건 아직은 나만의 흑심이고 지금은 취직시켜준 인사를 받는 자리니까 당당해야 된다고 생각했다. 뭘 이렇게 많이 차렸어요? 한 것은 민호였다. 내가 먹기만 하니까 무안한 듯했다.

"많이 차리긴 춘희네가 거지반 다 해줬어. 춘희네가 내는 거 아니냐. 취직 턱으로."

"아이고, 형님 내 생색 안 내줘도 돼요. 난 하숙 치면서 음식 솜씨 다 버렸어. 답답해서 이렇게 손 많이 가는 건 못 해. 다 느의 어머니 솜씨야. 어찌나 유난을 떠시는지 북어 좀 손질해드리려다 내팽개치고 말았다니까. 갓난아기 먹일 것도 아닌데 쬐그만 가시 하나라도 들어갈세라 어찌나 잔소리를 하시는지, 우리 춘희 위하시는 것치고는 좀 지나치다 싶더니만 이제 알았어요. 이 아가씨한테 딴생각 있으시죠?"

그러고는 집에 설거지가 산더미 같다며 휑하니 가버렸다. 세 사람만 남게 되자 민호 어머니가 상 귀퉁이로 바싹다가앉으면서 민호가 입이 얼마나 까다롭다는 얘기를 했다. 김치를 먹기 시작한 것도 제2국민병 나갔다 온 후부터이고 그 이전엔 매운 거라곤 입도 안 대고 쇠고기는 섭산적만 먹고 생선도 비린 것은 근처에도 가기 싫어하고 겨우 암치만 먹어서 어려서 외갓집에 데려갈 때는 먹기 좋게 저민 암치를 허리춤에 찔러 넣고 다녔다는 소리를 왜 손님 대접하는 밥상머리에서 하는 것일까. 민호도 그게 이해가 안 되는 듯 제지하고 싶은 표정으로 바라보자 서둘러 화제를 바꿨다. 바꿔봤댔자였다. 이번엔 민호가 나가서 돈 버는 것 외엔 아무것도 할 줄 모른다는 소리였다.

"야아는 못 하나 박아달래도 못은커녕 지 손가락이나 짓찧는 애라우."

나는 그의 어머니가 처음 보는 처녀에게 왜 그런 소리를 하는지 이해할 수 없었다. 반들반들한 집과 융숭한 대접이 탐탁함을 넘어 눈부셨던 마음이 열적게 느껴졌다. 내 속마음을 넘겨짚고 자기 아들을 넘보지 말라는 경고의 말처럼도 들렸다. 이상한 일이었다. 저 노인 앞에서 민호가 마당을 쓸고 장작을 패게 하고, 꽁치나 고등어 반찬으로 밥 한 사발을 비우게 하고 싶다는 생각이 열정적으로 끓어오르는 것이었다. 얌전한 처녀답게 너무 늦지 않은 시간에 일어섰다. 그이 어머니는 대문까지 따라 나오면서 멀리가는 아들 배웅하듯이 어깨에서 먼지도 털어내고 옷매무새도 다독거려주면서 나에게 또 이상한 말을 했다.

"야아는 단추 하나도 바로 못 낀다우. 꼭 첫 단추는 끼워줘야 해."

와이셔츠 첫 단추를 잘못 낀 은행원의 우스꽝스러운 모습이 떠올라 푹 하고 웃음이 나오는 걸 참았다. 버스 정류장까지 바래다주러 나오면서 외등도 없는 어두운 모퉁이에서 그가 처음으로 내 손을 잡았다. 어찌나 가만히 조심스럽게 잡는지 그가 얼마나 소심한 사람이라는 게 느껴졌다. 나는 뿌리치지도 맞잡지도 않았지만 속으로는 너는 이제부터 내 손안에 있게 될 것이다, 라고 생각했다.

그다음부터 모든 일이 순조롭게 진행되었다. 민호는 자기가 신랑인데도 중매쟁이처럼 양가 사이를 왔다 갔다 하면서 의견 조율을 했다. 엄마는 그가 은행에 다닌다는 데만족하여 학벌까지도 일제시대의 그만한 상고는 해방 후의 상과대학과 동등하다는 터무니없는 주장을 했다. 엄마는 무슨 근거로 그런 생각을 하게 되었는지 모르지만 식민지시대에 고녀 나온 게 독립된 나라에서 대학 나온 것과 같다고 믿는 분이었으니까, 그 비교는 여자의 경우에만 적용시킨 걸 보면 실력이 그렇다는 게 아니라 희소가치 면에서 그렇다는 소리였을 것이다. 그의 학력을 그런 식으로 격상을 시키니까 우리 쪽이 기울게 되는 것도 엄마다운 방법으로 해결을 했다. 어디 전씨냐, 무슨 파냐, 민호가 눈치 못 채게 조심스럽게 파 들어가다가 마침내 약점 하나를 잡은 것 같았다.

"그 집 음식 솜씨가 유별나다더니 별것도 아니더라. 외가 쪽으로는 소주방 나인도 있었고, 친가 쪽으로는 전문적으로 궁중에만 음식거리를 대던 장사꾼도 있었다니 보나마나 중인 집안이지 뭐."

그러면서 혼인에 따른 자잘한 주도권을 잡으려고 했다. 이를테면 사주단자를 보낼 때의 격식은 이만저만해야 되고 절대로 사주단자 외의 저고릿감이나 패물 따위를 넣어 보내지 말아라, 그건 중인들이나 하는 짓으로 우리 집안에 그런 짓 했다가는 흉잡힌다. 봉치함을 보낼 때도 청단 홍단 외에 딴 피륙을 넣어 보내지 말아라. 함 뚜껑이 들썩하도록 며느리에게 줄 예단을 넣어 보내는 집이 있는데 그것도 상풍이다. 양반가에서는 육례를 갖춰 내 집 식구 만든 후에 넌지시 예단이나 패물을 내리는 법이다, 이런 식이었다. 민호는 엄마의 그런 요구를 조금도 아니꼬워하는 눈치 없이 순순히 받아들였다. 내가 보기엔 엄마의 계산된 악의가 분명한데 그에게는 한낱 양가의 취향의 차이로 보였나 보다. 남의 취향에 대한 그의 관대함이야말로 내가 그를 취한 결정적 이유였다. 그렇다고 그가 매사에 무심한 사람은 아니었다. 말끝마다 장차의 처갓집이 하숙을 쳐 먹고산다는 걸 가슴 아파했다. 단순한 동정하곤 달라서 구체적 계획이 있을지도 모른다는 기대감을 품게 했다. 전쟁 중에 영락해서 하숙집이 된 옆집도 어떡하든지 도와주고 싶어 했으니까, 그 마음씨가 고마울 뿐 자존심이 상하지는 않았다. 민호 씨는 하숙집하고 인연이 많은가 보다고 딱해하는 게, 고작 고마움의 표시였다.

청첩장까지 찍고 나자 그 남자에게도 알릴 차례가 되었다고 생각했다. 민호하고 혼인하기로 마음을 굳히고 구체적인 절차까지 진행 중에도 그 남자가 만나자고 하면 거절하지 않고 만났지만 죄의식 같은 건 없었다. 우린 아무런 약속도 하지 않았다. 서로에 열중해 그가 부산만 가도 서울이 텅 빈 것처럼 마음을 잡지 못했을 때도 눈치 빠르고 까다로운 엄마로부터 어떤 경고도 듣지 못했다. 그건 아마 그가 단 몇 달이라도 손아래라는 핑계로 누나 누나 하고 따라다녔다는 것과 서로 집안 내력을 아는 인척간이라는 게 엄마로 하여금 망측한 추측을 못 하도록 했을 것이다. 엄마의 신뢰감이 그에게 못 할 노릇을 하고 있는 게 아닌가 하는, 그러나 한 번은 겪어야 하는 고비를 넘는 부담감을 덜어주었다.

우리하고 비슷한 시기에 이사를 갔건만 그 남자네 명륜동 집은 이사 갈 당시보다 더 어수선했다. 그 남자도 밖에서 만날 때보다 침착지 못하고 우울해 보였다. 홍예문 달린 집보다 많이 줄여 갔는데도 그 남자네 집은 종암동 우리 집에는 댈 것도 아니게 조선 기와집의 체통을 제대로 갖춘 번듯한 집이었고, 민호네 집보다 훨씬 크고 동네도 번듯했다. 그런데도 세간이고 장독이고 하나도 자리를 못 잡고 뒤죽박죽으로 널브러져 있으니까 폐가 직전처럼 퇴락해 보였다. 그 넓은 집에 있던 걸, 쓸 거 못 쓸 거 가리지 않고 다 가져와서 아직도 제자리를 못 찾은 게 꼭 막 부려놓은 이삿짐 같았다. 보기만 해도 난감한 노릇이었다. 오랜만에 와본 것 같은데 전번에 볼 때보다 더 정돈이 안 되고 멋대로였다.

"잘 왔어, 누나. 지금 막 짜증이 나서 미칠 뻔할 참이었어."

보나마나 그의 짜증은 노모한테로 갔을 것이다. 노모도 지쳐 보였다. 전번에도 그는 정리가 더디어지는 걸, 옛날 구닥다리 세간을 하나도 안 버리고 다 가져왔기 때문이라고 노모 탓을 했다. 누나나 매형도 엄마 고집에는 손들고 다 도망갔다고 계속해서 몰아붙여도, 우두망찰하고 앉아 있는 노모에게서 그런 고집의 흔적은 찾아지지 않았다.

"엄만 나 고아 될까 봐 차마 아버지하고 형 못 따라나섰다지만 아마 이것들 아까워서 못 따라갔을 거야."

그러면서 목판을 크기대로 층층이 쌓아놓은 걸 발밑에 걸리는 대로 뻥 걷어찼다. 노모는 바보처럼 웃었다. 친동생이라면 따귀라도 한 대 때렸을 것이다. 그가 나를 제 방으로 인도했다. 전번엔 뜰아랫방이 제 방이라더니 이번엔 건넌방이었다. 건넌방의 형편도 나을 것이 없었다. 정리도 안 해보고 옮긴 이유가 기가 막혔다. 뜰아랫방에선 아무리 해도 전축에서 예전 소리가 안 난다는 거였다.

"기계도 자리를 떴으니까 적응할 시간이 필요할 거 아니니, 그새를 못 참고 방을 옮기면 어떡해. 딴 할 일 다 제쳐놓고."

"이 기계가 얼마나 섬세한 기계라고. 우리 형이 외제 부품 사다가 직접 조립한 거야. 조립할 때 아마 환경까지 감안했을 거야. 우리 집 사랑방에서 가장 좋은 소리가 나도록."

"설마."

"설마가 아냐. 이 집 뜰아랫방에서 들으니까 영 아니더라구. 스피커를 요리 옮기고 조리 옮기고 온갖 짓을 해도 벌거벗은 소리를 내는 거야. 하긴 그 코딱지만 한 방에서 옮겨 다녀봤댔자지. 게다가 거리로 나앉은 거나 마찬가지 방이잖우. 무슨 놈의 방이 한쪽 벽 빼놓고 삼면이 다 한데니 소리도 외풍을 탈밖에."

그래서? 나는 짓찧듯이 짜증스러운 소리로 물었다.

"그래서 즉시 이 방으로 옮겼는데 그래도 안 돼. 조금 나아진 것 같긴 해도 아냐. 누나도 한번 들어볼래? 금방 알아차릴 거야."

내가 미처 사양할 겨를 없이 그는 음반을 찾았다. 아무거나 걸지 않고 그 북새통에서 한참을 뒤져서 음반을 하나 골라냈다. 애써 골라낸 음반이 다 돌아가기도 전에 그는 신경질적으로 카트리지를 들어내며 아니지? 그치, 아니지? 하고 물었다.

"아니긴 뭐가 아냐. 난 그게 무슨 곡인지도 모르겠는데 그 미묘한 차이를 어떻게 알겠어?"

"멘들슨이야. 누나가 베토벤보다 더 좋다고 한."

"그만해. 나 음친 거 너도 알잖아."

"음치가 무슨 상관이야. 이건 멜로디의 문제가 아니라 바이브레이션의 문제야. 누나도 똑같은 바람 소리라도 유리창에서 들들대는 바람 소리하고 창호지 바른 문풍지를 울리는 바람 소리는 다르다는 건 알 거 아냐."

이 집에서 벽이 한데로 면하지 않고 다른 공간으로 아늑하게 둘러싸인 방은 안방밖에 없었다. 어떤 의구심이 번득였다.

"야, 너 혹시 그 돼먹지 않은 핑계로 안방 차지하려는 거 아니니. 제발 그 짓만은 하지 마. 만일 그러면 넌 아주 나쁜 자식이니까."

나는 아무도 이해할 수 없는 고통으로 눈물까지 그렁한

그의 시선을 밀어내기 위해 심한 말을 하면서 일어섰다.

"벌써 가려고? 가지 마, 제발."

"어머니 좀 뵙고 가려고."

"어머니는 왜? 나 안방 안 내달래. 이르지 마."

"이르긴, 내가 너냐? 이거 드리고 가려고 그래. 어머니
한테 전해드리는 게 예의다 싶네."

그러면서 청첩장을 내보였다. 내용을 확인하더니 조금
돌아앉았다. 어떻게 이럴 수가 있냐고 중얼거리는 것 같았
다. 그러고는 격렬하게 흐느꼈다. 나는 그의 어깨가 요동
치는 걸 보면서 어쩔 줄을 몰랐다. 그를 보듬어 내 품안에
무너져 내리게 하고 싶었다. 그때 그가 바란 건 어머니의
품속 같은 위안이었는지도 모르는데 나는 그렇게 해줄 자
신이 없었다. 내가 감추고 있는 건 지옥불 같은 열정이었
다. 그렇게 오래 붙어 다녔지만 그 남자하고 나는 손 한번
잡아보지 않았다. 나는 끝까지 내 몸에다 그 남자와의 어
떤 몸의 기억을 남기고 싶지 않았다.

"미안해, 누나. 아무것도 아냐. 나 오늘 왼종일 울고 싶
었거든, 그뿐이야."

그 남자도 나에게 어떤 마음의 부담도 남기고 싶어 하

지 않는다는 걸 알아차렸다. 비로소 나도 돌아앉아 눈물을 보였다. 답례처럼, 절차처럼. 그는 잠자코 있어도 되련만 계속해서 뭐라고 중얼거렸다. 두서없이 주섬주섬, 집사고판 일, 이사, 복학, 거기 따른 시시콜콜한 식구들의 참견 등, 이미 다 아는 사실을 변명처럼 다시 늘어놓는 건 그동안 나하고 소원해진 이유를 스스로 납득하려는 절차처럼 보였다. 그러나 내가 취한 행동은 그전부터 예정된 일이었다. 나의 눈물에 거짓은 없었다. 이별은 슬픈 것이니까. 그러나 졸업식 날 아무리 서럽게 우는 아이도 학교에 그냥 남아 있고 싶어 우는 건 아니다.

8

그 남자네 집 바깥마당의 무성한 나무가 보리수에 틀림이 없다는 생각이 들자 도망치듯이 그 집 앞을 벗어났다. 그러나 멀리 가지는 못하고 지금은 땅 밑을 흐르는 안감 냇가를 중심으로 그 동네를 돌고 또 돌았다. 그 남자의 부음을 들은 지 얼마 안 되고, 나는 아직 살아 있다. 앞으로 그 남자보다 10년 이상, 아니 몇십 년을 더 살지도 모른다. 그 남자의 중년도 노년도 생각나지 않는다. 나에게 그가 영원히 아름다운 청년인 것처럼 그에게 나도 영원히 구슬 같은 처녀일 것이다. 우리는 그때 플라토닉의 맹목적 신도였다. 우리가 신봉한 플라토닉은 실은 임신의 공포일 따름인 것을.

어디선가 연탄불 냄새가 났다. 휴전이 되고 연탄불은 급속히 확산돼 내 결혼생활은 연탄불과의 투쟁의 역사라고 해도 과언이 아니었다. 방마다 장작불을 때던 집에 처음으로 연탄 아궁이를 만들었을 때는 세상에 이런 세상도 있구나 싶게 편리했다. 단독주택에 살다가 아파트로 이사 갔을 때 못지않은 생활의 변혁을 가져왔다. 새로 숯불을 피우지 않아도 24시간 집에 불이 있다는 건 살림살이의 일대 혁신이었다. 장작밖에 모르고 살던 늙은이들은 요새 젊은 것들은 팔자도 늘어졌다고, 연탄 때문에 샘을 다 냈다. 연탄이 지겨워진 건 더 편리한 프로판가스가 보급되고 나서고, 살인 가스로 저주받기 시작한 것은 주거 환경이 중앙난방식 아파트로 변하면서부터였다. 이용 가치 있는 게 사라지려면 꼭 고약한 냄새를 풍기는 건 인간의 경우만이 아닌 것 같다. 그러나 지금 끼쳐오는 냄새는 그런 지겨운 냄새가 아니라 카바이트 냄새도 섞인 그리운 냄새였다. 나는 부유하듯 다리에 힘 빼고 그 냄새에 이끌렸다. 연탄갈비라고 간판을 붙인 집에선 연탄 화덕을 추녀 끝에 나란히 내놓고 불이 괄해지길 기다리고 있었다. 복고풍이 마침내 연탄불에까지 이르른 모양이다. 가게 안은 어둑해 보였다. 옛날 집 대문처럼 해달은 널빤지 문을 열고 들어갔다. 바닥에 비질을 하고 있던 남자가 5시가 지나야 저녁 영업을 한다고 알려주었다. 실내 어디에도 카바이트 간데라는 보이지 않았다. 그럼 연탄 냄새에 섞였던 그 싱그러운 향기는 어디서 온 것일까. 냄새에도 오래된 가구 같은 골동의 향기가 있는 것일까. 아무 데나 앉아서 좀 쉬고 싶었지만 청소를 하고 있는 남자의 표정이 하도 시큰둥해 말도 못 붙여보고 돌아 나왔다. 세종로의 은행나무 못지않게 곱게 물든 그 동네 은행나무가 표표히 잎을 떨구고 있었다. 같이 걸을 사람이 없는 내 꼴이 청승맞아 어디에라도 들어가고 싶었다. 아늑함이 그리웠다. 부드러움도. 옛날 다방은 찾아지지 않았다. 선택의 여지 없이 내부가 훤히 들여다보이는 커피숍 문을 밀었다. 창가에 앉았다. 안에서 본 은행잎 지는 거리는 청승이 거짓말처럼 사라지고 아름다운 애니메이션 화면처럼 동화적이었다. 그 거리를 오가는 젊은이들의 발랄하고 거침없는 몸짓 때문일 것이다. 그 애들과 나와의 거리가 연령 차가 아니라 엽전과 양놈이라는 종족의 차이만큼이나 아득하게 느껴졌다.

그때는 왜 그랬을까? 후회는 아닐 것이다. 아무리 되짚어 곰곰 생각해봐도 결론은 늘 그럴 수밖에 없었다, 라고 나오니까. 문제는 후회가 아니라 못 잊는다는 데 있다. 아마도 잊기가 아까워서 못 잊을 것이다. 요새 나는 시간 날 때마다 쓰던 물건을 정리하는 버릇이 생겼다. 간편한 붙박이장 때문에 큰 가구는 없어진 지 오래지만 옷가지나 일용잡화도 당장 쓸 것 아니면 뒀다 써야지 하고 아껴두는 법이 없다. 왕창 덜어내서 서랍 속이 허룩해지면 마치 마음을 비운 것처럼 개운해진다. 다들 한때는 아끼던 것들이다. 비싸게 주고 샀기 때문에 망설여지는 것도 있다. 그런 건 미리 필요한 사람에게 준다. 내가 죽은 후에 내가 아끼던 것들이 한꺼번에 무더기로 버려지는 게 싫은 것이다. 아끼기 때문에 내 마음대로 하고 싶은 거, 이건 욕심 중에도 대단한 욕심이다. 아직도 차마 못 버리고 간직하고 있는 게 있다면 그건 나만 아는 비밀을 간직한 물건들이다. 그건 물건이라기보다는 낡은 기념사진이나 몇 자 안 되는 편지, 유리 반지, 은반지, 은 노리개, 돌멩이, 이국의 식당의 컵 받침이나 냅킨 따위 지극히 사소한 것들이다. 그러나 그런 것들은 내 마음속에 숨은 비밀을 일깨워준 것들이다. 어떻게 내 안에 그런 것이 있다는 걸 알았겠는가. 떨림 때문이었을 것이다. 솜털의 떨림 같기도 운명의 떨림 같기도 한, 자신에게도 설명할 수 없는 어떤 것, 그것을 비밀이라고밖에 말할 수가 없는 것이다. 비밀이라고 해서 부끄럽거나 부도덕한 것하고는 다르다. 내 마음의 밑바닥에서 솜털이 일어서는 것 같은 떨림은 절대로 남에게 설명할 수도 없거니와 누구하고 공유할 수도 없는 것이다. 그래서 나는 비밀이야말로 내가 무덤까지 가지고 갈 만한 가치가 있다고 믿나 보다.

그때 왜 그랬는지, 티브이로 내셔널지오그래픽을 보다가 오랫동안 궁금했던 것의 해답을 얻은 것처럼 느낀 적이 있는데 그것도 거기 정말 정답이 있어서라기보다는 줄곧 답을 구하는 마음이 있었기 때문일 것이다. 거기서 보여준 건 새들이 짝을 구하는 방법이었다. 주로 수컷이 노래로, 몸짓으로, 깃털로, 암컷의 환심을 사려고 온갖 노력을 다한다는 건 다 아는 사실이니까 그저 그렇고, 가장 흥미 있었던 것은 자기가 지어놓은 집으로 암컷의 환심을 사려는 새였다. 그런 새가 있다는 건 처음 알았다. 수컷은 청청한 잎이 달린 단단한 가지를 물어다가 견고하고 네모

난 집을 짓고, 드나들 수 있는 홍예문도 내고, 빨갛고 노란 꽃가지를 물어다가 실내장식까지 하는 것이었다. 암놈은 요기조기 집 구경을 하고 나서 그중 가장 마음에 드는 집을 골라잡기만 하면 짝짓기가 이루어진다.

그래, 그때 난 새대가리였구나.

그게 내가 벼락 치듯 깨달은 정답이었다. 나는 작아도 좋으니 하자 없이 탄탄하고 안전한 집에서 알콩달콩 새끼 까고 살고 싶었다. 그 남자네 집도, 우리 집도 사방이 비 새고 금 가 조만간 무너져 내릴 집이었다. 도저히 새끼를 깔 수 없는 만신창이의 집, 아직 태어나지 않은 내 새끼를 위해 그런 집은 버릴 수밖에 없었던 것이다. 정답이 나오면 비밀은 없어진다. 나는 그렇게 초라해지고 싶지 않다. 인생이 살 만한 건 정답이 없기 때문인 것을.

앉은 자리가 불편해지기 시작했다. 여긴 내가 있을 자리가 아니었다. 경양식도 같이 파는 찻집은 자리가 꽉 차주로 쌍쌍인 젊은이들이 내가 앉은 테이블의 빈자리를 잠시 넘보다가 나가버리곤 했다. 주인의 시선이 따가울 수밖에 없었다. 연탄갈빗집도 영업을 시작했을 시간이다. 그 가게 앞을 카바이트와 연탄불 냄새를 그리워하며 천천히 걸어가는 늙은이가 눈에 선하다. 그는 누구일까. 애무할 거라곤 추억밖에 없는 저 불쌍한 늙은이는.

나는 마지못해 자리를 떴다. 쌍쌍이 붙어 앉아 서로를 진하게 애무하고 있는 젊은이들에게 늙은이 하나가 들어가든 나가든 아랑곳없으련만 나는 마치 그들이 그 옛날의 내 외설스러운 순결주의를 비웃기라도 하는 것처럼 뒤통수가 머쓱했다. 온 세상이 저 애들 놀아나라고 깔아놓은 멍석인데 나는 어디로 가야 하나. 그래, 실컷 젊음을 낭비하려무나. 넘칠 때 낭비하는 건 죄가 아니라 미덕이다. 낭비하지 못하고 아껴둔다고 그게 영원히 네 소유가 되는 건 아니란다. 나는 젊은이들한테 삐치려는 마음을 겨우 이렇게 다독거렸다.

9

결혼식 날은 화창했고 피로연은 성대했다. 휴전이 된 이듬해 봄이었다. 전후의 궁기가 채 가시지 않았을 때였다. 사람들의 입성도 남루했지만 끼니를 이어가기도 어려운 건 춘궁기의 농촌만의 문제가 아니라 도시도 마찬가지였다. 남자 가장이 없거나 있어도 실업자여서 신문 기사에 자주 나오는 기아선상에 허덕인다는 말이 조금도 과장이 아니었다. 식은 예식장에서 하고 집까지 따라온 가까운 친척에게는 국수나 대접하면 과히 남부끄러울 것 없는 결혼식이 되는 때였는데 우리는 시내 한복판에 있는 값비싸고 호사스러운 중국 음식점의 연회장을 예식장으로 꾸며

줄 것을 특별하게 부탁해서 거기서 식을 올리고 이동하지 않고 그 자리에서 피로연을 했다. 그런 파격적인 호화로움에 드는 비용은 다 신랑 쪽이 부담했다. 다 알아서 할 테니 몸만 오라고 민호는 나에게 말했고 엄마에게도 같은 뜻을 정중하게 전했다.

"일없네, 내 딸이 두고두고 싸데려갔단 말 듣게 하고 싶지 않네."

엄마가 뭘 믿고 그렇게 당당하게 구나 했더니 내 월급에서 조금씩 여퉈놓은 게 있다고 했다. 양단으로 이부자리 두 채와 춘하추동 갈아입을 치마저고리 한 벌씩, 은수저와 놋주발 대접 두 벌, 놋대야 놋요강을 장만하고 나서 엄마는 밤을 새가며 재봉틀을 들들대더니 솜버선을 세 죽도 넘게 바느질해서 한 켤레씩 빨간 색실로 십자를 떠서 짝을 맞춰놓았다. 혼수의 간소함에 비해 버선이 너무 과하다 싶더니 시집의 일가친척에게 고루 나누어줄 예단이라고 했다. 내가 민호에게 우리 집에서 장만한 혼수 얘기를 했더니, 그럼 그런 걸 집어넣을 장롱을 어떡할 거냐고 물었다. 나는 그 집의 초라한 세간 생각이 나서 옷은 못 해가도 장롱은 해 가야 할 것 같은 생각이 들었다. 그러나 우리 집 사정은 뻔했다. 내가 번 돈에다 그동안에 하숙 쳐서 떨어진 돈까지 보탰다는 걸 알고 있었다. 내가 난감해하자 민호가 엄마에게 돈을 드릴 테니 장롱을 해 보내달라고 말했다. 사정하다시피 간청을 했는데도 엄마는 차갑게 거절했다.

"자네 돈으로 살 거면 뭣 하러 내 손을 거치려고 하나. 자네가 사서 들여놓게 그려."

신부의 체면을 세워주려고 그런다는 걸 모르지 않을 텐데 엄마는 당신의 자존심만 생각하는 것 같았다. 한 치의 양보도 안 하려고 했다. 민호가 같이 장롱을 보러 가자고 했다. 내가 조금도 즐거워하지 않고 마지못해 따라다니는 걸 보면서 민호가 말했다.

"걱정하지 말아요. 장롱은 신부가 다니던 직장 동료들이 부조하는 걸로 어머니에게 말씀드려놓았으니까."

장롱을 보러 간 날, 아주 양복도 맞추자고 했다. 그는 조선호텔 앞에 있는 해창양복점에서 양복을 동복 한 벌 춘추복 한 벌 두 벌이나 맞추었다. 그 양복점은 겉으로 보기에는 수수했지만 속은 깊고 수수한 듯하면서도 고급스러웠다. 나는 한눈에 그곳이 상당히 비싼 양복점이라는 걸 알았고, 그 비싼 걸 두 벌씩이나 맞추는 속뜻도 짐작했다. 이제는 하나도 꿀릴 것 없는 신부가 됐다는 안도감과 함께 신랑이 상당히 부자일 거라는 기대감까지 불러일으켰다. 사실 장롱 같은 거 안 해 가도 그렇게 흉 될 거 없는 시대였다. 야박한 엄마를 야속해하던 마음은 눈 녹듯이 사라지고, 내 혼수가 좀 과하다는 생각이 들 지경이었다. 양복을 맞춘 날 명동에 있는 고급 양품점에 가서 필그림 와이셔츠와 필그림 중절모까지 사니까 그가 부자일지도 모른다는 기대감은 확신으로 변했다. 예식장 비용은 물론 신부화장이나 드레스, 꽃값까지 엄마는 일체 모르는 척했고, 나도 더는 그런 일로 주눅 들지 않았다.

그런 내막을 모르는 하객들도 피로연만 보고도 내가 부잣집으로 시집가는 걸로 알고 부러워하는 눈치가 역력했다. 엄마는 하객의 수효만큼은 신랑 쪽에 지면 안 되겠다 생각한 사람처럼 시골에 사는 친척한테까지 고루 기별을 하고 돌아가신 아버지와 오빠의 친구들한테도 나를 시켜 연락을 하게 했다. 신랑 쪽의 배는 넘게 온 우리 쪽 하객이 기름진 청요리를 미어터지게 먹는 걸 보면서도 별로 모멸감을 느끼지 않았다. 나에겐 기품 있게 먹을 수 있는 생활이 기다리고 있을 테니까. 신랑이 부자일 거라는 기대감은 현실로 나타날수록 황홀했다.

그길로 시댁으로 가서 폐백을 드리고 큰상을 받고는 곧 온양온천으로 신혼여행을 떠나야 했다. 정말로 나인 집안 이었는지 아직도 친척 중에 이름난 숙수가 있다고 했다. 그를 불러 며칠에 걸려 굄질을 했다는 큰상은 방석을 괴 고 앉아야 앞이 보일 만큼 어마어마했고 색채 또한 오색 찬란했다. 나는 시댁에서 준비한 활옷 입고 족두리 낭자 하고 폐백 드리고 큰상 받는 일을 번갯불에 콩 구워 먹듯 이 순식간에 해치워야만 했다. 그걸 차린 공력이 아까웠지 만 신랑이 기차 시간 늦는다고 하도 재촉을 하는 바람에 어쩔 수가 없었다. 발이 땅에 닿지 않고 붕 뜬 기분이었지 만 나쁘진 않았다. 그 찬란한 구식의 절차 또한 청요리 못 지않게 신랑집의 부티를 확실하게 각인시켜주었다. 부티 중에 하이라이트는 신혼여행이었다. 나보다 먼저 결혼한 내 친구 중에 신혼여행을 갔다 온 친구는 한 명도 없었다. 해창양복점에서 영국산 밀수품 원단으로 잘 재단한 하늘 색 도는 밝은 회색 신사복을 빼입고, 필그림 중절모를 쓴 신랑한테서는 귀티까지 흘렀다. 부티하고 귀티는 사촌 간이었다. 게다가 신랑은 자상하고 관대하기까지 했다. 기차 시간까지는 시간이 많이 남아 있어 그렇게 서둘러 나올 것이 없었다고 서운해하자 그가 말했다.

"한꺼번에 폐백 받으시라고 내가 일부러 그렇게 서둘렀어요. 따로따로 당신한테 큰절 받고 싶어 하는 어른들이 얼마나 많은 줄 알아요. 어머니 마음 같아서는 동네 분들한테까지 일일이 절 시키고 덕담 듣게 하고 싶으셨을걸요. 그러노라면 시간도 시간이지만 당신 다리가 남아날 줄 알아요. 신부 업고 신혼여행 가게 될까 봐 기차 시간을 촉박하게 말씀드려놓았던 거예요."

그랬었구나. 그가 속 깊은 것이 고마웠고 처음으로 듣는 당신 소리도 싫지 않았다. 내 신혼여행 의상은 시댁에서 받은 관례 벗김 차림 그대로였다. 기차 시간까지의 넉넉한 시간을 신랑의 어깨에 기대어 잠깐 졸았던가. 신랑의 재촉으로 눈을 떴을 때 연두색 반회장 숙고사 저고리에 분홍 치마를 입은 신부를 바라보는 사람들의 시선이 하도 우호적이어서 나도 엷은 미소로써 답했다. 합법적 관계라는 게 이렇게 좋은 거로구나, 내가 있을 자리에 비로소 안착한 것 같은 느낌은 아주 편안했다.

온양에서 이틀 밤을 보냈다. 신랑은 주변의 관광지에 대한 정보를 전혀 갖고 있지 않았다. 우리는 집을 못 찾을까 봐 두려워하는 어린애들처럼 철도 호텔 주변을 못 벗어나고 빙빙 돌다가 김이 무럭무럭 나는 개천 물을 신기한 구경거리처럼 다리 난간을 잡고 오래오래 바라보면서 시간을 보냈다. 우리는 둘 다 정상적이었다. 나는 딴 남자와 자본 적은 없지만 선험적으로 그렇게 느꼈고, 그런 안도감 때문에 신랑의 지루함을 용서할 수 있었다. 그에게 딴 여자와 자본 적이 있느냐는 유치한 질문 같은 것도 안 했다. 그래도 나는 평생을 같이 살 남자에 대한 관찰을 게을리하지 않았다. 그는 단정하고 꼼꼼했다. 잠옷 단추도 일일이 어긋남이 없이 다 잘 잠그는 남자였다. 물론 와이셔츠 첫 단추를 잘못 끼지도 않았고 넥타이를 매달라고도 하지 않았다. 이틀 밤을 자고 난 날 아침에 나는 그에게 어머니한테 들은 그와 실제의 그가 어긋나는 까닭을 물었다. 나는 그냥 재미있으려고 한 말인데 그는 잠시 생각에 잠긴 듯하더니 정색을 하고 말했다.

"말이 나온 김에 말인데, 난 단추도 제대로 못 끼는 어린애가 아녜요. 어머니가 나를 어린애 취급하고 싶어 하시니까 효도하는 셈 치고 그런 허점을 보이는 거예요. 넥타이를 이상하게 매기도 하고 양말을 짝짝이로 신기도 하고, 그러면 그걸 바로잡아주면서 어머니는 당신이 없으면 내가 출근도 못 할 줄 알고 흐뭇해하시죠."

"안 그러면요? 만약 안 그러면요?"

의외의 답에 놀라서 순간적으로 언성을 높여 따지는 투가 되었다.

"그러는 게 편하지 안 그러면 더 복잡해져요. 혹시 빵꾸난 양말을 신었나, 구두를 벗어보라지를 않나, 손수건 챙겼나, 바지 앞 단추 잘 채웠나, 여기저기를 만져보고 점검하다가 아무것도 고쳐줄 거리를 못 찾으면 등떠리에 웬 비듬이 이렇게 많이 떨어졌냐고 양복 솔을 찾아다가 오래도록 솔질을 해주시고 나서야 내보내주신다니까요."

먼저 결혼한 친구들한테 효자 아들이 남편으로서는 별로란 말을 많이 들어봤기 때문에 효자의 유형에 대해 많이 알고 있었다. 부부 잠자리에 한가운데로 파고드는 시어머니는 최악의 경우고, 월급봉투를 몽땅 갖다 바쳐야 하는 시어머니, 부부끼리 외출하는 걸 못 봐주는 시어머니 정도는 흔했다. 그러나 아들이 제 옷 단추도 제대로 못 껴야 만족하는 어머니는 처음 들어보았다. 처음 들어보아서 그런지 그게 그렇게 심각하게 여겨지지 않았다.

"괜찮아요. 난 남의 옷차림에 무심한 편이에요. 전날 만난 사람도 그 사람하고 한 얘기나 분위기는 생각나지만 뭘 입었었는지는 기억 못 하니까요. 무심하고 털털한 게 내 취향이라 은행원은 깔끔해야 하는데 저게 남편 수발이나 제대로 들라나 모르겠다고 엄마가 걱정했는데 잘됐네요."

"당신은 괜찮을지 몰라도 내가 싫어요. 어머니가 그러시는 거 어떤 때는 참기 힘들 때도 있어요. 결혼했으니 제일 먼저 그것부터 면하고 싶어요."

마치 나하고 결혼한 목적이 오직 그것인 것처럼 진지하게 말했다. 이 남자는 생각보다 불효자일지 모른다고 생각했다. 그렇다고 기분 좋은 건 아니었다. 엄마는 제 부모한테 불효한 놈은 장인 장모한테도 불손하기 마련이라는 소리를 자주 했었다. 나는 그의 어머니에게 최선을 다하고, 그는 처가 식구들에게 잘해주었으면 하는 게 내가 꿈꾸는 이상적인 부부 간의 역할 분담이었다.

"그러니 날더러 어쩌란 말예요?"

"나한테 맡겨요. 난 당신이 수발 안 해줘도 내 손으로 다 잘할 수 있으니까, 당신은 가만히만 있으면 돼요. 어머니한테만 당신이 수발들고 싶어 한다고 말씀드릴게요. 그 대신 음식 만들고 싶어 하시는 것만은 당분간 어머니에게 맡겨요. 부엌 권한까지 빼앗기면 무슨 재미로 살지 모르는 어른이니까."

그야말로 감히 말은 못 했지만 바라는 바였다. 나는 밥도 해본 적이 없었다. 직장을 그만두고 집에서 논 시간이 상당 기간 되었는데도 엄마는 나를 부엌에 들이지 않았다. 그때 이미 우리 집 부엌은 식구들 먹을 것을 장만하는 데가 아니라 돈 받고 하숙을 치는 영업집 부엌이 돼 있었다. 밥 파는 천한 일을 며느리는 시켜도 되고 딸에게는 안 시키고 싶은 건 엄마의 당당한 권한이었다. 나는 생각하고 말 것도 없이 신랑의 제안을 쾌히 승낙했다. 그의 표정에서 근심이 가시자 그까짓 일을 가지고 미리 교통정리를 해야만 안심이 되는 신랑의 옹졸한 성격이 약간은 마음에 걸렸다. 한마디라도 비꼬아주고 싶었다.

"제왕님이 그렇게 소심해서 어쩌려고 그래요?"

"제왕이라니, 누가?"

"누군 누구겠어? 의상 담당, 밥상 담당 따로 두고 은총을 골고루 나누고 싶어 고민하는 양반이지."

그는 내 농담에 어색하게 웃기만 하고 더는 토를 달지 않았다. 그의 일그러진 웃음 때문에 내 농담이 우습게 되고 말았다. 농담도 못 알아듣는 사람이라는 생각이 후회처럼 기분 나쁘게 머리를 스쳤다.

그에 대해 학습할 것은 그게 끝이 아니었다. 서울역에서 내려서 친정집으로 갈 때였다. 그가 잡은 택시에 냉큼 올라타려는 신부를 신랑이 가볍게 밀치고 앞자리 문을 열더니 종암동까지 택시값 얼마 받을 거냐고 운전수와 흥정을 하는 것이었다. 택시 미터 요금제가 생기기 훨씬 전이었다. 승객이 대충 알아서 주기도 하고, 얼마냐고 운전수에게 물어서 달라는 대로 주기도 했다. 물건값에 에누리가 심할 때여서 영악하지 못하면 바가지를 쓰는 건 시장에서 물건 살 때와 다름이 없었지만 택시는 넉넉한 사람이나 체면 차려야 할 일이 있는 사람이나 탔으니까 큰 문제는 없었다. 아마 운전수가 마음 놓고 바가지를 씌울 수 있는 경우는 우리처럼 갓 결혼한 신랑 신부를 태웠을 때 정도일 것이다. 일생의 한 번 인심 쓸 기회에도 인색한 신랑을 바라보는 운전수의 표정에는 재수 더럽게 걸렸다고 침이라도 뱉고 싶은 짜증과 경멸이 역력했다. 나는 귀를 막는 대신 조금 물러나 신랑과는 상관없는 사람처럼 먼 산을 바라봤다. 흥정이 이루어져 택시에 올라탄 후에도 나는 운전수 뒤통수 보는 것도 무안했고 옆에 앉은 신랑은 더군다나 꼴 보기 싫었다. 나는 그때까지도 신랑이 알부자인 줄 알고 있었기 때문에 돈이 있으면 뭐 하나, 움켜쥘 줄밖에 모르는 사람한테, 라고 낙담했다.

신혼여행에서 돌아온 딸과 새 사위를 맞는 엄마의 태도도 기대에 어긋났다. 나는 엄마가 무조건 버선발로 뛰어나올 줄 알았다. 엄마는 뭐가 못마땅한지 새초롬했다. 고모, 하고 달겨들어 반기는 어린 조카들은 손바닥이고 입언저리고 온통 붉고 푸른 물감을 처바른 것처럼 지저분해서 선뜻 안아지지가 않았다. 시집에서 새 며느리에게 차려준 오색찬란한 큰상이 그대로 친정집으로 보내진 거였다. 내 생각으로는 우리가 이렇게 당신네 딸을 장하게 맞이했다는 시어머니의 순박한 과시 같았는데 엄마 생각은 그렇지가 않았다. 그건 밥술이나 먹는 중인들이 하는 짓이라고 했다. 중인들은 서로 그렇게 큰상을 차려 하인을 시켜 상대방의 집에 보낸다는 거였다.

"예로부터 사돈 간에 오가는 것은 저울로 단다는 말도 있지만 나는 그렇게 못 한다. 그건 우리 집안 법도가 아니니까. 너도 행여 그런 걸로 기죽지 말아라. 그건 상풍이니까. 저희가 우리보다 잘살면 얼마나 더 잘산다고……."

"엄마 그건 아냐, 그 집도 부자 아냐. 엄마는 아무것도 모르면서……."

나는 나도 모르게 주고도 욕먹는 시집 편이 되면서 서러움이 복받쳤다. 아무것도 아닌 걸 가지고 왜 그렇게 복잡하고 이상하게 굴어서 사람을 피곤하게 만드는지, 가풍의 차이를 마치 반상班常의 차이처럼 꾸며대려는 엄마를 이해할 수 없었다. 양가 어른의 허락 받고 격식을 갖춘 혼인도 뒤끝이 이렇게 녹초가 되게 피곤하다면 뭣 하러 결혼식은 하나, 그냥 살고 말지. 결혼식을 한 것까지 억울해서 엉엉 울면서 대들고 싶었지만 신랑한테까지 엄마의 이상한 트집을 눈치채게 하고 싶지 않았다. 사주단자 가져올 때 그만큼 모욕적인 중인 대접을 받았으면 족했다. 사실 그는 아무렇지도 않았고, 그 후에도 그 일을 입에 담은 적이 없었다. 어쩌면 그는 엄마의 말도 안 되는 양반 자세를 엄마의 취향이려니 봐주고 있는 건지도 몰랐다. 엄마가 아무리 까탈을 부려도 나는 시집 편이 돼 있었다.

엄마보다는 올케가 고마웠다. 내가 시집에서 받은 외화 치례만 찬란한 큰상보다 훨씬 실속 있는 요리상을 한 상 잘 차려서 신랑을 대접했다. 올케가 그렇게 음식을 잘하는 줄은 처음 알았다. 교자상 하나 가득한 음식들이 다 간이 맞고 보기도 좋았다. 신랑의 입이 함박같이 벌어지고 어린 조카들까지 식구들을 다 불러 모아 화기애애한 분위기를 만들었다. 술을 할 줄 아는 건 신랑하고 엄마밖에 없었다. 두 사람은 주거니 받거니 거나해지면서 엄마가 먼저 솔직해졌다.

"저게 버릇없이 자라서 어른 눈 밖에 날까 봐 그게 걱정이네. 겪어보니 자네는 성미도 인후仁厚롭고 나이도 지긋하니 알게 모르게 덮어주고 감싸주게나. 뿌르르 친정으로 달려오는 꼴 나 못 보네."

"친정으로 도망 오면 어쩌실 겁니까?"

"다신 안 보내겠네. 다리몽둥이를 분질러서라도 안 보낼 테니 그런 줄 알게. 너도 들었지?"

엄마가 처음으로 다정한 시선으로 나를 바라보면서 말

했다.

"역시 장모님이십니다."

신랑은 뭐가 그렇게 좋은지 너털웃음을 웃으면서 엄마를 추켜세웠다. 시집으로 아주 살러 가는 날 엄마는 달랑 정종 두 병과 쇠고기 다섯 근을 청홍 보자기에 싸주었지만 사위에게만은 그 집에서 보내온 큰상 물림에 대해서 좋은 말을 아끼지 않았다.

"일가친척과 이웃 간에까지 구경시키고 나누었더니 그 댁 법도에 대해서 칭송이 자자했다네. 딸 가진 이치고 부러워하지 않는 사람이 없으니 섭섭한 마음은 온데간데없이 우쭐해지고 말았지 뭔가. 나도 내 딸이 그런 호사스러운 대접을 받고 그 댁 식구가 된다고 생각하니 어찌 기쁘지 않았겠나. 사돈 마님께 내 이런 뜻을 서찰로 전하는 게 법절일 듯싶네만 보아하니 자네는 자식을 나눈 두 집 사이가 서로 넘치거나 모자라지 않고 평탄하게 지낼 수 있도록 중간 역할을 잘 해줄 사람 같아서 접기로 했으니, 그저 내 딸 시댁 어른들한테 밉보이지 않도록 자네가 두루 감싸주게. 자네만 믿네."

강하고 야박하고 잘난 척하기 선수인 엄마의 말끝이 흔

들렸다. 엄마의 다소 장중한 부탁을 신랑은 짐짓 가볍게 받아넘겼다.

"아이고 우리 장모님은 걱정도 팔자셔. 요렇게 예쁜 색시를 누가 미워할 거라고 그러세요."

그러면서 뺨에 뽀뽀라도 할 것처럼 애정을 과시하고는 곧 하직 인사를 올렸다. 나도 그런 분위기를 오래 끌고 싶지 않아서 큰절을 올리고는 신랑을 따라나섰다. 나중에 올케한테 들은 얘기지만 내가 뒤도 안 돌아보고 멀어져간 후 엄마는 마룻바닥에 퍼더버리고 앉아 대성통곡을 했다고 한다. 엄마가 사사건건 까탈을 부리는 건 딸이 우리 집보다 훨씬 부자한테 시집을 가는 줄 알고 굽 잡히지 않으려는 허세인데, 허세라도 부리는 게 낫지, 실은 겨우겨우 사는 집이라는 걸 알면 얼마나 실망할까 싶어, 엄마가 오래도록 허세를 부릴 수 있도록 있는 척하고 살아야지 마음먹었다. 신랑은 처가에서 얻어 입은 숙고사 두루마기를 의식해서인지 버스를 타자고 안 그러고 택시를 탔다. 집으로 바로 가지 않고 번화가 쪽으로 나가서 큰 제과점에서 크리스마스 케이크처럼 장식이 요란한 케이크를 한 상자 샀다. 1단짜리였지만 그 제과점에서는 제일 큰 케이크여서 리본까지 두른 상자가 어마어마했다. 신랑도 아마 처가에서 마련해준 게 이바지라기엔 너무 약소해 보였나 보다. 나는 속으로 인절미라도 한 말 해줬으면 저 사람이 저러지 않아도 되는 건데 하는 생각이 들었지만 모른 척했다. 나만 마음고생해야 된다는 법 있나, 하고 그 사람 몫의 신경 쓸 일에는 개입하지 않기로 했다. 시집에는 시이모들과 시고모뻘 되는 노인들이 안방 하나 가득 모여서 새 며느리를 대대적으로 환영했다. 시고모와 시이모 사이는 사돈 간이 되련만 위아래 턱도 없고 스스럼도 없이 친구지간처럼 화기애애해 보였다. 나는 저절로 긴장이 풀렸지만 친밀감은 아니었다. 다들 반백의 머리를 쪽 찐 구식 노인들이고 생긴 것도 비슷해서 3년은 살아야 누가 누군지 구별할 수 있을 것 같았다. 신랑이 시키는 대로 시어머니 따로, 시고모들 따로, 시이모들 따로, 세 번만 큰절을 했다. 건넌방으로 건너왔을 때 신랑은 내 귀에다 대고 다들 과부들이야, 하고 속삭였다. 속삭이지 않으면 들릴 것처럼 안방과 건넌방은 가까웠다. 절을 받고 난 노인들이 사돈집에서 보내온 고기와 술과 케이크를 끌러보고 생전 처음 보는 귀물처럼 호들갑을 떠는 소리가 들렸다. 조금 있다가 옆집의 춘희 어머니도 달려왔고 시어머니는 손사래를 치면서 말렸지만, 신랑이 눈짓을 하길래 그 여자에게도 큰절을 했다.

나는 부엌에 못 들어오게 하고, 시어머니가 춘희 어머니를 데리고 부엌에서 양념 다지는 소리가 어찌나 요란하게 나는지, 식칼 밑에서 도마의 톱밥이 튀는 게 보이는 듯했다. 곰국에다가 잡채 전유어 등 이미 차려진 잔칫상에다 엄마가 보낸 고기를 양념 잘 해서 구운 너비아니가 보태졌다. 엄마는 생고기를 보냈을 뿐인데 노인들은 입을 모아 생전 고기 처음 먹어보는 사람들처럼 고기 맛만 칭찬하는 게 나는 싫고 불편했다. 그들은 내가 시집으로 온 후에도 이틀 밤을 더 자고 갔고 그동안 나는 그들에게 아침 문안을 올리고 수다스러운 덕담을 들었다. 사흘째 되는 날은 처음으로 부엌에 나갔지만 쌀을 이를 줄 몰라 옆집에 가서 춘희 어머니에게 물어보나 어쩌나 난감해하고 있는데 시어머니가 나왔다. 나는 밥을 한 번도 지어본 적이 없다고 솔직하게 말했더니 내 손을 잡아가며 조리질을 가르쳐주고, 솥에 안친 쌀에 물을 어느 만치 부어야 하는지 손바닥을 넣어 대중하는 법을 가르쳐주었다. 나는 시어머니가 친절하게 그런 걸 가르쳐주는 건 고마웠지만 손을 잡는 건 싫었다. 어찌나 싫은지 밥 짓는 것도 안 가르쳐 보낸 엄마가 원망스러웠다.

그 밖엔 아무것도 안 시키고 당신이 손수 아궁이에 불을 지피고 냄비에 찌개를 안쳐 연탄불에 얹었다. 손님들 다 가고 나면 세 식구만 남으니까 그때부터는 연탄불에다 양은솥으로 밥을 지으면 된다고 했다. 그리고 이 골목에서 우리 집만 연탄아궁이를 만들었다고 남보다 앞선 문화시설 자랑하듯이 연탄아궁이를 찬양했다. 내가 우두커니 서 있기만 하니까 이모님들이랑 고모님들 고무신을 보얗게 닦아놓으면 얼마나 좋아하시겠냐고 귀띔을 해주었다. 나는 얼씨구 마당으로 나가 댓돌에 있는 흰 고무신을 수돗가의 지푸라기 수세미로 보얗게 닦아서 나란히 엎어놓았다. 세상에 엽엽하기도 해라, 단지 고무신을 닦아놓았을 뿐인데 입에 침이 마르게 나를 칭찬하고 시어머니를 부러워했다. 나는 그렇게 며느리 생색을 내준 시어머니가 조금도 고맙지 않았다. 신랑도 출근하고 시어머니와 단둘이 좁아터진 집에서 긴긴 봄날을 보낼 일은 생각만 해도 숨이 막힐 것 같았다. 신랑이 자수성가해서 장만한 집, 시어머니의 부지런하고 정성 어린 손길로 반질반질 윤이 나는

140

작고 예쁜 집이 막상 그 안에 있게 되니 사방에서 나를 옥죄는 것처럼 짜증 나게 좁았다. 신랑이 어떻게 내 속을 알고 숨통을 터주었다. 용돈으로는 많은 돈을 내놓았다. 다달이 용돈을 그만큼씩만 주면 친정에도 좀 빼돌리고 새 옷도 해 입을 수 있을 것 같았다. 그러나 신랑은 한 달 생활비라고 했다.

"음식은 다 어머님이 하시기로 했잖아요?"

"시장은 당신이 봐다 드리도록 해요. 전기나 수도 요금 같은 공과금도 당신이 내고. 어머니한테는 당신 용돈만 드리도록 할 테니까."

시장바구니를 들고 시장에 갈 수 있다고 생각하니까 가슴속에서 폭죽이 터지는 것 같은 기쁨이 솟구쳤다. 이왕이면 동대문시장에 가고 싶었다. 나는 부엌문 옆에 걸린, 전화선으로 만든 검정 시장바구니를 들고 집을 나오기 전에 시어머니에게 먼저 저녁 반찬을 뭘로 할 것인지 의논부터 했다.

"봄엔 준칫국이 먹을 만하니라. 느이 서방님이 제일 좋아하는 생선이지."

나는 친정에서 준치라는 생선을 먹어본 적이 있는 것

같지 않았다. 어떻게 생겼는지 짐작도 할 수 없었다. 서방님이라는 말도 듣기에 생소할 뿐 아니라 닭살이 돋을 것처럼 징그러웠다. 친정에서 엄마하고 올케는 서로 오빠를 아범, 애비라고 부른 생각은 나지만 아이가 생기기 전에 어떻게 불렀는지는 생각나지 않았다. 엄마한테 물어보면 틀림없이 중인들의 상스러운 풍습이라고 얕잡을 것 같았다. 왜 이렇게 시집하고 친정은 모든 것이 다를까. 아무튼 나는 날듯이 경쾌하게 집을 벗어났다. 버스로 한 정거장이었지만 걸어서 갔다. 바깥바람을 쐬는 기분이 탈옥이라도 한 것처럼 아슬아슬 스릴이 있었다. 시장에 가는데도 제일 좋은 옷을 입었다. 새색시니까. 조세트에 수를 놓은 분홍색 수치마에 미색 은조사 저고리를 입고, 흰 버선에 옥색 고무신을 신었다. 그 정도면 잔칫집에도 갈 수 있는 최고의 성장이었지만, 손에는 핸드백 대신 전깃줄로 엮은 시장바구니를 들고, 긴 치마는 끌리지 않게 허리띠로 가뜬하게 묶어서 부잣집 아씨가 장 보러 간다는 티를 내는 것도 잊지 않았다. 집에서 버스 한 정거장 거리만 걸어가면 종로 5가 전찻길이 나오고 길을 건너면 바로 동대문시장 중에서 가장 활기 넘치는 곳이었다. 온갖 싱싱한 채소와 생선과

건어물과 익은 음식과 날음식과 고래고래 악을 써서 손님을 부르는 소리와 에누리하고 흥정하는 소리가 전후의 빈곤을 비집고 참을 수 없는 힘으로 분출하는 곳을 향해 나는 씩씩하게 돌진했다. 5가에서 들어선 시장통은 청계천과 만나기 전에 뒷길과 마주치면서 네거리를 이루고 네거리 한가운데는 이북 사투리를 쓰는 아줌마들이 양은 다라이를 놓고 잡채나 순대를 팔기도 하고 도라지나 고사리를 하얀 대폿잔에 고봉으로 담아놓고 팔기도 했다. 맛조개를 즉석에서 까서 역시 대폿잔으로 되서 팔기도 했다. 시장통에서 제일 사람들이 와글거리는 데였다. 목청을 높여 흥정도 하고 싸우기도 하는 소리에 나는 정글에 들어선 문명인처럼 위험과 흥분을 동시에 느꼈다. 그건 형언할 수 없는 기쁨이었다.

싱싱한 생선을 고르는 법과 함께 쓰리꾼의 위험에 대해서도 시어머니로부터 충분히 들었으므로 속이 들여다보이는 시장바구니 속에 들어뜨렸던 손지갑을 손아귀에 꼭 쥐었다. 혼잡한 인파 사이를 미꾸라지처럼 곡선으로 누비는 남루한 소년들이 시어머니가 말하는 쓰리꾼이라는 걸 쉽게 알아볼 수 있었다. 여염집 동네서도 거지들이 좀도

둑으로 변하기도 하고 멀쩡한 청년이 눈을 부라리며 상이
군인 행세를 해서 돈을 갈취하기도 하는 험난하고도 남루
한 시절이었다. 아직은 초보라는 걸 잊지 말자고 다짐을
하면서 한눈팔고 싶은 걸 참고 시어머니가 가르쳐준 대로
그 네거리에서 오른쪽으로 꺾어 시어머니의 단골 생선 가
게로 직진했다. 양쪽으로 번듯한 가게가 즐비한 골목이었
다. 생선 가게, 푸성귀 가게, 건어물 가게, 견과류와 설탕,
밀가루 등을 파는 가게들은 상품이 풍부하고 상인들은 배
가 나오고 기름져 보여 장사가 잘되는 동네라는 걸 쉽게
알 수 있었다. 그중에도 제일 큰 생선 가게가 시어머니의
단골 가게였다. 두 개나 잇대놓은 대문짝만 한 얼음 판때
기 위의 생선들은 누워 있는 게 이상해 보일 정도로 싱싱
했다. 바다를 유영하던 물고기들이 심심할 때 풀쩍 공중으
로 비상을 시도해보듯이 숫구칠 것만 같았다. 시어머니가
일러준 대로 은행집 새 며느리라고 자기소개를 했더니 주
인은 반색을 하면서 귀빈 취급을 했다. 그쪽 길도 가게 앞
쪽은 노점상 아줌마들 차지여서 길이 곤죽탕이었다. 나들
이웃과 새하얀 버선이 신경 써졌는데 부잣집 아씨 대접을
받으니 체면이 섰다. 은행집 아씨에 껌벅 죽는 시늉을 하

는 주인아저씨한테 나는 묘한 동류의식을 느꼈다. 마님이 여간 까다롭지 않으신데 우리 새아씨가 마님한테 합격 점수 받아야 한다고 그는 준칫국에 들어갈 채소는 어디어디에서 사라는 것까지 일러주었다. 내가 사람 사는 세상으로 진입한 게 그에게도 믿음직스럽지 못했나 보다. 그는 준치를 다루는 데는 마님이 자기들보다 한 수 위라면서 비늘도 긁지 않고 통째로 주었다.

물 좋은 준치는 아름다웠다. 납작한 몸을 감싼 은빛 비늘은 셀로판지처럼 얄팍하고도 견고한데 물보라처럼 은은한 무지갯빛이 감돌았다. 시집에는 생선을 다루는 널찍한 도마가 따로 있었다. 시어머니의 명령대로 나는 마당에 있는 수돗가에 도마와 식칼을 대령했고 시어머니는 저고리 소매를 걷어붙이고, 식칼로 준치를 손질하면서 나에게 두런두런 얘기를 시켰다.

"예로부터 썩어도 준치라는 말이 있지. 그만큼 맛있다는 소리지만 생선이란 어떤 생선이고 물이 살짝만 가도 맛은 다 가는 법이니까 그 말 믿으면 안 된다."

거기까지 말하고 나서 숫돌을 대령하라고 했다. 숫돌도 도마도 얼마나 혹사를 당했는지 가운데가 완만하게 패

145

어 있었다. 도마는 둘인데 칼은 식칼 하나밖에 없었다. 식칼을 숫돌에다 푸르게 날이 서도록 갈더니 비늘을 긁어낸 준치 몸에 잔칼질을 하는 것이었다. 왜 그렇게 잔칼질을 하는지 몰랐지만 시어머니의 그 손놀림은 하도 신중하면서도 날렵해서 나는 그저 경탄의 눈길로 바라볼 수밖에 없었다. 그건 죽었다 깨어나도 배울 수 있을 것 같지 않은 묘기였다. 시어머니는 묘기를 부리면서 그렇게 잔칼질을 하는 이유를 설명하기 시작했다.

"이놈의 생선은 가시가 많단다. 살 반 가시 반이야. 여북해야 용왕님이 바다의 물고기를 만들려고 살하고 가시를 쌓아놓고 형형색색의 물고기를 만들고 나니 마지막으로 제일 맛있는 살이 남았는데 살에 비해 가시가 너무 많이 남았더란다. 그래서 용왕님은 에라 모르겠다, 맛있는 것만 바치는 인간들 골탕 좀 먹어보라고 그 맛있는 살에다가 남은 가시를 몽땅 집어넣어 만든 게 준치란다."

나는 재미있어서 깔깔대고 웃었다. 시어머니하고 그렇게 여러 말을 해보긴 처음이었다. 그러나 화기애애한 것하곤 달랐다. 생선은 으레 졸이거나 절이거나 고추장찌개를 하는 줄 알았는데 준치로는 맑은 장국을 끓였다. 새파란

쑥갓과 실파가 동동 뜬 준칫국은 하나도 비리지 않고 깨끗하고 감미로웠다. 시어머니의 기술적인 잔칼질 때문에 가시도 문제되지 않았다. 나는 생전 처음 먹어보는 준칫국을 맛있게 먹다 말고 맛도 맛이지만 손질이 그렇게 까다로운 음식을 마치 콩나물국 먹듯이 예사롭게 먹는 그들 모자에게 이상한 이질감을 느꼈다. 준치 먹을 철엔 굴비도 말려야 했다. 친정에선 영광굴비라고 외치고 다니는 사람한테 한두 두름 사 먹어도 그만, 안 사 먹어도 그만인 굴비를 시집에선 단골 생선 가게에 부탁해서 열 관들이 한 섬을 샀다. 연평 바다에서 잡은 싱싱한 소만小滿살이라야 한다는 것이었다. 절기로 소만 무렵에 연평 앞바다에 내려오는 조기가 가장 기름진 알배기라고 했다. 물이 좋아야 할 것은 말할 것도 없고 소만이라는 계절까지 맞춰야 했다. 동대문시장 단골집에서 지게로 한 섬을 져다 준 조기는 누렇고 싱싱한 알배기였다. 그중에 몇 마리만 저녁 반찬으로 찌개를 하고 나머지는 절반 넘게 굴비용으로 절이고, 절반 좀 안 되게는 조기젓용으로 짜게 절여 항아리에 쟁였다. 거의 온종일이 걸렸지만 거기까지는 그래도 간단한 편이었다. 조금씩 파리가 꼬일 때였다. 채반에다 널고 온종일 파리 쫓는 게 일이었다. 그런 일은 시어머니의 전담이었지만 오로지 먹는 일에만 신경을 쓰고 사는 집안에 대한 이질감은 점점 혐오감으로 변했다. 구경만 하는 것도 피곤하고 짜증스러웠다. 처음 남편과 약속한 대로 음식을 만드는 것은 시어머니 담당이었지만 생활비는 나에게 주었기 때문에 시장을 봐 오는 일은 내 담당이었다. 시장에 가는 게, 시장 중에도 가장 활기 넘치는 동대문시장에 매일매일 가는 게 나의 유일한 돌파구였다. 마찬가지로 음식을 만들지 않는 시어머니를 상상도 할 수 없었다. 끼니때가 아닐 때도 늘 뭔가 먹을 것과 관계된 궁리를 했다. 아직도 남은 겨울 김치를 헹구어 빨랫줄에 걸어놓기도 하고, 짠지 무를 고추장에 박기도 하고, 작년에 박아놓은 무나 오이를 꺼내 나박나박 썰어서 참기름에 무치기도 했다.

조기를 한 섬이나 들인 달은 당연히 생활비가 모자랐다. 시어머니는 그렇게 될 줄 미리 안 듯 한 섬 값을 반만 주고 반은 다음 달에 주라고 일러주길래 그대로 했는데도 그러했다. 나는 남편이 당연히 모자라는 생활비를 내놓을 줄 알았다. 우리 결혼식을 보고 남들이 부잣집으로 시집간다고 부러워한 것을 나도 그렇게 믿고 있었다. 그렇게 믿을 수밖에 없는 게, 친정에선 생전 듣도 보도 못한 식도락 취미 때문이었을 것이다. 그러나 남편은 더 내놓을 돈이 한 푼도 없다고 했다. 냉정하게 그랬으면 혹시나 남편이 나에게 겁을 주려고 거짓말을 할지도 모른다는 희망이라도 품을 수 있으련만, 남편은 자상하게 그의 월급 내역을 밝히고 빚도 없지만 저축한 돈도 없다는 걸 알아듣기 쉽게 설명했다. 나는 그가 정직한 사람이라는 걸 알고 있었다. 그래서 더 절망적이었다. 미군부대에서 비교적 넉넉하게 받은 월급과 부수입을 안 쓰고 모았다가 나를 싸데려오다시피 한 희떠운 결혼식에 다 써버렸다는데 어쩔 것인가. 그렇다고 지금 직업이 없는 것도 아니고, 안정된 생활을 하기에 부족함이 없는 은행원이 아닌가. 그래도 나는 그가 부자가 아니란 게 속은 것처럼 분하고 억울했다. 친구 중에는 총각인 줄 알고 결혼했는데 알고 보니 이북에 본처가 있는 경우도 적지 않았고, 이북이 아닌 이남 땅에 큰마누라가 시퍼렇게 살아 있어서 울고불고 난리가 난 경우도 알고 있었다. 그런 친구를 생각하고 위안을 삼으려고 해도 내가 더 억울한 것 같았다. 남편이 부자가 아니라는 사실과 함께 그의 봉급의 10분의 1은 시어머니 용돈으로 나간다는 것도 알게 되었다. 10분의 1도 아까운데 나에게는 아무 돈이나 주고 자기 어머니에게는 은행에서 갓 찍어낸 것 같은 새 돈으로만 갖다 바쳤다. 모자라는 생활비를 시어머니로부터 도움을 받을 수 있으리라고 낙관했다. 그러나 시어머니는 월급날까지 동네 구멍가게에서 외상을 얻어다 먹을 수 있는 길을 터주는 것 이상의 도움을 주지 않았다. 구멍가게에서는 두부, 콩나물, 파 정도가 반찬거리의 전부였다. 시어머니는 두부하고 콩나물만 이용한 반찬에 아무런 불만도 드러내지 않는 대신 구멍가게 메뉴인 동안은 부엌에 들어오려고 하지도 않았다. 내가 만든 반찬은 내 입에도 맛이 없었다. 입만 다락같이 높여놓은 아들의 입맛 없는 숟갈질을 바라보는 시어머니의 눈길이 그렇게 얄미워 보일 수가 없었다.

딸도 없는 외아들한테 딸을 시집보내면서 친정 엄마가 은근히 내비친 걱정도 이런 건 아니었다. 홀시어머니가 아들 내외 금실을 샘내면 어떡하나 하는 거여서 엄마가 그런 걱정을 할 때마다 나는 닭살이 돋는 시늉을 하면서 눈을 흘기곤 했다. 그런 건 정말이지 아무런 문제가 없었다. 아들 며느리 잠자리 한가운데로 파고드는 시어머니, 세상에 그런 시어머니가 정말로 있다면 얼마나 귀여울까. 나는 나무랄 데 없는 시어머니에 질린 나머지 그런 생각까지 들었다. 내가 정말 이상해하는 건 시어머니가 아니라 삶의 즐거움이 오로지 먹는 일에 달린 것 같은 이들 가족인지도 몰랐다. 나를 빼놓은 가족은 두 식구밖에 안 되었지만 그들에 대한 이질감을 느낄 때마다 이 집 식구들은 참 이상해, 라고 나는 쏙 빠지곤 했다. 그러나 동네 구멍가게에서 외상 장부를 긋는 동안 사는 것이 재미없어지는 건 나도 마찬가지였다. 나들이옷 떨쳐입고 동대문시장으로 장보러 가서 그 치열한 아우성과 싱싱하고 풍성한 푸성귀와 수산물이 내뿜는 활기를 쐬지 않고는 유지되지 않는 결핍이랄까, 불균형이 내 안에 있다는 걸 나는 알고 있었다.

다행히 월급날은 쉬 돌아왔고 계절 따라 제철 음식도 새록새록 했다. 복伏이 들자 시어머니는 민어 먹을 때라고 귀띔을 했다. 친정에서 민어를 먹어보았는지 못 먹어보았는지는 확실하지 않지만 민어라는 생선이 어떻게 생겼는지 모르는 건 확실했다. 내가 어떻게 생긴 생선인지, 훼손되거나 물 가지 않은 전체를 알고 있는 생선은 아마 꽁치 정도일 것이다. 나는 단골 생선 가게로 직행했다. 민어

한 마리 달라고 했더니 주인은 고개를 갸우뚱하면서 작은
게 없는데 어쩌나 했다. 나는 얼음 좌판에 즐비한 생선을
자신 있는 눈길로 한 바퀴 훑었지만 어떤 게 민어인지 알
수 없었다. 장수가 긴 막대 끝의 갈고리로 아가미 있는 데
를 콱 찍어서 반쯤 들어 올려 보여준 민어는 어마어마하
게 큰 생선이었다. 아가미 속엔 시뻘건 점액질의 진이 흐
르는 듯했고 눈도 붉게 충혈돼 있었다. 부르는 값도 내가
결단을 내리기엔 버거운 값이었다. 나는 마치 기싸움이라
도 하듯이 민어의 눈과 장사꾼의 눈을 번갈아 보면서 쉬
결단을 내리지 못했다. 장사꾼이 처음에 찍은 것보다 작은
것을 찍으면서 이것도 알배기니까 마님이 좋아하실 거라
고 했다. 그는 에누리할 줄 모르는 나를 애처롭게 여긴 듯
자진해서 민어값을 깎아주었다. 민어찌개에 꼭 들어가야
한다고 일러준 애호박 하나밖에 더 사지 않았는데도 민어
한 마리가 어찌나 무거운지 집까지 비지땀을 흘리며 들고
와야 했다. 토막 낸 것도 파는데 이 비싼 생선을 어떻게 한
마리를 다 샀느냐고 시어머니는 기가 막힌 표정을 지으면
서도 배를 눌러보더니 알배기라고 흐뭇해했다. 나는 마당
수돗가에 도마와 식칼을 대령하고 시어머니가 그 늠름하

고 잘생긴 생선을 어떻게 요절을 내는지 흥미진진하게 지켜보았다. 대가리를 자르고 배 속에서 조심스럽게 알과 부레를 꺼내는 걸 보면서 어렸을 적에 아버지가 낚시해 온 붕어 배를 가르는 걸 옆에서 구경할 때 생각이 났다. 사물의 안과 밖을 같이 보는 최초의 경험이 그 당시처럼 설레는 경탄으로 되살아났다. 그건 그리움이었다.

시어머니는 두 주머니의 기다란 알이 다치지 않도록 조심스럽게 채판 위에 눕히고 소금을 뿌렸다. 장인의 손길처럼 자신 있고도 신중한 손놀림이었다. 날씨가 궂지 않아야할 텐데, 마치 굉장한 일을 하고 나서 진인사대천명이라고 말하는 투였다.

"저게 군내 안 나고 윤기 나게 말라 어란이 되기만 하면 오늘 이 민어는 거저 먹는 거나 마찬가지란다. 명월관이나 국일관 같은 고급 요릿집에서 어란은 최고로 비싼 술안주라는구나. 피리창처럼 얇게 썰어서 접시에다 펴놓고 몇천 원씩 받는다니까."

그러고 나서 민어의 몸은 횟거리와 찌갯거리, 구이용으로 나뉘어졌다. 대가리가 워낙 컸으므로 회와 구이용으로 좋은 살을 발라내고 남은 뼈와 살까지 합치니까 큰 냄비로 하나 가득했다. 곰국을 끓일 때나 쓰는 큰 솥에다 애호박 썰어 넣고 고추장 풀고 끓인 민어찌개 맛은 준칫국과는 또 다른 달고 깊은 맛이 있었다. 민어찌개 끓일 때는 보리고추장을 써야 하고, 회 먹을 때 쓰는 초고추장은 찹쌀고추장으로 만들어야 하고, 민어구이는 연탄불에 굽지 말고 숯불을 피워서 양념장을 발라가며 반짝반짝 윤기가 나게 구워야 한다는 자세한 설명을 하면서도, 시어머니는 그걸 나에게 가르칠 뜻이 있는 것 같지 않았다. 다 손수 하는 게 그렇게 신바람 나 보일 수가 없었다. 나는 본능적으로 저 신바람을 잘못 건드리면 고부간에 돌이킬 수 없는 파국이 오리라는 걸 알고 있었다. 나는 네, 네, 정말 그렇겠네요, 맞장구를 쳤지만 배울 생각은 전혀 없었기 때문에 건성이었다. 몇 번 들었건만 아직도 찹쌀고추장 항아리와 보리고추장 항아리를 구별 못 했고, 어떤 게 햇간장독인지, 어떤 게 묵은 간장독인지도 알 수 없었다. 자다가도 깜짝 놀란 소리로 애야, 장독 뚜껑 덮었냐? 외마디 소리를 지르면서도 나더러 덮으란 소리 안 하고 뛰어나가 직접 눈으로 확인해야 직성이 풀리는, 장맛의 그 집요한 주인 노릇을 넘볼 의욕이 나에게 있을 리 없었다. 음식 만드는 일은 내 취향이 아니었다.

　나는 초등학교 4학년 때 인천으로 수학여행을 가서 처음으로 바다를 보았다. 바다를 보고 가슴을 울렁거린 생각은 안 나고 갯벌에서 맡은 비린내가 싫었던 생각만 남아 있다. 집에서 자주 먹는 간고등어나 꽁치의 비린내하곤 좀 다르다고 해도 비린내에 호감을 못 가지긴 마찬가지였다. 시집올 때까지 회는 한 번도 못 먹어보았다. 처음 먹어본 회가 민어회였다. 시어머니는 아들에게 회를 맛있게 먹이기 위해 소주까지 한 병 사다 놓았다. 남편은 나에게 소주를 한 잔 따라주면서 내가 시어머니에게 신경을 쓰자 어머니는 사이다만 마셔도 취하는 분이니까 신경 쓰지 말라고 했다. 나는 술맛도 잘 모르면서 취하지도 않는 체질이었는데 민어회와 소주와 초고추장이 어우러진 맛은 맛의 조화의 극치라는 생각이 들었다. 먹는 즐거움이 행복감까지 가는 경지가 거기 있었다. 시어머니는 아들 부부가 자기 솜씨에 취해가는 모습을 만족한 듯이 바라보며 풍로에서 이글거리는 숯불을 공기 구멍으로 알맞게 조절해가며 석쇠에 양념한 민어 토막을 얹어놓고 굽기 시작했다. 살이 익으면서 부서질까 봐 계속해서 발라가며 구운 양념

155

장은 곧 빤들빤들한 막이 되었고, 거기서 풍겨오는 냄새는 얼큰한 취기에도 불구하고 새로운 식욕을 자극했다. 나는 제왕처럼 제 입만 아는 남편과 영원토록 아들을 입맛으로 붙들어두려는 시어머니의 눈물겨운 노력에 복잡한 비애를 느꼈다. 나의 비애는 패배감일 수도 있었고, 체념일 수도 있었다. 문득 시어머니가 길들여놓은 남편의 입맛은 그들 모자 사이의 탯줄이란 생각이 들었다. 그 나이에 아직도 탯줄을 못 끊은 남편이 경멸스러웠지만 내가 어찌해볼 엄두는 나지 않았다. 나는 그의 아내이지 산파가 아니지 않은가. 남편에 대한 소유욕이 전혀 생기지 않는 나를 돌아보면서 어쩌면 남편을 사랑하지 않는지도 모른다고 생각했다.

민어 말고도 시어머니가 지극정성으로 손수 절여서 말린 굴비도 식욕이 떨어지는 여름철을 살맛 나게 하는 미각이었다. 친정에서도 영광굴비는 먹어보았지만, 시집에서 물 좋은 조기를 제때에 장만해 간을 맞춰 건조시킨 굴비 맛에 델 게 아니었다. 잘 마른 굴비도 껍질과 살 사이에는 기름기가 많아 북어처럼 메마르지 않았다. 점심 반찬을 하려고 짝짝 찢고 나면 손바닥에 기름이 흘렀고, 육질은 부드러우면서도 씹는 맛이 일품이었다. 특히 단단하게 잘 마른 알 맛은 조금 맛본 어란 맛 못지않았고, 빛깔은 투명한 조니 워커 빛깔이었다. 시어머니는 당신이 생선 대가리나 꽁지를 차지할지언정 아들과 며느리를 음식으로 층하하는 일이 없었는데도 어란만은 아들만 먹이려는지 깊이 껴두어 나는 조금밖에 맛보지 못했다.

친정에서 먹던 것보다 맛있는 건 그 밖에도 많았다. 특히 순 서울식으로 담근 오이소박이 맛은 일품이었다. 마늘과 파를 곱게 다져 고운 고춧가루와 젓갈을 섞어 만든 다대기를 알맞게 절은 어린 오이 배 속에 아주 조금, 찻숟갈로 반 정도만 넣어 차곡차곡 담고 간 맞춘 국물을 자박하게 부어서 하루 만에 익힌 오이소박이는 분홍빛 국물에서 싱그러운 오이 냄새가 강하게 나고, 오이는 새파랗고도 아삭아삭하고 새콤달콤했다. 냉장고가 없을 때라 아들이 퇴근해 들어오는 저녁상에 맛이 절정에 달한 오이소박이를 올리기 위한 시어머니의 노력은 눈물겨웠다. 한 골목에 차고 깊은 우물이 있는 집이 있었다. 그 물을 길어다 채운 양자배기에 오이소박이 항아리를 담가놓고 하루에도 몇 번씩 물을 갈아주어도 절정의 맛은 하루 이상 가지 않았다.

맛도 그렇지만 보기 좋기로도 친정어머니가 성의 없이 마구 부추 줄거리를 구겨 넣고 물기 없이 뻑뻑하게 담근 오이소박이 맛에 댈 게 아니었다.

친정과 조리법이 다른 건 그 밖에도 많았다. 땀을 많이 흘리는 복중에 아들의 기력이 떨어질세라 시어머니는 며칠에 한 번은 곰국을 끓이고 싶어 했다.

"남들은 복중에 삼계탕이나 개장국을 먹는다지만 느이 서방님은 비위가 약해 그런 건 질색이니라. 우리 집안이 윗대부터 개장국은 기휘하는 집안이니까 그렇다 쳐도 약병아리 곤 것도 안 먹는 건 내 잘못이 크다. 어려서 한 마리를 통째로 먹으려고 한 게 잘못이었어. 불쌍하다고 질색을 하더니 그 후엔 닭 냄새도 맡기 싫어한단다. 마음이 모질어야 몸도 튼튼한 법인데 그렇지를 못해 걱정이다."

나 들으라는 듯이 그렇게 중얼거리며 곰국거리를 손질했다. 업진이나 양지머리 살에다 양과 곱창을 함께 넣고 끓이는 건 친정과 같았지만 손질하는 법이 달라서 끓여놓은 모양도 달라 보였다. 양지머리 살은 물에 담가 핏기를 빼고 곱창은 세심하게 겉에 엉겨 붙은 뭉클뭉클한 기름덩어리와 안에 있는 소똥 냄새 나는 것들을 제거하고 양도 안에서 한 꺼풀을 벗겨내고 끓는 물에 살짝 데쳐서 겉에 돋은 검정 털을 칼로 득득 긁으면 털이 보얗게 되었다. 그러고 나서 세 가지를 함께 넣고 고기가 부드러워지면서 보얀 국물이 우러날 때까지 고고 나서 통째로 곤 그것들을 꺼내 먹기 좋게 썰어서 조선간장과 파 마늘로 양념을 해 따로 놓고 국을 뜰 때마다 그걸 한 움큼씩 집어넣어서 내놓았다. 보기도 좋고 맛도 좋은 깨끗한 곰국이었다. 엄마도 곰국을 끓일 때 세 가지를 넣고 끓였지만 양의 시커먼 털을 손질하지 않고 그대로 넣었기 때문에 국이 지저분해 보였다. 그래서 곰국을 먹을 때마다 양이 꼭 송충이가 떠다니는 것 같아서 건져놓곤 했기 때문에 시집에서 처음으로 양의 맛이 어떻다는 걸 알았다.

칠월 칠석날은 밀전병을 부쳐서 고사를 지내고 나서 온 동네가 나누어 먹었다. 밀전병의 반 정도는 아무것도 안 넣고 밀가루로만 부쳤고 나머지 반은 애호박을 가늘게 채 쳐 넣고 부쳤다. 재료에 있어서는 친정에서 해 먹던 것과 다를 게 없었다. 실상 다르고 말 것도 없는 단순한 음식이었다. 밀을 갈아서 가루로 만들 줄 알면서부터 생겨났을 것 같은 원초적인 부침개가 시어머니의 손을 거치니까 전혀 딴맛이 났다. 칠석에 쓸 밀전병을 부치기 위해 그 임박해서 들기름을 새로 짜 왔고 반죽도 독특하게 했다. 밀가루에 적당한 양의 물을 붓고 휘휘 젓다가 너무 된 듯하면 찔끔찔끔 물을 더 붓거나 묽은 듯하면 밀가루를 조금씩 보태는 게 내가 봐온 친정 엄마의 방법이었다. 시어머니는 만두 반죽하듯이 밀가루를 오래 치댔다. 밀가루 덩어리가 되면서도 말랑해질 때까지 치대는 것도 보통 힘드는 일이 아니었지만 그걸 다시 물을 부어가며 부침개에 알맞은 농도로 푸는 일은 더 어려웠다. 그런 손공을 들여야만 아무리 얇게 부쳐도 찢어지지 않고 쫄깃한 전병을 만들 수 있다고 했다. 그렇게 만든 밀전병은 밀가루와 소금과 기름이 결합한 맛 이상의 맛이 났다. 씹힐 맛의 특이함 때문일까, 손맛이라는 맛이 따로 존재하는 것일까, 나는 시어머니의 밀전병 맛에 거의 경탄하면서 그렇게 생각했다.

남편은 밀가루 음식이나 떡을 별로 좋아하지 않았다. 술을 즐기는 사람은 으레 그런 법이라고 시어머니는 말했다. 시어머니가 아들이 좋아하지도 않는 음식에다가 그렇게 정성을 들이는 까닭은 따로 있었다. 칠석날 칠성님께 천신薦新할 음식이라는 거였다. 밀전병 외에 참외도 넉넉히 준비했다. 시어머니는 말이 나온 김에 일러두는 거라면서 이건 그냥 천신일 뿐이지만 1년에 두 번 음력 정월과 시월에 날 잡아 고사를 아주 거하게 지내는 게 당신이 집안의 평안과 아들의 수명장수를 위해 꼭 지켜온 법도라고 했다. 몇 개나 되는 큰 채반에 펼쳐진 달덩이처럼 흰하고 둥글게 부친 밀전병이 다시 목판으로 나뉘어져 부뚜막, 다락, 광, 수돗가, 대문간 등 시어머니가 지시하는 집 안의 요소요소에 갖다 놓았다. 음식을 만들 때는 보고 배우려면 배우고, 말 테면 말라는 식으로 별로 친절하지 않던 시어머니가 나에게 그런 심부름을 시키면서는 뭔가를 전수하려는 의도를 명백하게 드러냈다. 커다란 양은 주전자를 들고 가서 막걸리를 받아 오는 일까지 나에게 시켰다. 시어머니가 가르쳐준 술도가 집은 멀지는 않았지만 큰길을 건너야 하는 이웃 동네에 있었다. 나는 재강 냄새 나는 술도가 집에서 막걸리를 받아 오면서 마치 무당집 아랫것이 된 듯한 모멸감을 느꼈다. 이건 도대체 뭐란 말인가. 나는 마침내 시집살이의 밑바닥에 도달한 것 같은 내 꼴을 참담하게 회의했다. 양은 주전자의 막걸리를 흰 막사발에 넘치도록 붓는 걸로 칠성님께 바칠 제물은 완성된 모양이었다. 그제서야 시어머니는 요소요소를 돌면서 중얼중얼 입속으로는 뭔가를 열심히 중얼거리며 두 손바닥을 둥글게 부비며 빌기 시작했다. 비는 시어머니의 표정은 두려워하는 것도 같고 아부하는 것도 같았다. 나는 속으로 만일 저것까지 나에게 시키려 든다면 나는 이 시집 안 살고 말겠다는 단호한 각오를 했다. 조금 살 것 같았다. 그 정도로 시집에서 느낀 어떤 이질감보다도 혐오스러웠다. 다음에는 그 많은 밀전병을 한 골목에 사는 이웃집에 돌리는 일도 내 몫이었다. 뒤치다꺼리를 하면서 보니 그 집구석엔 광에 채반도 많고 크고 작은 시루도 많았다. 부엌살림도 변변치 않은 집안에서 그건 왠지 괴기한 인상을 주었다. 나는 도저히 동화할 수 없을 것 같은 시집의 가풍을 발견했을 때라든가 친정 엄마한테 시집의 이상한 걸 고해 바칠 때마다 시집이라고 하지 않고 '그 집구석'이라고 해야 직성이 풀리는 버릇이 있었다. 나를 위로하고 안심시키기 위한 버릇이었다.

낯선 풍습과 불화하기도 하고 타협하기도 하면서 그럭저럭 또 한 계절이 가고 선들바람이 불기 시작했다. 시어머니는 벌써부터 벼가 누렇게 익을 무렵에 장이 꽉 찬다

는 참게장 담글 궁리를 하고 있었다. 게장용 진간장까지
따로 담가놓았다는 것이었다. 나는 내 생전에 도저히 끝
날 것 같지 않은 시집의 식도락에 절망감을 느꼈다. 먹는
것 외의 딴생각을 하고 살 순 없는 것일까. 나는 딴생각을
하기 좋아하는 집안에서 자랐다. 어떤 것이 더 옳은지 비
교할 생각은 없었지만 딴생각을 하는 게 나에게 더 맞는
다는 생각이 점점 더 확실해지기 시작했다. 돌이킬 수 없
는 일이어서 그렇게 애틋할 수가 없었다. 민어를 아무리
잘 요리해도, 양곱창을 아무리 잘 손질해도, 그 맛의 극치
나 진수에 도달할 수 있을지는 몰라도 민어는 민어 맛을
벗어날 수 없고, 소 내장은 결코 은근한 소똥 냄새를 벗어
날 수 없었다. 조기가 굴비 됐다고 해서 조기 맛과 딴맛이
되는 건 아니지 않은가. 민어 맛이나 준치 맛의 궁극까지
도달했다고 해서 어쨌다는 것일까. 누가 상을 줄 것도 아
니고 인간이 신선이 되는 것도 아니다. 고작 혀끝에서 목
구멍까지의 즐거움에서 벗어나 조금이라도 딴생각을 할
수 있다면 딴 세상이 열릴 것 같았다. 식도락의 쾌감을 의
심하기 시작하자 돈이 떨어져서 그나마도 못 누리고 동네
구멍가게에서 콩나물과 두부를 외상질해다 먹여야 하는

기간이 더더욱 견딜 수가 없어졌다. 식구들의 식도락을 위해 동대문시장을 누빌 때는 부잣집으로 시집왔다는 환상이라도 즐길 수 있었지만 구멍가게의 외상 장부는 그 환상의 허방이었다.

허방이야말로 엄연한 현실이라는 걸 깨달았을 때는 이미 새색시가 아니었다. 나는 이쯤 해서 그 문제를 남편과 솔직하게 의논해야 된다고 생각했다. 그는 기대했던 것보다 더 솔직하고 현실적이었다. 그는 내가 월급이라는 정해진 액수를 적절하게 안배해서 쓸 능력이 아직은 모자라니까 자기가 안배해서 월급을 주급으로 주겠다고 했다. 그러니까 나를 월급쟁이에서 주급쟁이로 격하시킬 모양이었다.

"그렇다고 뭐가 달라지는데요? 주급을 월급만큼 준다면 모를까."

"달라지고말고. 한 달에 스무 날은 잘 먹고, 열흘을 내리 못 먹는 것보다는 일주일에 나흘 잘 먹고 사흘 못 먹는 게 훨씬 낫지 않겠어."

"어디까지나 당신 입맛 위주군요."

"그걸 왜 내 입맛 위주라고 생각하나, 난 당신 위주로 생각해서 짜낸 묘안인데. 줄창 그렇게 하겠다는 게 아니니까 일주일을 외상 안 지고 살도록 머리를 써봐요. 외상이란 어차피 갚아야 할 돈 아닌감. 일주일 치를 적절히 안배할 수 있으면 한 달 치도 그렇게 할 수 있을 거야. 월급이 적어서 모자란다고 생각하지 말고 외상값을 갚고 났기 때문에 모자라는 거라고 생각을 바꿔보란 말요."

누가 은행원 아니랄까 봐 쪼잔하고도 치밀했다. 그는 내 씀씀이를 면밀히 살펴보면서 해결책까지도 미리 마련해놓고 있었음이 분명했다. 내가 어쩌다 이런 수모까지 당하게 되었을까. 내가 기대한 건 그게 아니었다. 시어머니에게 꼬박꼬박 바치는 십일조를 줄였으면 하는 좀 치사한 속셈을 가지고 있었다. 만일 시어머니가 며느리의 외상질을 가엾게 여겨 당신 용돈을 보태준 일이 한 번이라도 있었다면 내 마음도 그렇게까지 치사해지지는 않았을 것이다. 그러나 그 문제를 직설적으로 말하는 것도 자존심 상하는 일이어서 슬쩍 우회적으로 트집을 잡기 시작했다.

"왜 '안따노 오까아상' 용돈은 새 돈으로 주고 나한테 주는 월급은 헌 돈으로 줘? 왜 사람 차별해? 새 돈은 누가 천 원을 2천 원으로 쳐주기라도 한대."

안방하고 건넌방은 너무 가까웠으므로 나는 시어머니가 듣기 싫어할 것 같은 소리를 할 때마다 너희 엄마란 소리를 일본 말로 바꿔 부르고 있었다.

"그래, 아무 데서도 새 돈을 헌 돈보다 더 쳐주지 않지만 우리 어머니는 달라. 어머닌 새 돈 천 원을 헌 돈 2천 원보다 더 좋아하셔. 어머니가 흡족하도록 많이 못 드리는 대신 빠따라시 새 돈으로 바꿔다 드리는 정도의 효도를 당신이 그렇게 기분 나빠하리라고는 상상도 못 했어. 고부간이 어렵다는 건 나도 들어서 알고 있지만 당신까지 이럴 줄은 몰랐어."

"실망시켜서 미안해. 나도 이러는 내가 싫어. 살림이라는 게 이렇게 사람을 찌들게 할 줄 알았더라면 결혼 같은 거 안 했을 거야. 그렇지만 이왕 한 거 어떡해. 따질 건 따져야지. 난 그 새 돈에 문제가 있다고 생각하니까. 왠 줄 알아. 아무리 아들이 따로 드린 용돈이라도 한 식군데 생활비가 모자라면 보태야 된다고 생각해. 내가 낭비를 해서 모자라는 게 아니잖아. 그런데도 새 며느리가 외상 장부 들고 구멍가게 왔다 갔다 하는 걸 모르는 척하고 용돈을 지키는 건 새 돈이라서 쓰기 아까워한다고 볼 수밖에 없

166

어. 늙으면 아이 된다고 하잖아. 아이들한테 세뱃돈 줄 때 될 수 있는 대로 새 돈으로 주는 건 아이들이 아까워서 빨리 까먹지 말라는 뜻도 있을 거야. 안따노 오까아상 그렇게 길들이지 마. 난 싫어."

"당신은 마치 그 돈을 어머니가 한 푼도 안 쓰고 어디다 차곡차곡 모으고 있다는 말투군."

"그럼 안따노 오까상이 그 돈을 쓴단 말예요? 어디다 어떻게?"

"흐지부지 쓰시겠지. 아무리 살림을 놓으셨어도 흐지부지 쓸 데 없으시겠어? 산 사람이."

"당신 말 한번 잘했어요. 이제 알겠어. 내가 왜 이렇게 치사하고 각박해졌는지. 사는 게 왜 이렇게 답답한지. 흐지부지 쓸 돈이 없어서야. 나도 산 사람이거든."

"흐지부지 쓸 돈이 그렇게 절실하면 덜 절실한 걸 줄여서 마련을 하란 말야. 우선적으로 흐지부지 쓰고 보든지."

"그걸 말이라고 해요."

"스스로 살림의 요령을 터득하란 소리지. 기름을 쳐야 기계가 부드럽게 돌아가는 게 확실하다고 해서 기계 살 돈으로 기름만 다 사버릴 바보는 아니잖아, 당신은."

나는 쓴웃음을 짓고 말았다. 자로 잰 듯이 살아온 융통성 없는 은행원이 비유를 들어가며 철없는 아내를 설득하려는 노력은 알아줘야 할 것 같았다. 또 꽤 괜찮게 시집왔다고 생각하고 싶은 허영심이 아직 남아 있는 것도 문제였다. 돈 때문에 부부 싸움을 하기 시작하면 내가 얼마나 험악하게 망가질지 보잖아도 본 듯했다. 속내는 어떻든지 간에 친정 식구들 보기에나 친구들 보기에 돈 걱정 안 하고 우아하게 사는 걸로 비쳐지고 싶었다.

10

 그달부터 나는 주급쟁이가 됐다. 남편의 판단은 옳았
다. 일주일 단위로 쪼개서 받으니까 다시 하루하루 쪼개서
쓰는 일이 한결 수월해졌다. 거의 외상 장부를 안 긋게 되
고 동대문시장에서 물건값을 깎을 줄도 알게 되었다. 어느
날 단골 생선 가게에 손님이 많아서 잠시 기다리고 서 있
었더니 좌판 저편 어둑한 가게 안에 있던 주인이 나를 발
견하고 황급히 뛰어나오더니 점원한테 에누리 안 하는 점
잖은 사모님을 기다리게 한다고 핀잔을 주는 소리를 들었
다. 나는 그때 처음으로 이 가게에서 나를 봉으로 보고 있
다는 걸 알았다. 알았다 해도 같은 가게에서 안면을 바꿀

수는 없으므로 그다음부터는 단골집을 피해 다니게 되었
다. 의혹은 의혹을 낳았다. 단골집에 속았다는 생각은 시
어머니한테 속았다는 생각으로 이어졌다. 나를 살림 못하
는 며느리로 만들려고 일부러 비싼 집만 골라서 일러주었
다는 생각이 들었다. 물건값을 깎을 줄 알게 되고 새로운
단골집을 개발하게 되면서 식탁에 눈에 띄는 변화를 주지
않고도 주급으로 일주일을 살 수 있게 되었다. 부잣집 아
씨 노릇 대신 싼 집을 찾아다니면서 이악스럽게 흥정을
하고 덤을 달라고 떼를 쓰고, 살 듯 살 듯하다가도 100원
때문에 안 사겠다고 해서 장사꾼으로 하여금 치마꼬리를
붙들게 하는 술수도 부릴 수 있게 되었다. 그러나 동대문
시장의 치열한 생존경쟁에 뛰어드는 일에서 활기를 찾는
일은 그리 오래가지 않았다. 남편의 수입에 내 지출을 맞
출 수 있게 된 게 처음에는 신기하여 신바람도 났지만 그
래서 어쨌다는 걸까. 그래봤댔자 흐지부지 쓸 돈은 되지
않았다. 흐지부지 어디에 쓰겠다는 건지 그 정확한 용처를
알지 못했다. 어떤 때는 시장 노점길 광주리장수들 중에
수줍은 듯 생뚱스럽게 끼어 앉은 꽃 파는 아줌마의 양동
이에서 과꽃을 한 다발 사고 싶은 것도 같고, 어떤 때는 종

로 5가 네거리 모퉁이 집에 새로 생긴 책방에서 잡지책을 한 권 사고 싶은 것도 같았지만 막상 하려면 다 아니었다. 그렇게 사소한 게 아니었다. 그렇게 사소한 거라면 주급으로 강등되기 전에라도 못 할 것도 없었을 것이다.

남편도 시어머니도 내가 외상 장부를 긋지 않게 된 것을 이제 살림 재미를 알게 됐다고 대견해했지만 살림 재미는 내 옷이 아니었다. 억지로 팔다리를 끼었다 뿐 내 몸에 안 맞는 옷이었다. 그 안에서 자신을 유지하고 견디는 일이 피곤하고 피곤해서 허공에다 대고 악이라도 쓰고 싶을 적이 한두 번이 아니었다. 뭔가가 조만간 안 맞는 옷을 뚫고 나올 것 같은 위기감을 느낄 적도 있었지만 나는 내 안에서 자라고 있는 욕망의 정체를 알지 못했다. 그보다 먼저 밝혀진 것은 새 돈, 남편의 표현을 빌리자면 빠따라시 지폐의 정체였다.

선들바람과 함께 남편의 생일이 돌아왔다. 시집에서뿐 아니라 친정에서까지 결혼하고 처음 맞는 신랑의 생일에 대해 각별한 의미를 두는 것 같았다. 엄마는 사돈집에서 초대하건 말건 음식이나 선물을 해가지고 오는 걸로 알고 있었으니까. 친정은 형편이 지금처럼 영락하기 전에도 체면치레용 관습에 얽매이지 않는 걸 오히려 자랑스럽게 여기는 집안이었다. 사돈 간에는 불가근불가원을 원칙으로 하고 있었다. 죽어도 시집 문지방을 베고 죽으라는 식의 가정교육까지 받은 바는 없지만 엄마의 이런 원칙 때문에 섭섭한 적이 한두 번이 아니었다. 친정 나들이만 해도 그렇다. 내가 시집으로 아주 오던 날 엄마가 목 놓아 울었다는 소리를 올케한테 들은 바 있기 때문에 나는 될 수 있는 대로 자주 친정 나들이를 해서 내 얼굴을 많이 보여드리는 게 엄마의 상실감을 위로하는 길이라고 생각했다. 그러나 친정 나들이만 다녀오면 시어머니의 표정이 샐쭉했다. 팥빵이나 인절미 등 잡술 것을 사가지고 들어가면 표정을 풀어드릴 수 있다는 요령이 생겼지만 엄마까지도 점점 자주 오는 딸을 반기지 않자 나만 속이 상하게 됐다. 내가 시집살이를 무난하게 유지하는 건 엄마에게 행복한 모습을 보이고 싶다는 기특한 마음도 있었기 때문에 친정에서 환영받지 못하는 건 목적 상실처럼 타격이 되었다. 그럴 때 만만한 건 남편밖에 없었다. 당신만 외아들이냐, 나도 귀한 외동딸이다. 귀한 외동딸은 안따노 오까상을 모시고 사는데 당신은 우리 엄마를 위해 해준 게 뭐가 있느냐는 식으로 남편을 들볶았다. 그는 관대한 사람이었지만 능글능글한 데도 있었다. 그럼 바꿔 살까? 라고 나를 약 올렸다. 싸움이 안 되는 입씨름 끝에 나 대신 그가 일주일에 한 번씩 처갓집에 들러 남자 손이 필요한 일을 도와드리고 엄마의 말벗도 돼드리기로 합의를 보았다. 그는 약속을 잘 지켰고 나는 회심의 미소를 지었지만 바꿔서 효도하긴 오래가지 못했다. 오랜만에 들른 친정에서 엄마는 기다렸다는 듯이 비명을 질렀다. 무슨 일로 청승맞게 사위 혼자 오게 되었는지 그 까닭을 알자 일단 안심은 하면서도 기가 막히다는 듯이 나를 나무랐다.

"아이고 이 한심한 철부지야. 사위는 백년손이란 소리도 못 들었냐? 혼자서 우두커니 와 앉았으면 내외간에 무슨 일이 있었나, 가슴 먼저 내려앉고, 입 짧은 사위 대접하는 것도 큰일이고, 이게 웬 고생인가 싶더니만 네 짓이었구나. 당장 그만두거라. 시집갔으면 저나 시집살이 잘 할 일이지 친정 에미까지 시집살이시킬 일 있다던."

사위가 백년손이면 며느리는 백년종이냐고 또 한 번 남편에게 시비를 거는 걸로 그 일은 몇 번 해보지도 못하고 없었던 일이 되고 말았다. 그리고 곧 돌아온 남편 생일이라 엄마를 상객으로 초대해서 시집의 유난스러운 음식 솜씨랑 이 한심한 철부지가 대접받고 사는 모습도 보여드리고 싶었다. 그러나 그 전에 나는 시어머니의 특별한 나들이에 동행하지 않으면 안 되었다. 시어머니는 나들이가 잦은 편도 아니었고 어디 갔다 오마고 대는 친척에 대해서도 별로 귀담아들은 바 없기 때문에 외출 범위를 잘 몰랐다. 알고 싶지도 않았다. 그러나 한 달에 한 번 꼭 목욕재계하고 가는 나들이는 아침부터 매사를 삼가는 모습이 막연하게 종교적인 게 느껴져 아마 절에 다니시나 보다 했다. 아니나 다를까 아들의 생일 치성을 드리러 가는데 같이 가야 한다는 것이었다. 목적지 거의 다 갈 때까지도 절인 줄 알았다. 집에서 멀지 않은 명륜동이었지만 외진 골목이 성균관 담을 끼고 있어서 보통 동네하고 달라 보였다. 산속의 절은 못 돼도 민가 속의 절집 정도는 될 줄 알았는데 뜻밖에도 박수무당집이었다. 박수무당은 시어머니를 버선발로 뛰어나와 맞이했다. 그 호들갑스러운 환대만으로도 시어머니가 그 집의 얼마나 중요한 단골이라는 걸 알 수 있었다. 회색 바지에, 옥색 저고리에 남색 비단 조끼를 입은 40대의 박수는 키도 크고 체격도 좋았지만 목소리는 방송극에 나오는 내시처럼 간드러졌다. 벽에는 박수가 모시는 신령님들의 채색 그림이 울긋불긋한 종이꽃과 헝겊으로 장식돼 있고, 제단에는 과일과 떡 등이 미리 차려져 있었다. 가운데 그림이 칠성님이라고 했다. 나는 칠성님은 북두칠성으로 나타내는 줄 알았는데 별은 보이지 않고 인간의 모습을 하고 있었다. 나는 신령님들의 생생한 원색 그림에 머리끝이 곤두서는 듯한 공포감을 느꼈다. 시어머니는 칠성님 전에 빳빳한 새 돈을 놓고 절을 하기 전에 나에게도 새 돈을 주면서 당신이 하는 대로 하라고 시켰다. 박수무당은 방울을 흔들면서 서울시 종로구 연지동 몇 번지 몇 호의 대주 누구누구 하면서 남편의 이름과 생년월일을 염불 비슷한 가락으로 주워섬기면서 덕담을 늘어놓았다. 주로 무병장수하고 재산이 불 일어나듯 하고 자손이 창성하라는 소리였다. 시어머니는 손바닥을 부비고 고개를 조아려가며 간간이 옳습니다요, 아무려면요, 하고 응수했다. 박수가 무슨 볼일이 있는지 둘둘 만 깃대를 들고 내 앞으로 왔다. 나는 나에게 무슨 일이 일어날지 예측할 수 없어 가슴이 두방망이질했다. 시어머니가 기다렸다는 듯이 우리 새아기 언제 태기가 있을지 좀 봐달라고 했다. 좋은 일이 있으리라고 기대한 건 아니지만 그렇게까지 기분 나쁜 일이 일어날 줄은 몰랐다. 왜 태기가 언제 있을지를 저자한테 묻나. 나는 남편과 합의하여 피임을 하고 있었다. 확실한 피임법도 기구도 발달돼 있지 않을 때였지만 나는 미군부대에 있을 때 얻어들은 잡다한 성적 지식을 갖고 있었고, 그중에는 배란일을 이용한 피임법도 있었다. 정확성이 떨어지는 대신 우리처럼 실패해도 겁날 것 없는 정당한 부부는 시험해볼 만했다. 우리는 실험 중이었고 아직은 실패하지 않았을 뿐이다. 결혼한 지 얼마 됐다고 저런 자한테 손자 볼 때를 묻는단 말인가. 나의 모멸감을 아는지 모르는지 박수무당은 둘둘 만 다섯 개의 깃대를 내 앞으로 들이댔다. 영문을 몰라 뒷걸음질을 치는 나에게 시어머니가 우리 새아기는 이렇게 아무것도 모른답니다, 하면서 나에게 깃대를 하나 뽑으라고 일러주었다. 나는 둘둘 만 깃발 쪽은 자기 겨드랑이에 끼고 내민 대 중에서 하나를 뽑았다. 면할 길이 없다고 체념한 뒤였지만 까닭 없이 떨렸다. 펄럭하고 남색 깃발이 딸려 나왔다. 시어머니 안색이 굳어졌다. 좋은 징조는 아닌가 보다. 박수무당도 고개를 갸우뚱하고 나서 한 번 더 뽑으라는 시늉을 했다. 나도 까닭 없이 긴장해서 단박에 뽑지 않고 호흡을 가다듬으면서 신중하게 두 번째 기를 뽑았다. 이번에는 초록색이었다. 그것도 길한 색은 아니란 걸 나는 눈치로 알아차렸다. 그게 무엇을 의미하는지 어떤 색 깃발이 나와야 좋은지 아는 바 없이도 불길한 색깔만 뽑았다는 건 기분 나쁜 일이었다. 나는 잘못한 거 없이도 허물을 뒤집어쓸 수 있다는 미신의 힘에 공포를 느꼈다. 박수무당이 나를 이런 곤경에서 구했다.

"마님 그렇게 내가 뭐랬어? 올핸 아기 안 들어선다고 했잖아. 내년 돼야 해. 내년은 정이월 아니면 늦어도 춘삼월 안에 태기가 있을 테니 두고 봐. 우리 대감이 언제 거짓말 시키는 거 봤어. 못 믿겠으면 자아."

박수무당은 내가 뽑은 두 개의 깃발을 걷어다가 나머지 깃발하고 같이 둘둘 말아 이번에는 시어머니 앞으로 내밀었다. 시어머니가 공구하는 표정으로 조심스럽게 깃대를 뽑자 이번에는 붉은 깃발이 펄렁하고 풀려나왔다. 박수와 시어머니 얼굴에 희색이 만면해졌다. 나는 부끄러운 줄 알면서도 일단 안도의 한숨을 쉬었다. 붉은 깃발이 아마 소원을 들어주겠다는 응답인 듯했다.

생일 치성이 끝나자 점심상이 들어왔다. 상을 들여온 박수 여편네가 상머리에 앉아서 나를 할금할금 훑어보면서 야주거리기 시작했다.

"며느님 참말로 잘 보셨시다. 보자, 눈매는 한 성깔 있게 생겼지만서두 코가 복코니까 받을 복이 있겠구, 어깨는 나부죽해도 엉덩이는 팡파짐하니까 생산에도 지장이 없을 테니까 두고 보시라구요."

"자네 관상도 보나?"

"이이한테 신 내린 대감을 공양해온 지 벌써 20년이 넘는 걸입쇼. 서당 개도 삼 년이면 풍월을 한다지 안남요."

"원 사람도, 자네 입심을 누가 당하겠나."

"입에 붙은 말이 아닐시다. 제가 마님 속내를 훤히 아니까 이번엔 소원이 뭐라는 것도 저절로 아는 거죠. 효자 아드님이 색시만은 어머니 마음보다는 제 마음에 들어야 한다고 어머니는 입도 뻥긋 못 하게 하신다고 섭섭해하실 때 제가 뭐랬습니까?"

박수가 느물느물 한 수 거들었다.

"이 여편네가 누구 앞에서 서당 개 분수를 함부로 넘나. 그나저나 우리 은행집 마님 정성을 새아씨가 대물림해야 할 텐데. 우리 단골 중 은행에 다니는 집이 어디 한두 집인가. 그래도 은행에서 갓 찍어낸 돈만 가져오는 정성은 마님 하나뿐이야. 우리 대감이 그 정성 기특하게 여겨 이번 난리 통에도 외아드님 털끝 하나 안 다치게 지켜주었으면 감지 덕지해야지, 쬐그만 마님이 무슨 욕심이 그렇게 많아."

"내가 무슨 욕심이 많다고 새아기 앞에서 핀잔을 줘. 나 욕심 없어. 손주 한번 안아보고 싶은 게 어떻게 욕심인가, 원형이정이지."

"마님, 문자 안 써도 돼. 욕심이면 어때. 우리 대감도 욕심 많고 탐심 많으니까 상관없어. 우리 대감 삐치긴 또 얼마나 잘 삐친다고. 어떤 때 젤 잘 삐치냐 하면 되로 받고 말로, 섬으로 내려줬는데도 자꾸 더 달라면 그야 당연히 삐치지. 우리 대감도 숨 돌릴 새가 있어야 하거든, 아들 장 가들게 해달라고 그렇게 빌다가 연애 거는 여자가 생겼다 니까 또 혹시 예수쟁이 집안이면 어떡허냐고, 노심초사, 내가 아니라고 그렇게 장담을 해도 안달을 해쌓다가, 이렇게 힘 없이 음전한 며느리 본 지 얼마 됐다고 손자 타령이야. 내년에 들어서야 명과 복을 갖춰 태어난다고 내가 몇 번 말해야 알아들어."

"알아들었으니 늙은이 너무 핀잔주지 마. 나, 아까 새애기가 푸른 기 뽑는 거 보고 아차 내 욕심이 지나쳤구나, 벌써 가슴이 한 차례 내려앉았으니까."

"우리 대감 맘을 마님이 그렇게 직접 읽어버리면 난 할일이 없어지잖아? 나도 벌어먹고 살아야지. 아드님한테 새 돈만 달라고 조르지 말고 이제부턴 그저 많이만 달라고 해."

마지막으로 박수무당이 본색을 드러냈다. 박숫집에서는 치성드린 과일과 떡을 몽땅 싸주려고 했다. 시어머니는 이 집 아이들도 먹어야 한다며 반 이상을 덜어놓고 작은 보따리를 만들었다. 내가 들려고 해도 너는 한도바꾸 들어야지 하면서 내놓지 않았다. 나는 굳이 그걸 들고 싶지도 않았으므로 말없이 시어머니 뒤를 따랐다.

"아가, 박숫집에서 들은 거 느이 서방님한테는 옮기지 말아라, 딴 얘기는 다 괜찮지만 새 돈 얘기 말이다. 난 많이 안 줘도 좋으니까 새 돈이 좋아. 내 아들의 정성까지 보태진 것 같아서. 아무리 갖다줘도 자꾸 더 뜯지 못하는 게 무당들 아니냐? 박수는 통이 더 커. 내가 성의껏 갖다 바치건만도 성이 안 차겠지. 나한테만 그러는 게 아니라 단골한테는 늘 그렇게 걸근거리는 게 말버릇이란다. 그가 호기 부리는 게 나무랄 수 없는 게 단골들은 다 그 집 신령님 덕 본 사람들이니까. 나도 신령님 하라는 대로 해서 느이 서방님 건졌잖니? 남자들이 그런 소리 귓등으로도 안 듣는다고 안에서도 그러면 안 돼. 집안의 대주가 무고하려면 여자들이 알게 모르게 뒤에서 공을 들여야 한단다. 더군다나 그 집은 느이 서방님 명命다리 건 집이란다. 신식교육 받은 네가 다소 마음에 안 든다고 해서 바꿀 수는 없다. 넌 1년에 몇 번만 나 따라다니면 돼. 갈 때마다 같이 가자고 안 할 테니까. 알았쟈?"

나는 내가 목격한 것을 어떻게 이해해야 할지 몰라 밤에 남편에게 따져봐야지 벼르고 있던 참에 시어머니가 거의 애걸조로 그렇게 말했다. 나는 고개를 끄덕일 수밖에 없었다. 이런 것이 바로 문화의 차이라는 거로구나. 나는 내가 시집와서 느낀 어떤 이질감하고도 비교가 안 되게 혐오스러운, 그러나 개선하거나 저항할 수 있는 길이 미리 원천 봉쇄돼버린 것 같은 시집의 이상한 풍습에 대해 그렇게 생각했다. 문화의 차이의 심각성을 처음 들은 건 올케 언니로부터였다. 올케는 시집가기 어려워 보이던 시누이가 꽤 괜찮은 신랑감을 데려온 것을 환영하면서도 연줄혼 인보다 연애결혼이 어려운 까닭을 문화의 차이에서 들었 다. 양가를 잘 아는 사람이 중간에 든 연줄혼인은 그런 일 이 없지만 두 사람의 사랑만 믿고 맺어진 혼인은 양쪽 집 안의 사는 방법의 차이 때문에 여자가 힘들어하는 일이 많다고 했다. 나는 그때 그걸 별로 심각하게 받아들이지 않았다. 외국도 아니고 이 단일민족이 암만 서로 다르게 살고 싶어도 얼굴이 다르게 생긴 것만큼밖에 더 다르게 살랴 싶었다. 원래는 낯가림이 심했었지만 미군부대에서 무난히 부대끼고 나서는 내 융통성에 자신을 갖게 되었다. 그러나 이건 아니었다. 문화의 차이가 맞는 것 같았다.

친정은 미신이라면 질색인 집안이었고 거기 대해 묘한 자부심을 가지고 있었다. 그것도 유래가 확실한 자부심이 었다. 증조할아버지 때였다고 한다. 크게 가산을 이루고, 없는 사람에게 베푸는 마음에도 후해 친척뿐 아니라 이웃 에서도 존경을 받는 분이었다고 한다. 넉넉하고 자손이 창 성하던 집안에 어느 핸지 집안에서 줄줄이 우환이 떠나지 않게 되자 증조할머니가 용한 무당한테 무꾸리를 해보았 고, 그 무당이 먼 친척까지 귀신족보를 샅샅이 뒤져 용케 억울하게 죽은 귀신을 찾아내어 그 귀신이 이 집의 번성을 시기해서 해코지를 하고 있으니 큰굿으로 물리쳐야 한다고 했다. 증조할아버지가 시골에 사는 친척집 혼사를 보러 가 며칠 묵기로 예정된 날을 잡아 집에서 큰 굿판을 벌였는데, 막 신이 오른 무당이 신장대를 들고 원귀를 찾아 집안 구석구석을 돌며 썩 나오지 못할까 호령을 하고 있는데 예정보다 일찍 귀가한 할아버지와 딱 마주쳤다고 한다. 이런 요망한 짓거리들이 있나. 거기 서지 못할까. 할아버지의 찌렁찌렁 울리는 호령에 무당이 버선발로 줄행랑을 쳤다는 이야기는 친정집의 자랑스러운 전설이었다. 우리는 그 전설 때문에 자연스럽게 우리 집안을 이성과 합리성을 존중하는 집안이라고 생각했고, 누구네가 미신을 좋아한대, 라고 말하면 우매하다고 무시하는 마음이 없지 않았다. 남들처럼 제사도 지내고 고사도 지냈지만 조상을 기리고, 이웃 간에 음식을 나누기 위해서지 복을 빌기 위해서는 아니었다. 아버지하고 오빠가 생사불명일 때 엄마가 새벽이면 장독대에 정안수를 떠놓고 비는 것도 보았다. 사랑하는 사람의 목숨을 위해 인간이 어쩌볼 방법이 없을 때 안타깝게 접신을 시도해보는 모습은 아직도 아름다운 영상으로 남아 있다. 그러나 이건 아니다. 나는 강한 거부감을 느꼈다. 그건 부자인 줄 알았는데 부자가 아니었다는 것보다 더 심각했다. 부자려니 한 건 나의 착각이니 내 문제지만 이건 속은 거니까 누군가에게라도 책임을 떠넘겨야 할 것 같았다. 올케는 똑똑하기도 하지, 어떻게 이런 일을 내다보았을까. 문화의 차이란 서로 이해할 수 없는 문화가 아니라 한 문화가 다른 문화를 내 것보다 저급한 것으로 얕보고 동화는 물론 이해까지도 거부하는 태도 때문에 생겨나는 것이 아닐까.

문화의 차이란 말을 만들어낸 올케에게 전적으로 공감했지만 올케에게 따질 일이 아니었다. 만만한 건 남편이었다. 또 한 번 '안따노 오까상'이 도마에 올랐다. 이번에도 남편은 너그러우려고 애쓰는 눈치였지만 호락호락하지는 않았다. 남편은 처음부터 외아들이었던 게 아니었다. 시어머니는 5남매나 낳았지만 차례차례 열 살을 넘기기 전에 잃고, 막내로 하나 건진 게 남편이었다. 위로 난 자식과는 달리 막내가 열 살을 넘기긴 했지만 그 대신 그녀가 과부가 되어 더는 자식을 낳을 수 없게 되었다. 그녀는 하나 남은 자식이 단명할까 봐 조마조마한 마음을 달래려고 절에도 다녀보고 무꾸리도 다녀보다가 지금의 명륜동 박수무당을 알게 되었고, 자기 마음속에 들어갔다 나온 듯이 속속들이 알아맞히는 박수한테 반한 그녀는 박수가 하라는 대로 박수가 모신 신령님한테 아들의 명다리를 해 바치고, 그때부터 그의 의사와는 상관없이 박수가 그의 수호신이 된 걸 어쩌란 말이냐고 남편은 말했다. 남편이 나에게 자기 어머니를 이해해줄 것을 부탁하는 태도는 당당하다기보다는 고자세였다. 여태까지 살면서 처음 보는 남편의 새로운 면모였다. 전쟁이 난 여름, 인공 치하에서도 어머니는 박숫집을 찾아갔고 아들을 절대 밖으로 내보내지 말라는 말을 믿고 그대로 했더니 무사했고, 심지어는 제2국민병에 소집됐을 때도 이번에도 숨겨둘까, 내보낼까 박수한테 의논했더니 박수가 불구덩이에서도 덜덜 떨면서 살아올 팔자라고 해서 붙잡지 않고 내보냈다고 한다. 제2국민병으로 소집된 장정들은 거의 다 현역이 못 되고 귀가 조치가 취해졌지만 어머니는 지금까지도 아들이 전쟁터에서 살아 돌아왔다고 믿고 있다는 것이었다. 어머니가 그렇게 대단한 신통력을 가졌다고 믿는 명다리라는 것도 별것 아닌 시장에서 파는 평범한 무명 한 필이라고 했다. 남편은 딱 부러지게 말했다.

"나 하나 믿고 사신 어머니야. 이만큼 사는 거 내가 자수 성가한 게 아니라 어머니가 하신 거라구. 아들 위한 데 외엔 돈 쓸 줄도 모르는 분이야. 박숫집에 가기 싫으면 앞으론 안 가면 될 거 아냐. 그 대신 어머니가 그 집에 돈 갖다 주는 거 갖고 이러쿵저러쿵하지 마. 그건 어머니의 취미 생활이야. 우리 어머니도 취미 생활 하나쯤 가질 권리는 있다구."

"그럼 난 뭐야. 난 이렇게 살림에 찌들어가도 괜찮구?"

"당신이 왜 살림에 찌들어. 당신 살림에 찌들지 말라고 1년 먹을 양식에, 1년 땔 연탄에, 장작을 철철이 들여놔주고 따로 월급 갖다 바쳐 무엇 때문에 살림에 찌들어서 돈 돈 하냐구."

"친정에 빼돌리고 싶어서 돈 돈 한다. 어쩔래?"

나는 전혀 생각지도 않은 소리를 하면서 남편의 팔뚝을 세게 꼬집었다. 완력에 자신이 있다면 한 대 패주고 싶었다. 그가 틀린 말을 한 건 아니었다. 과부의 외아들하고 결혼한 게 억울해서였다. 난 속아서 한 것이다. 난 남자하고 결혼한 게 아니라 제왕하고 한 것이다. 과부의 외아들하고

186

결혼하면 잠자리도 마음대로 못 한다는 바보 같은 소문은 어떤 머저리가 퍼뜨린 것일까. 제왕은 씨를 퍼뜨려야 하는데 짝짓기를 불안하게 하면 무슨 수로 씨가 퍼지겠는가. 나는 그까짓 한 번 꼬집어주는 걸로 시어머니의 종교요, 제왕인 남편을 여봐란듯이 학대하는 쾌감을 맛보려 했지만 그의 팔뚝은 단단하고 성질은 유들유들했다.

"어머니 드린 용돈이 박숫집에 가는 것 때문에 시방 이러는 거 알아. 당신은 어머니한테만 새 돈 드린다고 트집 잡은 적도 있는데 무당집 같이 갔다 왔다니 왜 어머니에게 새 돈만 드리는지 알았을 게 아냐. 나도 알고 보면 어머니한테 인색한 놈이야, 새 돈은 최소한으로 드리고 최대한의 효과를 거두려는 방책이라고."

누가 은행원 아니랄까 봐 남편은 모든 일의 근본 원인을 결국은 경제 문제로 귀결시키고, 아무 일 없었다는 듯 꼬집힌 자국을 쓱쓱 쓸고는 그만이었다. 결혼할 당시와 마찬가지로 안정된 월급쟁이가 귀할 때라 수입이 보장되는 직장을 가졌다는 게 그에게 그런 자신감을 주었을 것이다.

남편의 생일날은 새벽같이 친정에서 떡 목판이 왔고 점

심때쯤 나타난 엄마는 잘 차려입었음에도 불구하고 초라해 보였다. 엄마에게는 아들이 없다는 게 가슴이 뭉클하게 안돼 보였다. 손님의 대부분은 결혼할 때 와서 며칠씩 묵어간 시고모 시이모들이었고 다들 엄마와 비슷한 연배의 노마님들이어서 수인사가 끝나자 곧 화기애애하게 이야기꽃을 피웠다. 나는 춘희 엄마하고 같이 부엌에서 엄마의 품위 있게 절제된 음성을 가려들으며 상을 보았다. 전날부터 시어머니와 옆집 춘희 엄마가 요란한 도마 소리를 내며 차린 생일 음식은 냄새도 좋고 보기도 화려했다. 마지막 손질은 시어머니가 나와서 해주었다. 잡채처럼 흔한 음식도 가늘게 채친 노랗고 하얀 알지단과 석이버섯을 가지고 세필화로 그리듯이 세심하게 웃고명을 얹으니까 차마 젓가락질하기 아까운 음식이 되었다. 어차피 입에 들어갈 음식을 가지고 너무 기교를 부린다 싶으면서도 처음으로 딸네 집에와서 대접을 받아보는 엄마에게 자랑스러운 마음 또한 속일 수 없었다. 나도 이미 시집의 식도락에 감염돼 있었다. 감염됐으니까 이질감도 없었다. 그러나 박수무당집은 달랐다. 박수무당집만큼은 절대로 타협할 수 없는 그 무엇이었다. 박수무당만 생각하면 내 안에서 결벽증이 토할 것처럼 메슥거리는 걸 느꼈다. 안방에 교자상이 들어가자 음식 솜씨 칭찬이 자자했고, 그 모든 것이 새아기 솜씨라고 며느리 자랑하는 시어머니의 의기양양한 목소리도 들렸다. 엄마는 어떤 표정으로 저 소리를 들을까. 부엌에서 닭살이 돋았다. 나는 댓돌의 수많은 고무신을 수돗가에서 깨끗이 닦아 엎어 말렸다가 마님들이 나갈 때 한 켤레씩 짝 맞춰 대령함으로써 또 한 번 늙은이들의 호들갑스러운 칭찬을 들었다. 그건 한 번 받아봤기 때문에 기대하고 있던 칭찬이었다. 나도 별수 없이 시집 식구 되는 궤도에 들어섰구나, 나는 쓸쓸한 마음으로 그렇게 생각했다.

생일날 다녀간 지 며칠 안 됐는데 엄마가 또 우리 집을 방문했다. 뒷간하고 사돈집은 멀수록 좋다는 엄마의 고전적 신조를 알기 때문에 반가운 생각보다는 뭔가 있다는 의심 먼저 들었다. 엄마는 동대문시장에 햇깨로 참기름 짜러 왔던 길에 들렀다면서 거의 정종병 한 병이나 되는 참기름을 내놓았다. 엄마네 것도 따로 가지고 있어서 엄마는 힘들어 보였다. 그만하면 1년은 먹을 거라고 시어머니가 여간 좋아하지 않았다. 엄마는 참기름만 내놓고는 물 한 모금도 안 마시고 가려고 했다. 시어머니가 택시 태워드리

189

라고 나를 내몰지 않아도 큰길까지 배웅할 참이었다.

"참기름은 뭘 하러 짜 와요. 엄마답지 않게. 하숙 치는 집에서나 귀하지 이 집은 먹을 건 귀한 줄 모르고 흔하게 쓰는 집인데."

"좀 좋으냐, 너 시집 잘 가 정말 기쁘다. 전 서방한테 잘해. 그 무던한 사람한테 성질부리지 말고. 남편이 처가한테 잘하면 아내는 시집한테 그 열 곱은 잘해야 하는 법이란다. 친정 때문에 네 신역이 고되질까 봐 그게 걱정이다."

"무슨 소리야, 엄마! 그이가 뭘 잘해줬다고 그래?"

엄마가 지금 동대문시장에서 오는 건 맞는데 기름은 나왔던 길에 짜게 된 거고 원은 올케가 새로 내게 된 포목점 자리를 보러 갔다 오는 길이라고 했다. 동대문시장의 청계천변 길은 점포의 뒤쪽을 개천 속에다 말뚝을 박고 진 하꼬방 가게들이 있고, 반대편 먹거리시장을 등진 쪽은 지금 건설이 한창이었다. 하꼬방보다는 좀 낫다고는 하지만 날림으로 이층집을 급조하면서 하나같이 무슨무슨 포목백화점이란 이름이 붙어 있었다. 4가에서 5가까지의 청계천 길에 있는 양품점 거리는 비록 하꼬방의 반은 더러운 개천 속에 말뚝을 박고 있어도 명동 다음가는 유행의 거리였고,

멋에 굶주린 젊은이들이 넘쳤다. 아직 미도파도 신세계백화점도 개점하기 전이었다. 동부의 노른자위 상가였고 유행의 중심지였다. 전쟁의 궁핍을 잊으려는 조급한 사치 풍조가 이 거리의 활기였다. 여기저기서 진행되는 날림 공사들이 개칠한 화려와 잘 어울렸다. 구제품을 개조한 옷가지나 일제 미제의 모조품이나 밀수품을 취급하는 개천 위의 양품점들은 장사가 잘되어 권리금만 해도 어마어마하다고 했다. 아무도 청계천에서 풍겨오는 악취에 신경 쓰지 않았다. 그건 겉만 겨우 남루를 면했을 뿐 내복도 자주 빨아 입지 못하는 우리들 자신의 체취이기도 했으니까. 청계천변 어딘가엔 염색 공장이 있는 듯, 개천물은 단순히 더럽다기엔 도를 지나친 진한 검정 물이 흐르고 있었다. 염색한 미군 군복은 노소나 빈부에 상관없이 남자들의 가장 캐주얼한 일상복이었다. 청계천 위로는 이런 궁기가 흐르고, 그 위 허공에 뜬 상가에는 전쟁의 후유증에서 빨리 벗어나고 싶은 여자들의 사치 풍조가 흘렀다. 개천에 말뚝 박은 쪽만은 못해도, 그쪽을 바라보며 보다 안정한 땅에 들어서게 될 포목백화점들이 앞으로 장사가 잘될 게 뻔했다. 먼저 개점한 포목전에 내걸린 나일론이라는 새로운 섬유는 안개나 구름처럼 가볍고 색상이 몽환적이어서 옷을 해 입으면 둥실 날아오를 수 있을 것 같은 옷감이었다. 그 서울 한복판 동대문시장에다 올케가 가게를 내게 되다니 믿어지지 않았다. 신축하는 상가 주인이 남편과 친분이 있어서 앞으로 장사가 잘될 것 같은 자리를 한 평 분양받았을 뿐 아니라 그 자릿값도 남편이 내주어서 곧 개업을 앞두고 있다고 했다.

"밑천은 좀 딸리지만 그런 걱정까진 안 해도 된다. 그동안 좀 모인 돈도 있고, 자리만 있으면 외상으로 물건은 얼마든지 끌어올 수 있다더라. 길거리이긴 하지만 전에 느이 올케가 돈암동시장통에서 헌 옷 장사한 적 있잖냐? 그 경험 때문에 하나도 겁이 안 나고 그저 좋기만 하댄다."

"그럼 하숙은 엄마 혼자서 칠 거유? 말도 안 돼."

"장사 되는 거 봐가면서 조금씩 줄여갈란다. 전 서방도 그러더라. 식모를 하나 두고 쉬엄쉬엄하라고."

"별꼴이야. 자기가 뭐라고 그런 것까지 지시를 하고 난리야?"

"뭔 뭐야, 든든한 내 사위지. 근데 왜 아직도 좋은 소식이 없는 게냐. 뭐니 뭐니 해도 여자는 시집가서 떡하니 아

들을 하나 낳아놔야 그 집 식구가 되는 거란다. 알아듣겠
냐?"

그까짓 가게터 하나 마련해주고 처갓집 식구들 혼을 몽
땅 빼놓은 것 같았다. 엄마가 도무지 우리 엄마 같지가 않
았다. 올케도 한두 번쯤은 체면상으로라도 사양할 수는
없었을까. 눈치가 전혀 그런 것 같지가 않은 게 서운하고
별안간 올데갈데없는 신세가 된 것처럼 막막한 기분이 들
었다. 따지고 화풀이할 데는 남편밖에 없었다. '안따노 오
까상' 때문이 아니라 친정 문제로 싸움을 걸려도 역시 돈
이 화두가 될 수밖에 없다고 생각하니까 싸우기도 전에
힘 먼저 빠졌다. 그 문제에 있어서는 남편은 나의 적수가
아니었다. 그건 참혹한 열패감이었다. 내가 돈 돈 한다는
그의 힐난을 들었을 때 나는 친정으로 빼돌리고 싶어서
그런다고 생각조차 해본 적이 없는 말을 둘러댔었다. 뒷
구멍으로 그런 꿍꿍이속이 있어서 그때 나를 상대도 하지
않았었구나. 남자라고 가계부만 안 써서 그렇지, 어디 한
푼도 딴 주머니 차는 게 불가능한 게 그의 투명한 금전 관
리였다. 그가 따로 관리하는 보너스라는 게 있긴 했다. 그
러나 그건 내가 굳이 까발릴 것도 없이 때마다 돌아오는

큰돈 쓸 일에 아낌없이 쓰고 있었다. 가을이면 1년 먹을 양식을 먹고 남게 들여놔서 이듬해 햅쌀 나올 때까지 먹고 남으면 떡을 해서 동네방네 나눠 먹는 게 그 집의 오랜 전통이라고 했다. 여름에 묵은내 나고 바구미가 생긴 쌀을 즐거운 듯이 키질하면서 시어머니가 한 말이다. 바캉스란 말은 생겨나기도 전, 절량농가니 보릿고개니 하는 말이 장마 소식보다 일찍 올 때였다. 양식뿐 아니라 연탄도 여름에 1년 쓸 것을 한목으로 들여놨고, 아직 개량하지 않은 군불아궁이에 지필 장작도 청량리 나무장에서 원목으로 사다가 사람을 사 패서 마루 밑에 차곡차곡 쟁여놓고 있었다. 제때 메주 쑤고, 고추 사 말리고, 새우젓 들이고, 김장 담그고……. 철철이 돌아오는 큰돈 쓸 일이 다 그의 주머니에서 따로 나왔고, 그런 일을 행사할 때 그는 권위 있고 당당해 보였다. 시집에 확고하게 자리 잡은 그런 안정감도 내가 시집을 부자라고 착각하는 데 한몫을 했을 것이다. 그러나 변화를 꿈꿀 수 없는 안정감이야말로 나에게는 족쇄였다. 남편을 갈구고 따져서 어떡하든지 허점을 찾아내고 싶은 욕망은 족쇄를 느슨하게 할 수 있는 가능성의 모색인지도 몰랐다.

이 집에서 내가 기대하는 대로 돼가는 건 하나도 없었다. 나의 꿈을 무화시키는 보이지 않는 힘 같은 게 도처에 숨겨져 있었다. 바로 이런 게 시집이라는 거로구나. 무슨 돈으로 올케에게 동대문시장의 포목전 자리를 선사할 수 있었을까, 하는 나의 기대에 찬 의혹은 어처구니가 없을 정도로 간단히 풀렸다. 결혼 전부터 그가 보물처럼 간직하고 있던 라이카 카메라를 판 돈이었다. 나는 그게 그렇게 값나가는 물건인지도 몰랐고, 그게 집에서 없어진 것도 몰랐다. 안방 장롱 위에 있었으니까. 시어머니도 모르고 있었다. 장롱 위에는 그 상자 말고도 잡동사니를 넣어둔 보루바꼬가 몇 개 더 있었으니까. 신혼여행 때도 카메라를 가지고 갔고 요새도 가끔 내 모습을 카메라에 담고 싶어 했지만 그 카메라가 그 카메라하고 다르다는 것도 나는 모르고 있었다. 나는 어쩌면 이렇게 바보 같을까. 바보처럼 묶이는 것도 모르고 묶이고 있었다. 구속감과 이질감이 나를 막막하게 했다.

11

　그 남자의 누나를 만난 건 올케가 순조롭게 포목점을 개업한 지 며칠 안 돼서였다. 시장 갈 때마다 올케의 포목점에 들르곤 했다. 개업하는 날은 일찍 가서 마수걸이해주라고 남편이 옷 한 벌 값을 따로 주었다. 아아, 그는 얼마나 완벽한 남편인가. 말이 백화점이고 포목전이지, 골목처럼 긴 통로 양쪽으로 만든 좌판을 한 평씩 분양받아 칸막이나 경계 표시 없이 뒤 벽 쪽으로는 옷감을 길게 걸어놓고 통로 쪽으로는 옷감을 돌돌 말거나 접어서 싸놓고, 주인은 좌판 한가운데 올라앉아서 장사를 했다. 백화점에 막 들어서면 거대한 포목전처럼 보였지만 수십 명의 한 평짜리 사장님들의 치열한 경쟁터였다. 다들 여사장님들이라 서로 눈치껏 또는 협의하에 수입한 홍콩 양단을 전문으로 하기도 하고, 비로드나 유똥 같은 일제 비단을 주로 취급하기도 하고, 혼수용 이불감만 파는 집, 안감만 취급하는 집 등으로 차츰 나뉘어지고 손님이 찾는 물건이 없을 때는 어느 집에 가면 있다고 일러주기도 하고, 점심때면 싸가지고 온 도시락이나 배달시킨 국밥을 이웃끼리 삼삼오오 돌라앉아 같이 먹기도 했다. 식료품 장사와는 달리 옷감 장수는 전쟁 미망인들, 전쟁 중에 남편이 행방불명된 생과부들, 이북에서 몸만 피난 온 월남 가족의 주부 등 주로 기혼 여성들이었다. 여성들이 경제활동의 주체로 등장하면서 생긴 상권은 한결 부드럽고 협조적이었다. 새롭게 등장한 나일론 섬유가 그 참신한 미려함과 실용성으로 눈길을 끌기 시작한 것도 그 무렵이었다. 올케가 취급하는 건 아니었지만 나이아가라니 살살이니 하는 이름이 붙은 합성섬유를 파는 점포는 사는 사람보다 감탄하고 구경하는 사람이 더 많았다. 감촉도 좋고 색상도 세련된 이 새로운 섬유는 손으로 아무리 구기고 비틀어도 구김살이 안가는 것도 신기한데 장사꾼은 한술 더 떠서 아침에 빨아

널면 점심때가 되기 전에 툭툭 털어 입을 수 있다고 했다. 다림질할 필요도, 풀을 먹일 필요도 없는 이 환상적인 섬유는 어찌나 인기가 좋은지 먹을 것도 때깔 좋고 맛 좋으면 다 나일론 자를 붙였다. 나일론 수박, 나일론 참외, 나일론 감자, 하는 식이었다. 국내에선 겨우 강화 인조나 소창 정도가 가내공업으로 나올 적이어서 나일론 천도 값비싼 수입품이었다. 나는 남편이 시키는 대로 올케네 가게에서 제일 비싼 홍콩 양단으로 치마저고리를 한 벌 끊었는데도 나일론 섬유를 파는 가게 앞에 가서 구경을 했다. 다들 올케의 친구들이라 친절했다. 돈은 천천히 주고 한 벌 해 입으라고 꼬시는 아주머니도 있었다. 나는 그런 섬유로 치마에 말기를 달아야 하는 한복을 해 입을 마음이 없었다. 나는 그 비현실적인 옷감으로 양장을 하는 공상을 했다. 가슴을 옥죄던 치마말기를 풀어버리고 양장만 하면 깃털을 단 것처럼 내가 원하는 여기가 아닌 저기 아무 데나 자유롭게 날아갈 수 있을 것 같았다.

긴 치마를 허리띠로 졸라매고 전깃줄로 엮은 시장바구니 들고 이렇게 옆길로 새는 데 취미가 붙은 어느 날 누가 뒤에서 건이 고모, 건이 고모 하고 부르며 쫓아왔다. 건이는 친정 조카 이름이었다. 그 남자의 큰누나였다. 어머니를 많이 닮아 의사인 작은누나보다 친근감을 느꼈고 어머니 다음으로 접촉할 기회가 많았다고는 하지만 그녀가 나를 반가워하는 태도는 좀 심각해 보였다. 할 말이 많다면서 시장 밖으로 잡아끌었다. 누나가 앞장서 종로 4가 네거리로 나가서 3가 쪽으로 얼마 안 가 삐거덕대는 잡화상 계단을 오르니까 2층에 종묘다방이라는 찻집이 나왔다. 창가 자리에 마주 앉자 누나가 주저주저하면서 어색하게 웃었다. 무슨 일일까, 나는 가슴이 두근거렸다. 그 남자 누나의 망설이는 듯 어두운 표정은 나에게 어떤 기대감을 자아내고 있었다. 그녀의 한마디면 이 막막한 권태를 벗어날수 있을 것 같은 예감은 짜릿했다.

"좋아 보여. 아주 잘 산다는 소식은 종종 듣고 있어."

"어머니도 근력 여전하시죠. 현보도 학교 잘 다니고 있겠죠?"

그 남자 이름과 학교라는 소리를 함께 입에 올리니까 내 몸 안 어딘가에 숨어 있던 싱그러운 기운 같은 게 입 안 가득 고이는 것 같았다. 전혀 예기치 않은 감미롭고 애달픈 느낌이었다. 그런 느낌을 들키면 안 될 것 같아서 몸을 빳빳하게 만들었다.

"학교? 휴학했어. 복학하고 얼마 안 있다가 그랬는데 모르고 있었군."

"왜 무슨 일이 있었나요? 현보한테."

"걔 축구 특기로 그 대학에 스카웃됐잖아. 근데 선수 생활을 못 하게 되니까 재미가 없었겠지 뭐. 그래도 실력 없이 운동으로만 간 것도 아니고 공부도 잘하던 애야. 공부는 집안 내력이니까. 운동 잘하는 게 이상해 보였기 때문에 선수 생활 못 하게 된 걸 차라리 잘된 일이라고 생각했는데 그 앤 많이 충격받더라구. 탈락은 기분 나빴겠지만 그 충격이 너무 오래가니까 집안 식구들이 다들 힘들어."

"탈락을 시켰으면 이유가 있을 게 아녜요?"

"걔 부상이 선수 생활 할 만하지 않다는 거겠지. 그 운동이 이만저만 체력을 요하는 운동이 아니니까, 겉으로 멀쩡해 보이는 것만 갖고는 통할 수 없었겠지 뭐."

"부상이라뇨? 언제 어딜 다쳤는데요?"

"설마 우리 현보 상이군인인 거, 이제 안 건 아니겠지?"

나의 깜짝 놀라는 태도에 누님이 더 놀라는 것 같았다. 뭔가를 털어놓고 의논하고 싶은 것처럼 은근한 태도가 경계하는 빛으로 변했다. 나는 누님이 데면데면해지지 않도록 알고 있었노라고, 그걸 내가 어떻게 모를 수가 있겠느냐고, 그러나 늘 명랑하고 씩씩해서 그렇게 심각한 부상을 입었다는 건 상상도 못 해보았다고 말했다. 말을 하면서 걷잡을 수 없이 설움이 복받쳐 목소리가 떨렸다. 만일 그 남자가 옆에 있다면 붙들고 목 놓아 울 것 같았다. 나의 변덕스러운 태도에 누님이 더 당황하는 듯했다.

"절대로 심각한 부상 아냐. 흉터는 좀 숭해도 보이는 데도 아니고, 병신도 안 돼서 정상적인 사회생활 하는 데는 조금도 지장이 없으니까 그렇게 놀랄 건 없어. 동정할 것도 없고. 처음엔 어머니도 그 부상이 우리 아들 두 번 살렸다고 얼마나 좋아하셨다고. 부상당해 명예제대할 수 있었고, 그 상처 때문에 선수 생활이 안 된다니까 노인네 마음이 놓이신 게지. 앞으로 공부 열심히 해서 졸업하고 취직하고 결혼할 일만 남았으니까 낙 볼 일만 남았다고 생각하실 수밖에."

"그럼 지금 무엇이 문젠가요?"

"현보가 문제지. 탈락하고 나서 걔가 그렇게 마음을 못 잡네. 오죽해야 휴학을 했겠어. 운동선수가 뭐 그리 대단한 거라고, 늙으신 어머니 앞에서 죽고 싶다지를 않나, 왜 형 따라 이북 가지 않고 나 같은 망종을 기다리고 있었느냐고 지랄지랄하지를 않나, 어떤 때는 당장 죽을 것 같다며 제 머리를 제가 쥐어뜯을 때도 있어. 그 애 때문에 집안이 난리야. 그래도 어머니가 오냐오냐 참고 견디시는 걸 보면 신기해."

결혼 청첩장을 가지고 명륜동 집으로 그를 보러 갔을 때 생각이 났다. 그때도 그는 정상이 아니었던 것 같고, 그때부터 그가 그렇게 되었을 거란 생각이 들었다. 선수 생활이나 부상과는 상관없는 나만의 비밀스럽고도 독자적인 생각이었다. 이 세상 어딘가에서 한 남자가 나 때문에 앓고 있다는 확신이 일상의 무의미를 뚫고 빛을 발하며 가까이 온다는 느낌이 들었다. 나는 아마 피할 수 없을 것이다. 내 속을 들여다보고 그래 그게 맞아, 마치 맞장구를 치는 것처럼 누님이 말했다.

"놀라게 해서 미안해. 늘 그런 건 아냐. 늘 그러면 식구들이 어떻게 살겠어. 좀 침울하기는 해도 보통 때는 어머니 말도 잘 듣고 누나들한테도 얼마나 잘한다고. 천성이 곰살궂은 애야. 우리 친정 남자들의 내력이야. 문학 좋아하고 음악 없으면 못 살고. 복학 준비도 한다고 공부도 하는 눈치야. 그러다가도 무슨 발작처럼 한바탕 소란을 피우면 딴사람 같다니까. 그래서 말인데 가끔 만나서 말벗도 돼주고, 좋은 말도 해주지 않을래? 시집가 잘 사는 사람한테 무리한 부탁인 줄 알지만 한번은 나한테 그러더라고, 건이 고모가 자기 첫사랑이었다고. 그 상처가 얼마나 아픈지 누나는 모를 거라면서 어찌나 눈물을 뚝뚝 흘리는지 내 마음이 찢어지는 것 같았어. 그렇게 무쪽 자르듯이 자른 건이 고모가 원망스럽기도 하고. 내 동기간 역성만 들어 미안해. 아, 참. 걘 요새 괜히 울기도 잘해. 그것도 안 하던 짓이지만."

그 남자가 말했다는 첫사랑 소리가 내 가슴에 꽂히고 나서 나는 누님의 다음 말을 거의 귀담아듣지 않았다. 내 이성을 마비시키기엔 그 말 한마디면 족했다. 종묘다방에서 그 남자를 만나주기로 날짜와 시간 약속을 하고 누님과 헤어졌다. 나는 아무 일도 없었던 것처럼 평상시와 마찬가지로 반찬거리를 사가지고 집으로 왔다. 첫사랑이란 말이 스칠 때마다 지루한 시간은 맥박 치며 빛났다. 그 남자를 다시 만나기까지는 일주일이나 남아 있었지만 오래간만에 맛보는 기다림의 시간은 황홀했다. 무엇을 입고 나갈까, 첫사랑이 긴 치마를 허리띠로 동여매고 시장바구니를 들고 나타난다면 그 남자가 얼마나 실망할까. 나 또한 그 남자가 첫사랑이거늘. 그건 첫사랑에 대한 예의가 아니었다. 나는 이것저것 좋은 나들이옷을 꺼내 입고 거울 앞에서 나를 비춰보았다. 어떤 옷은 점잖아 보이고, 어떤 옷은 촌스러워 보이고, 간혹 요염해 보이는 옷도 있었다. 다 마음에 들지 않았다. 그 남자가 나에게 해준 최초의 찬사는 구슬 같다는 것이었다. 나는 다시 한번 구슬 같은 처녀이고 싶었다.

혼인 안 한 여자처럼 보이는 건 비교적 간단했다. 처녀적에도 거의 다 한복 치마저고리를 입을 때였다. 결혼하면 뒤가 왼쪽으로 갈라지는 긴 치마저고리를 입게 되지만, 결혼 전에는 무릎 밑 정도까지 내려오는 통치마에 살색 양말에 구두를 신었다. 양장은 멋쟁이 직업여성을 중심으로 차츰 확산 중에 있었지만 집에서 신부 수업을 하는 양갓집 처녀나 직장 중에도 보수적인 학교 선생님이나 은행원들은 아직도 한복을 많이 입을 때였다. 대학에 들어갔을 때 집에서 큰맘 먹고 해준 것도 비로드 치마였다.

전쟁 전에 가장 사치스럽고 고가인 옷감으로 크게 유행하던 비로드는 사람들의 입성들이 전반적으로 남루해진 전후에는 더욱 돋보이는 옷감이 되어 극성스럽게 유행을 선도했다. 비로드 못지않게 비싼 양단이나 모본단은 처녀들한테는 별로 인기가 없었는데 통치마로 만들었을 때 태가 안 나기 때문이었을 것이다. 나는 즐겨 입던 깊은 포도주색 비로드 치마 길이를 한 뼘 넘어 잘라냈다. 그리고 재봉틀로 갈라진 뒤 솔기를 박아서 통치마를 만들었다. 끈이 긴 옥양목 치마말기를 뜯어내서 어깨허리로 고쳤다. 나는 음식 만드는 데는 소질도 없고 취미도 없었지만, 재봉틀은 좀 하는 편이었다. 내가 졸업한 보수적인 여학교에서는 버선 깁는 것도 가르쳤지만, 옷본 뜨는 법으로부터 재봉질하는 법을 철저하게 가르쳤다. 시어머니는 내가 재봉질을 할 줄 아는 걸 여간 대견해하지 않았다. 그러나 그 비싼 비로드 치마를 싹둑 잘라놓은 걸 보고는 얼마나 놀라는지 나는 필요 이상으로 긴 해명을 해야 했다. 해명이라야 긴 치마가 시장 다니기 얼마나 불편하냐는 얘기였는데 그것만으로는 약간 부족한 것 같아 어머님만 아시고 그이한테는 이르지 마시라고 애교 섞인 비음까지 냈다.

"내가 그렇게 헐 일이 없냐? 박수가 나한테 뭐라고 가르쳐준 줄 아냐? 장가가는 날부터 아들은 어머니보다 제 각시하고 더 가까운 사람이 되는 거니까 무슨 일이 있어도 새중간에 끼어들 생각 말라고 하드라."

박수가 나에게 그렇게 유익한 사람일 줄이야. 나는 잠시 일손을 주춤하고 망설였다. 아무튼 나는 운이 좋다는 생각이 들었고, 다 잘될 것 같았다. 뭐가 잘될 것인지 구체적이진 않았지만 예감이 좋았다. 치마를 깡충하게 잘라내고, 가슴을 칭칭 동여매던 치마말기를 어깨허리로 고쳐 꾸미는 바느질의 기쁨을 무엇에 비길까. 나 돌아가리라, 구슬 같은 처녀로. 입 속으로 흥얼거리니까 복받치는 환희로 손끝이 떨리는 걸 느끼면서도 실수 없이 바느질을 끝냈다. 그 치마엔 어떤 저고리를 받쳐 입어야 어울릴까. 양단 저고리, 모본단 저고리, 자미사 저고리, 옥색 저고리, 미색 저고리, 분홍 저고리, 흰 저고리를 있는 대로 꺼내서 입어보았다. 어떤 저고리도 다 어울렸다. 단지 치마 길이를 한 뼘 잘라냈을 뿐인데도 나는 감쪽같이 처녀 시절로 돌아가 있었다. 곧 봄이 올 것이다. 성급한 봄의 예감이 고치를 박차고 날아오르기 직전의 나비처럼 내 안에서 찬란하게 그러나 불안하게 파드닥거렸다. 봄이 되기 전에 속치마가 아른아른 비치는 춘추 비로드 치마도 싹둑 자르리라. 그 육감적인 치마를 입고 바람을 피우러 훨훨 이 답답한 집과 그날이 그날 같은 단조로운 일상을 벗어나리라. 그 남자를 만나러 나가기 전날 밤 나는 파마머리를 감고 나서 정성스럽게 핀컬을 했다. 처녀 적엔 일주일에 두 번씩 하던 핀컬을 결혼하고는 한 번도 안 해봤다. 왕년의 솜씨가 어디 가겠는가. 다음 날 아침에 풀어보니 뽀글뽀글한 파마가 부드럽고 우아한 웨이브로 바뀌어져 있었다. 스타킹 신고 구두 신으니 준비 완료. 그렇게 완벽하게 꾸미고 전깃줄 시장바구니를 들 수는 없지. 핸드백을 들고 그 안에다 보자기를 구겨 넣었다. 그러고 나서 마치 보자기의 유용성을 처음 발견한 것처럼 자신의 똑똑함에 감탄했다. 가슴의 박동이 발끝까지 미쳐 내가 춤추듯이 걷고 있다는 게 느껴졌지만 자제할 수 없었다.

그 남자가 먼저 와서 기다리고 있었다. 내가 꿈꾸고 계획한 대로 그 남자의 첫마디는 어쩌면 그렇게 하나도 안 변했어, 였다. 나는 너도, 라고 말했지만 그때 나는 정직하지 않았다. 그는 시선을 한군데 질정하지 못하고 이리 굴리고 저리 굴리는 게 불안하고 초조해 보였다. 피부에도 청년다운 윤기가 없고 꺼칠했다. 그러나 나는 실망하지 않았다. 그를 그 아름답던 청년 시절로 되돌려놓는 건 시간 문제라고 생각했다. 나는 마치 그 비결을 알고 있는 것처럼 자신만만했다.

"그동안 어떻게 지냈어. 보고 싶었는데, 넌?"

"생각 안 하려고 노력했어. 다 잊고 운동에 전념하려고 했는데 그것도 뜻대로 안 되고 말았어. 계속해서 충격받으니까 미치겠어. 자다 일어나서 머리를 쥐어뜯은 적도 있다니까."

"누님한테 대강 들었지만 그렇게까지 심각한 줄은 몰랐어."

나는 애처로워서 어쩔 줄 모르겠는 마음으로 그 남자를 바라보았다. 그의 스산한 표정이 이해되었다. 자다 말고 절망적으로 머리를 쥐어뜯었다면 저렇게 될 수밖에 없을 것 같았다. 그를 치유할 수 있는 신비한 힘이 내 안에서 흘러넘쳐 촉수가 되어 그에게로 뻗쳤으면 하는 황당한 열망으로 나는 불화로처럼 달아올랐다.

"이제 됐어. 이렇게 누나 다시 만났으니까. 나에게 축구가 왜 그렇게 중요했는지 누나가 알기나 해. 누나한테 내 멋진 헤딩을 보여주고 싶었던 거야. 아마 그랬을 거야."

그는 남의 말을 하듯이 그렇게 말했다. 나는 그의 머리를 품에 안고 내 심장 뛰는 소리를 들려주면서 머리칼을 오래오래 내 손가락으로 빗질해주고 싶었다. 그리하여 그의 머리가 헤딩을 위해 있는 것만은 아니란 걸, 그로 하여금 느끼게 하고 싶었다. 갈망으로 입 속이 타는 듯했다. 첫 밀회인데 내가 너무 앞서가는 게 아닌가, 문득 그런 생각이 들면서 그의 눈치를 살피려는데 그가 먼저 말했다.

"서울 운동장에 같이 가주지 않을래. 볼만한 경기가 있는데."

뜻밖의 제안에 현실로 돌아왔지만 이 밀회는 장 보는 시간을 쪼갰을 뿐이라는 또 다른 현실 때문에 선뜻 대답을 못 했다.

"운동장이 여기서 가깝긴 해도 한 경기 보려면 너무 오래 걸리지 않을까?"

"그럼 나 혼자라도 갈게. 실컷 소리 지르고 싶어서 그래. 미칠 것 같아서……."

그 말 한마디에 나는 주저하지 않고 따라갔다. 나는 그가 소리 지르며 보고 싶은 경기면 으레 축구 경기려니 했는데 그게 아닌 것 같았다. 운동장까지 가는 동안 그는 신이 나서 이번에 내한한 빅토리 농구단에 대해 얘기했다. 평균 신장이 얼마고 그들이 기량이 어떻고 하는 얘기였지만 내 귀에는 잘 들어오지 않았다. 그가 흥분한 걸로 보아 관중이 많을 줄 알았는데 그렇지도 않았다. 백인들로만 구성된 그 농구단은 시범을 보여주러 온 것처럼 우리 대표팀을 적당히 갖고 놀다가 느닷없이 휘몰아치는 일방적인 게임을 했다. 그는 그 키 큰 사람들이 연속적으로 득점을 할 때나 우리 팀이 노마크찬스를 놓쳐 안타까워해야 할 때도 큰 소리로 환호성을 질렀다. 관중들이 헐렁했기 때문에 그는 곧 눈에 띄었다. 정말로 이 남자는 소리를 지르고 싶어서 왔구나 싶어 마음이 아프면서도 창피스럽기도 했다. 나는 농구도 축구도 규칙이나 경기 내용에 대해 아는 건 없지만 구경으로도 그다지 좋은 경기는 아닌 것 같았다. 백인 선수들은 일방적인 경기를 하면서도 뭐가 부족한지 기회 있을 때마다 경기장에 무릎을 꿇고 하늘을 우러러 기도하는 모습도 구경으로 즐기기엔 부담스러웠다. 내가 일어서고 싶은 걸 알아차렸는지 경기가 끝나기 전에 나가자고 했다. 나오니까 살 것 같았다. 그도 한결 맑고 개운한 표정이 돼 있었다. 우리는 또 만날 날짜를 약속하고 헤어졌다. 시어머니는 장 보는 데 너무 오래 걸린 며느리를 조금도 이상하게 여기는 것 같지 않았다. 첫 밀회치고는 싱겁게 끝났지만 첫술에 배부르랴는 우리 속담도 있지 않은가.

그다음에도 그 다방에서 만났지만 동대문시장이라는 영역을 벗어나지 않았다. 동대문시장은 범위도 넓지만 그 겹이 무궁무진했다. 우리는 올케가 장사하는 포목백화점 한 동만 빼놓고 모험을 다니듯이 이 골목 저 골목을 두루 섭렵했다. 돌아다닐 때마다 그 재미가 새록새록 했다. 청계천변과 종로 쪽에서 더 가까운 식료품 시장 말고도, 그 사잇길과 뒷골목은 천엽 속처럼 복잡하게 얽혀 있었다. 청과물과 생선 시장 뒷골목에는 생닭을 즉석에서 잡아 털 뽑아 파는 집, 돼지 대가리를 통째로 삶아 납작하게 눌러서 파는 집, 건어물전, 견과물전, 울긋불긋한 허풍선이 제수전, 약초상 등 없는 게 없었다. 청계천 쪽으로 해서 들어가는 게 더 가까운 양품점과 포목점 길 뒷골목에는 안감 파는 집, 광목이나 소창 이불속 도매상, 각종 단추나 바늘, 레이스, 지퍼 등 양장에 들어가는 부속품 도매상들이 폭이 반 평도 안 되는 상자갑만 한 가게 앞에서 의욕 과잉으로 핏발 선 눈으로 손님의 소매를 잡기도 하고, 흥정이 안 되면 시비를 걸기도 했다. 제일 장사가 잘되고 볼만한 데는 구제품 파는 집이 모여 있는 골목이었다. 구제품이란 전후의 헐벗은 국민을 위해 여러 나라에서 걷어서 보내준 물건이니까 거저로 줘야 마땅하지만 어떻게 된 게 쓸 만한 것들은 다 시장을 통해 유통되었다. 우리 체형에 맞게 수선해서 팔기도 하고 안 맞으면 맞도록 고쳐주는 수선집도 즐비했다. 추녀 끝에 재봉틀 한 대만 놓고 쏠쏠하게 재미 보는 아줌마도 있었다. 그 여자는 피난 갈 때 달랑 싱가미싱 한 대만 이고 갔었노라고 자신의 선견지명을 큰 소리로 떠벌렸다. 속치마, 브라자, 팬티, 거들까지 구제품 중에서도 여자들 속옷만 모아놓고 파는 집도 있었다. 거기선 노릇한 서양 여자의 체취가 풍겼다. 그것까지도 별로 역겹지 않았다. 청계천변 양품점에서는 새것만 팔았지만, 소품들까지도 구제품에서 아이디어를 얻는 것으로 정결하긴 해도 어딘지 날림으로 보였다. 구제품은 적어도 원단은 미제가 아닐 것인가. 동대문시장의 활기가 전후의 궁기를 분식하려는 조급한 사치 풍조와 무관하지 않은 것처럼 너도 나도 미제라면 사족을 못 썼다. 그 골목을 드나들다 보면 불쑥불쑥 어디선가 헝겊으로 만든 지퍼 달린 핸드백을 움켜쥔 아줌마가 나타나 남의 귓부리에다 입술을 갖다 대고 딸라 있냐고 속삭이기도 했다. 가게도 없이 서서 장사하면서 돈은 제일 잘 벌고, 현금을 많이 가졌다는 달러 장수였다. 그들의 표적은 양색시들이었기 때문에 여염집 처녀나 부녀자를 잘못 짚고 딸라 있냐고 물었다가 큰코다치는 수도 있었다. 없다든가, 사람 잘못 봤다고 말해도 될 것을 눈깔이 삐었나, 어쩌고 하면서 삿대질을 하고 덤비는 수도 있었다. 재미있는 구경거리가 생길 것 같다가도 달러 장수 쪽에서 먼저 꼬리도 안 잡히게 숨게 돼 있으므로 싸움이 더는 발전하지 않았다. 구경을 놓친 사람들은 저년이 제발이 저려서 저러는 거 누가 모를까 봐 하는 표정으로 싸움을 건 여자를 흘금거렸다. 나도 달러 장수 아줌마한테 걸린 일이 몇 번 있었다. 그러면 그 남자가 넌지시 내 소매를 끌며 어서 가자는 한마디로 아줌마는 순순히 물러났다. 아줌마가 오해하기에 알맞게 내 옷차림도 하루하루 야해지고 있었다. 비로드 치마의 양단 저고리를 벗어버린 지 오래였다. 친정에서 처녀 적에 입던, 미군부대에 어울리는 양장은 물론 바지와 세타 등 평상복도 가져왔고, 그런 걸로 요리조리 멋 부리는 재미가 쏠쏠했다. 구제품은 그 남자가 질색을 했기 때문에 천변의 양품점을 돌며 브로치, 목걸이, 머플러, 비닐백 등을 만져도 보고 걸쳐도 보았다. 그중에서 그 남자의 눈에 드는 게 있으면 가지라면서 돈을 냈다. 시장의 잡답을 벗어나 5가 전차길가 책방에서 새로 나온 문예지나 신간을 자기도 사고, 나한테 사준 적도 있었고, 밀회의 시간이 끝나고 서둘러 반찬거리를 사는 데까지 따라와 꽃을 사준 적도 있었다. 아직 봄이 멀건만 유리문이 땀을 줄줄 흘리는 꽃집 안에서는 개나리가 노랗게 피어 있었다. 그 남자는 이렇게 멋만 부릴 줄 아는 게 아니라, 털털하게 굴 줄도 알았다. 사람들이 가장 많이 붐비는 채소 시장 네거리 한가운데 둥글게 둘러앉아 시루떡, 인절미, 양념장을 찍 끼얹은 돼지 껍데기나 우무, 순대, 잡채 따위, 당장 요기할 수 있는 음식을 파는 데서 군것질을 하는 것도 그는 좋아했다. 지나다니면서 보면 먹음직스럽기보다는 비위생적으로 보이는 이런 음식들을 그 남자하고 같이 군것질하는 맛은 이 세상 맛이 아니었다. 전쟁이 끝나기 전, 포성 소리를 들으며 안감천변, 외딴 포장마차의 오뎅 국물 속에서 건져 먹던 수상한 힘줄에다 대면 얼마나 고급인가. 우리는 그런 것들을 입맛 따라 군것질하기 위해 질척질척한 바닥에 엉덩이가 닿을까 봐 엉거주춤 불편하게 쭈그리고 앉아서도 그저 즐겁기만 했다. 흥에 겨우면 그 남자는 그런 것들을 파는 아줌마들한테 실없는 소리도 곧잘 했다.

"아줌마, 이 동대문시장에 없는 게 뭐가 있을까? 그것 좀 알았으면 좋겠는데……."

"그건 알아 뭐 하게?"

"나도 장사 좀 해보려고. 남 안 하는 걸 해야 돈을 벌겠는데 아무리 돌아다녀보아도 없는 게 없으니 어쩌지."

"아마 처녀 불알은 없을걸."

그러면 그 남자는 아줌마한테 한 방 맞았다고 드높은 소리로 깔깔댔다. 나는 그의 웃음소리가 시장의 혼잡을 박차고 공중으로 튕겨져나가는 것처럼 위태롭게 느껴져 그의 옆구리를 찌르기도 했다. 우리는 매사에 죽이 잘 맞았지만 가끔 이렇게 견제해야 할 필요성을 느낄 적도 있었다. 견제하려는 건 지금 이 상태가 더할 나위 없이 좋아서 유지하고 싶어서였을 것이다. 그 남자와의 행복한 밀회는 옥죄던 시어머니나 남편하고의 관계까지 느슨하게 풀어주었다. 동대문시장이라는 상권이 사람들이 많이 모여들고 가게마다 장사가 잘돼 비록 상자갑만 한 점포의 사장이라도 윤기와 부티가 흐른다는 걸 알게 되면서 올케가 그 금싸라기 땅을 비집고 들어갈 수 있었던 것은 내 남편 덕이었다고, 남편에게 고마워하는 마음도 시집살이를 한결 부드럽게 했을 것이다.

나는 더 이상 남편과 '안따노 오까상' 때문에 티격태격하지 않았다. 그 대신 전혀 예기치 않은 제삼자가 우리 사이에 화제로 등장했다. 그때 우리 집에서 구독하는 신문에는 정비석의 『자유부인』이 연재되고 있었다. 결혼하기 전에 무슨 책을 감명 깊게 읽었느냐는 유치한 질문 같은 걸 한 기억은 없다. 그가 『삼국지』를 여러 번 읽었다는 걸 알게 된 것도 결혼하고 나서였다. 아침에 라디오에서 연속 낭독하는 『서유기』를 하도 열심히 듣길래 그게 뭐가 그렇게 재미있냐고 물어봤더니 아는 얘기니까 더 재미있다고 했다. 그러면서 『삼국지』를 일본어로도 읽고 우리말로도 역자를 바꿔가며 다시 읽은 얘기를 했다. 나는 일본 연애소설을 즐겨 읽었고, 고전의 반열에 오른 세계 명작도 지

적 허영심 때문에 고통스럽게나마 대강은 섭렵한 편이지
만 한번 읽은 걸 다시 읽는 타입은 아니었다. 남편의 독서
경향이 나하고 다르다는 걸 알았다고 해서 남편을 이전보
다 존경하게 된다든가 경멸하게 된다든가 하는 일이 일어
날 것 같지는 않았지만, 연재소설에 대한 그의 지나친 관
심은 차츰 나를 괴롭혔다. 아무리 재미가 있어도 신문 연
잰데 한두 번 건너뛴다고 줄거리에서 따돌림당할 일도, 대
단한 명구를 놓칠 일도 없으련만 하루도 안 빼고 정독을
했다. 매사가 엉성할 때라 신문이 배달이 안 될 때도 종종
있었다. 그럼 아마 직장에서 신문 지국으로 전화를 거는
것 같았다. 다음 날이라도 배달되어 왔다. 남편이 남의 취
향이나 취미를 존중할 줄 아는 사람이라는 걸 알기 때문
에 그의 취향도 내가 간섭할 일이 아니라고 생각했다. 그
러나 자기 취향에 그치지 않고 나한테까지 지금까지의 줄
거리나 앞으로 어떻게 될지에 대해 의견을 나누고 싶어 하
는 건 질색이었다. 내가 안 읽는다는 걸 알면서도 집에 와
서 발도 씻기 전에 오선영 여사 어떻게 됐지? 하고 물어볼
적도 있었다. 오선영 여사는 『자유부인』의 여주인공, 바로
자유부인의 이름이었다. 오히려 그가 나의 무관심을 이상

하게 여기는 듯했다. 직장에서는 그걸 안 읽으면 동료들끼리의 화제에 낄 수 없다고 했다. 읽지 않아도 남편의 입을 통해 무슨 얘기인지 대강 알 수 있었고, 독자들이 무엇을 기대하고 그렇게 열렬히 오선영 여사의 뒤를 밟는지도 알 만했다. 오선영이라는 대학교수 부인이 젊은 대학생하고 춤바람이 나는 얘기였다. 그녀의 탈선이 단지 춤바람으로 그치느냐 더 큰 돌이킬 수 없는 파국으로 치닫느냐 마느냐가 독자의 가장 큰 관심사일 듯했다. 나는 그 진부하고 천박한 이야기에 진저리가 쳐졌다. 아마 나하고 그 남자하고 사이는 그들과 다르다고 차별을 두고 싶어서였을 것이다. 나는 그들하고는 다른 고상하고 유일한 사랑을 하고 있다고 여기고 싶을수록 자유부인에 대한 남편의 유별난 관심과 하루하루의 독후감이 내 행적을 뒤쫓고 있는 것 같은 느낌이 더해만 갔다. 쫓기고 있는 게 아니라 내 의지와는 무관한 쪽으로 몰리고 있다는 느낌도 들었다. 저이의 저런 말은 정말 아무것도 모르고 하는 말일까, 뭔가를 눈치채고 나를 떠보려고 하는 소리는 아닐까. 남편이 그렇게 음험한 사람이 아니란 걸 알면서도 도둑이 제 발 저린 걸 어쩔 수가 없었다. 나는 도둑이 제 발이 저려서 짐짓 자유부인을 외면하고 경멸하는 것이지, 그 연재소설의 폭발적인 인기에 대해 아주 관심이 없는 건 아니었다. 나는 어쩌면 내가 호흡하고 있는 공기 속에 팽배한 참을 수 없는 화냥기에 대해 누구보다도 잘 알고 있을 것이다. 나만 시장바구니 들고 남자 만나러 가는 게 아니었다. 그냥 장 보러가는 아줌마보다는 잠깐 새서 몇 바퀴 돌고 올 시간을 내려는 아줌마가 한결 걸음걸이도 가볍고 모양도 잘 낼 뿐 아니라 살림도 잘했다. 밖에서 제대로 바람피우는 남자가 집에서 더 잘하는 것처럼 말이다. 그러나 자유부인은 결코 마지막 선을 넘는 일은 없을 것이다. 그 많은 남성 독자들이 눈에 불을 켜고 그것만은 용서할 수 없다는 도덕적인 열정으로 지켜보고 있는데 작가가 무슨 수로 모처럼 획득한 남성 애독자들을 배반할 수 있겠는가. 그 소설의 인기가 당대의 증후를 정확하게 집어낸 데서 비롯됐거늘, 남자의 바람기에는 너그럽지만 여자의 화냥기는 엄벌에 처하고 싶은 동시대인의 기미를 못 읽어냈을 리 없었다.

워낙 닮은 것끼리는 눈치도 빠르고 교감도 잘되게 돼 있다. 나는 내 안에서 꿈틀대는 걷잡을 수 없는 힘 때문에 정상을 이탈하며 미쳐가는 모든 것들의 힘의 원천에서 성적 에너지를 느끼고 있었다. 전후의 궁상과 어울리지 않는 사치 풍조와 향락 산업, 외국 군인과 양공주의 범람, 그들이 만들어내는 양풍에 대한 경멸과 동경, 내몰리듯이 생활 전선으로 나선 전쟁 미망인들과 생과부들의 초인적인 생활력, 전쟁이 앗아 간 인명 손실을 단숨에 복구시키고 말 것 같은 베이비붐, 악착같은 생존 경쟁의 터전인 동대문과 남대문시장의 번영, 하룻밤 사이에 지을 수 있는 하꼬방 집들, 이런 엄청난 생산성이 다 억압됐던 성적 에너지의 표현 방법이라는 생각이 들었다. 식욕 없는 자가 밥을 맛있게 지을 수는 없는 법이다.

드디어 『자유부인』이 사회적인 쟁점이 되었다. 저명한 대학교수가 교수 부인의 품위를 떨어트린 신문소설에 항의하는 목소리를 낸 것이다. 그가 옹호하고 싶은 것은 아내의 명예가 아니라 교수의 명예였을 것이다. 그가 그러지 않아도 오선영 여사의 외출은 춤바람보다 더 나아가지 못하련만. 춤바람만으로도 교수라는 최고 지성의 품위가 크게 더럽혀졌다고 여기는 것 같았고 교수보다 못한 회사원이나 사업가 연탄장수들도 벌 떼처럼 들고일어나 교수의 역성을 들어주었다. 남편이 전해주는 말에 의하면 그렇다는 것이지, 사실 여부를 확인할 길은 없었다. 작가나 독자가 반론을 폈을 것도 같은데 나는 이상하게도 남편의 입을 통해 그 논쟁의 파장을 듣고 있었기 때문에 교수 편만 있는 것처럼 들렸다. 마치 운동경기를 볼 때 자기가 응원하는 쪽의 파인플레이만 보이듯이 남편의 중계방송도 일방적이었다. 그래서가 아니라 나는 거의 귀담아듣지 않았다. 그 빤하고 통속적인 이야기에 관심을 갖는다는 것 자체가 자존심 상하는 일이었다. 나는 자유부인과 아무 상관 없다는 걸 자신에게 납득시키고 싶었다. 나 홀로 자유부인의 영향력과 맞서는 방법은 이에는 이, 눈에는 눈이라면 그럴듯하지만 실은 좀 치졸했다.

친정에 가서 아직 남아 있는 내 서가에서 『보바리 부인』을 뽑아 왔다. 이미 읽어서 다 알고 있는 얘기였지만 『자유부인』보다는 고상할 것 같았다. 서양 얘기니까. 문학성, 예술성 같은 게 중요한 게 아니라 서양 얘기라는 게 중요했다. 한국 영화에서 남녀가 포옹하려고 하면 지레 징그러워서 눈을 감지만 서양 영화를 볼 때는 아무리 긴 키스신도 감질이 나서 또 보고 싶은 것처럼 말이다. 줄거리를 쫓아갈 필요도 없었고, 그럴 만한 끈기도 없었기 때문에 되는 대로 아무 데나 펼쳐놓고 몇 페이지씩 읽다 말곤 했다. 그리고 내 독법에 스스로 전율했다. 줄거리는 이미 알고 있기 때문에 어디를 읽어도 마담 보바리, 소녀 적부터 꿈꿔온 희열이니 정열이니 도취니 하는 말을 실제로 인생에서 경험해보고 싶어 한 이 겁 없는 여자의, 그늘에서는 까맣고 햇빛을 받으면 푸른색으로 변하는, 마치 연속적으로 겹쳐진 여러 층의 색깔로 이루어진 것처럼 생동하던 두 눈이 마치 거미가 그물을 친 것처럼 엷은 막 같은 끈적끈적하고 창백한 기운 속으로 꺼져 들어가는 참혹한 말로를 예비하는 정교하고 치밀한 장치처럼 읽혔다. 미시와 거시를 겸비한 시선으로—혹시 그런 눈이 있어—본다면, 거대한 토네이도도 그 시초에는 아기의 솜털을 간질이는 입김이나 풀 끝을 살랑이게 하는 미풍들이 있어, 그 미미하고 무수한 것들이 갑자기 어떤 마수에 걸린 것처럼 걷잡을 수 없이 술렁대며 힘을 모으고 세를 불려 마침내 도달한 장렬한 파국이라는 게 보이는 것처럼.

나는 시어머니가 다락같이 높여놓은 아들의 입맛에 아부하기 위해 솜씨를 있는 대로 부린 송이산적의 맛보다 그 남자하고 같이 시장 바닥 진창에 쭈그리고 앉아 사 먹는 돼지 껍데기에 더 깊은 맛을 느꼈고, 갈수기라 수량이 얼마 안 되는 껄쭉하고 더러운 물에다 양품점 주인 아줌마들이 뒷구멍으로 버린 요강의 오줌까지 보태져 악취를 풍기는 청계천변 길이 영화로 본 센느 강변로보다 더 로맨틱하게 느껴졌다. 우리는 시간이 없는 것이지 돈이 없는 게 아니었다. 시장 보러 나와서 낸 자투리 시간이라는 이유로 아무리 구질구질한 것들도 과분한 사치처럼 빛났고, 그 남자가 느닷없이 미치겠다고 비명을 지르는 소리도 그 남자가 자투리 시간이 감질나서 못 견디겠다는 비명 소리처럼 들려서 내 가슴을 두방망이질하게 했다.

자투리 시간의 즐거움이 더는 더 큰 쾌락에의 갈망을 억제할 수 없을 지경까지 왔다는 걸 감지한 위기의 순간, 그 남자가 하루만 시간을 낼 수 있냐고 했다. 물론 낼 수 있었다. 하루쯤 어디 놀러 갔다 올 수 있는 핑계는 수두룩했고, 아무렇게나 둘러대도 의심할 사람도 없었다. 나는 그 남자가 생각하는 것처럼 시장하고 집을 왔다 갔다 할 시간밖에 없는 답답한 살림꾼 여편네가 아니었다. 그 남자가 그렇게 보았다면 아마 내가 그렇게 보이고 싶어 했기 때문일 것이다. 방종한 마음을 정숙한 가정 부인으로 위장

하는 것도 나의 앙큼한 사랑의 기교였다. 그 남자가 가자
는 데는 마석 어딘가에 있다는 그의 집 선산의 산지기 집
이었다. 전쟁 통에 산지기네도 남자들이 다 죽고 노파 혼
자 남아 있었다고 했다. 선영을 돌보는 건 어머니가 따로
마을 사람을 사서 시키고, 올데갈데없는 노파는 쉬엄쉬엄
텃밭이나 부쳐먹으면서 살게 했는데 그마저 그 집에서 쓸
쓸히 숨졌다고 했다. 그 남자가 어머니하고 같이 가서 동
네 사람들과 같이 노파를 장사 지낸 일이며, 그 집 마루에
서 대문을 활짝 열어놓고 바라다본 들판과 느릿느릿 걷는
황소와 저녁 연기가 올라오는 드문드문한 초가가 있는 마
을 풍경에 대해 어찌나 정성스럽고 정감 있게 말하는지 마
치 촉촉한 수채화를 보는 것 같았다.

"선산이라면서 그렇게 인상 깊었던 걸 보면 자주 다니
던 데는 아닌 것 같다. 그치?"

"맞아, 아버지와 형님이 주로 다니셨으니까. 나는 성묘
같은 데는 워낙 취미가 없어 추석 명절 같은 때도 요리조
리 요령껏 빠졌었는데 이번엔 어쩔 수가 없었어. 억지로
갔다 왔는데도 위로받고 싶을 때마다 자꾸 생각이 나는
거 있지. 같이 가줄 거지?"

그가 신열이 있는 것처럼 어둡고 끈끈한 눈길로 물었다. 내가 꿈꾸던 것처럼 로맨틱한 제안은 아니었지만 기다리던 기회였다. 로맨틱한 건 좀 전에 묘사한 농촌 풍경으로 충분했다. 위로받고 싶다지 않나. 그 남자가 위로받고 싶은 건 첫사랑의 상처, 금지된 욕망의 고통이 아닐 것인가. 그는 원하는 것을 얻을 것이다. 나는 그가 그려 보여준 농촌 풍경에다 내가 읽은 소설 속에서 보바리 부인이 잠옷 바람으로 남편 곁을 빠져나간 마당 풍경, 동그란 덩굴시렁 밑 썩은 통나무 벤치, 잎이 진 재스민 사이로 반짝이는 별들, 등 뒤에서 냇물 흐르는 소리, 가끔 강둑에서 마른 갈대가 서걱이는 소리, 여기저기 어둠 속에서 부풀어 올라 거대한 물결처럼 두 사람을 삼켜버릴 듯한 시커먼 덩치의 검은 그림자들을 짜릿한 기쁨 같기도 하고 오싹한 무서움증과도 같은 기분으로 오버랩시켰다.

　약속한 날은 더디 오는지 빨리 오는지 종잡을 수 없는 시간이 흘렀다. 그동안에 나는 앞으로 내가 저지르게 될 일에 대해 생각하고 또 생각했다. 나는 내 생각에 시달려 녹초가 되고 말았다. 내가 시달리는 게 몸의 갈망인지 마음의 갈망인지부터 알고 싶었다. 나는 결혼한 몸이고 남편과 넘칠 것도 모자랄 것도 없는 원만한 부부 생활을 하고 있다. 그런데도 딴 남자의 몸을 고파한다면 나는 음탕한 여자가 된다. 음탕한 여자라고 해서 겁날 것도 없지만 그런 것 같지는 않다. 그럼 내가 시방 고픈 건 마음인가. 그런 것 같지도 않다. 마음보다 더 깊고 더 높은 곳에서 해방을 꿈꾸는 것의 실체는 육체라고도 영혼이라고도 규정지어지지 않았다. 나는 인간이다. 남보다 도덕적이지도 동물적이지도 않은 평균치의 인간일 뿐이다. 그렇다면 나에게도 영육이 있을 것이다. 지금 시달리고 있는 것은 영혼인가 육체인가. 성적 갈망과 영혼의 고픔은 어떻게 다른가. 왜 영혼의 고픔은 추앙받고 성 욕망은 매도당하는가. 나는 아무 일도 저지르기 전인데 문책당했을 때, 나는 아니라고 나는 특별한 경우라고 고상을 떨 궁리로 며칠을 보냈다. 범죄를 저지르기도 전에 그건 불가항력이었다는 변명 먼저 준비하고 있었다.

그 남자하고 만나기로 약속한 청량리 역사 안은 온기 없이 썰렁하고 광장 주변은 남루하고 시끌시끌했다. 염색한 미 군복에 군화를 신고 일없이 서성이는 젊은이, 봄이 오고 있다는 걸 아는지 모르는지 염색한 미군 담요로 지은 개털 같은 오바를 입고 입술을 새빨갛게 칠한 아가씨, 떡장수, 양담배 장수들의 목판, 군고구마 독을 잔뜩 껴안고도 덜덜 떠는 입성 얇은 할아버지. 요리조리 사람들 사이를 누비고 다니는 몸집은 작아도 눈빛은 아이 같지 않은 아새끼들, 그곳은 아직 전쟁이 끝나지 않은 것처럼 모든 것이 뿌리 없이 다만 남루해 보였다. 나는 동창생들과 하루 교외로 바람을 쐬러 나가는 걸로 해놓았기 때문에 거기 어울리는 간편하고 화사한 복장을 하고 있었다. 아직 날씨가 완전히 풀린 건 아닌데 너무 가볍게 입었나, 충분히 껴입었기 때문에 내가 느끼는 추위가 문제가 아니라 남의 눈에 도드라져 보이는 것 같아 신경이 써졌다. 어느새 봄나들이냐? 양지쪽에 달래나 돋아났을라나, 하던 시어머니 목소리가 생각났다. 내가 그동안 공상하던 산지기 집이 있는 마을의 계절은 내 마음대로 갈아 끼울 수 있는 액자처럼 편리한 거였는데 청량리역 주변에는 아직도 겨울이 확실하게 머물고 있었다. 확실하고도 남루하게. 철 지난 모든 것들은 남루했다.

그 남자는 제시간에 나타나지 않았다. 그런 적은 한 번도 없었다. 청계천변 길을 밀회하는 거리로 정한 후부터 우리는 자투리 시간을 최대한으로 즐기려고 단 1, 2분도 지각 같은 거 하지 않았을 뿐 아니라 재미 삼아서 만날 때마다 같은 장소에서 만나지 않고 변경시킨, 청실홍실 양품점 앞, 사리원 아줌마네 핸드백 가게 옆, 싱가미싱 수선집, 쇼리 슈샤인 근처, 곰보 아저씨네, 달러골목 등을 못 찾거나 헷갈리지 않았다. 그 거리의 모든 것이 우리에게 익숙했고 우리가 어디라고 정하자마자 그곳은 우리만이 아는 찻집도 되고 전용 벤치도 되었다. 거기 비하면 청량리역사는 너무 넓은가. 그러나 역사 안이 바깥의 너른 마당보다 썰렁해 사람을 못 찾는 일이 생길 염려 같은 건 할 필요가 없었다. 그러나 썰렁해서 눈에 잘 띄는 것도 문제였다. 시간은 흐르고 사람들은 쉴 새 없이 들고 나는데 그 남자는 나타나지 않았다. 들고나는 사람들은 다 한 번씩 나를 위아래로 훑어보고 매표소 창구로 갔다. 남의 시선이 불편해서 자리를 옮겨 앉아도 마찬가지였다. 나는 전후의 궁상이 고스란히 고여 있는 이곳 분위기하고는 너무도 안 어울리는 옷차림을 하고 있었다. 바지 차림 위에다는 체크무늬의 얇은 반코트를 입고 있었고, 멋과 보온을 겸해 두른 진달랫빛 목도리는 내가 집에서 손수 뜬 거였다. 폭신하고 따

228

습고도 달뜬 봄의 냄새가 물씬 풍기는 목도리는 겨울 동
안 틈틈이 떠놓은 거였지만 두르긴 오늘이 처음이었다. 오
늘의 내 멋의 포인트가 들고나는 사람들의 눈길이 한 번
씩 머물다 가는 표적이 되고 있다는 걸 느끼고부터는 주
홍글씨를 달고 거리에 내걸린 것처럼 불편해지고 있었다.

그 남자가 이렇게 늦을 사람이 아닌데, 나는 연방 시계
를 보며 중얼거렸다. 할 일 없이 나와 앉아 있는 게 아니라
누구를 기다린다는 티를 내야 하겠기에. 나에게 말을 시키
는 사람도 더러 있었다. 지금이 몇 시냐고 묻기도 하고 춘
천 가는 기차는 몇 시에 있냐고 묻기도 했다. 나에게 안 물
어도 알 수 있는 걸 묻는 사람은 노파 아니면 청년이었다.
노파도 청년도 나에게 아가씨라고 했다. 내가 유부녀라는
건 아무도 모를 것이다. 그걸로 위안을 삼기에는 나의 기
다림은 너무 오래 끌었다. 12시가 넘었다. 그동안 나는 내
시계와 역사 안의 벽시계의 시간이 일치한다는 걸 수없이
확인했다. 매표소 유리창 안의 매표원도 창구 앞에 표 사
는 사람이 없는 동안은 나를 바라보고 있었다. 나하고 시
선이 부딪칠 적도 있었다. 그가 처음에는 희미하게 점점
진하게 웃는다는 게 느껴지자 나는 자리에서 일어섰다. 나

는 그에게 주목당하고 있다는 걸 느끼면서 짐짓 초조하지
않게 역사 안을 한 바퀴 구석구석 살펴보고 밖으로 나왔
다. 밖은 당연히 안보다 밝았고 양지쪽은 안보다 따뜻했
다. 그러나 일없이 서성이는 군상들의 어두운 궁기 때문에
나는 좀 더 비참해졌다. 벤치 같은 것도 보이지 않았다. 망
연히 서 있다가 누군가가 앉았다 일어선 네모난 양회 덩
어리에 엉덩이를 걸쳤다. 저만치 바라보이는 곳 유리문 안
에서 국수를 마는 게 보였다. 속이 헛헛하다 못해 무두질
하듯이 쓰라렸지만 시장한 것하곤 달랐다. 지금 무얼 먹
는다면 토하고 말 것 같았다. 바람을 맞았다고 생각했으
면 훨씬 마음이 가벼웠을 것이다. 그가 오다가 무슨 일을
당했나, 걱정이 되었어도 이것보다는 나았을 것이다. 그도
저도 아니었다. 나는 나 자신에 대해서만 생각했다. 어쩌
다 이렇게 됐나. 나는 내 꼴을 내 마음에 각인시키는 대신
내 눈에 들어오는 것들을 망막에 새겨둘 것처럼 바라보았
다. 대상은 새겨둘 새 없이 유동했다. 서서히 내 눈에도 거
미줄이 쳐지기 시작했다.

　아마 누군가의 도움으로 택시를 탈 수 있었을 것이다.
집까지 무사히 와서 덜컥 앓아누웠다. 너무 일찍 봄나들이

를 갔다가 독감에 걸렸다고 시어머니는 나를 꼬셔낸 친구를 탓했다. 감기는 틀림이 없었다. 열이 나고 콧물이 흐르고 기침도 심했다. 신문에도 이번 독감의 증세가 실렸다. 나하고 똑같았다. 시어머니가 지어다가 달여준 한약을 먹고 서서히 회복이 됐다. 그동안에 밀리던 봄기운이 세력을 확장해 한결 햇살이 도터워졌다. 달라진 건 아무것도 없었다. 어딘가로 붕 떠올랐다가 사람 사는, 지지고 볶는 세상으로 연착륙한 기분이 들었다. 다시 시장바구니 들고 나가 향기 짙은 달래도 사고, 냉이도 샀다. 시어머니는 그 싱싱한 것들을 손질하면서 거봐라, 돈만 있으면 가만히 앉아서도 실컷 먹을 나물을 뭣 하러 캐러 갔다가 그 고생을 한다냐, 라고 중얼거렸다. 내가 나물 캐러 간다고 했던가, 아니면 갔다 와서 나물 캐러 갔다가 고생만 하고 온 것처럼 둘러댔던가. 하나도 생각나지 않았다.

오래간만에 친정 나들이를 갔다. 친정에서 그 소식을 들었다.

"세상에 별일도 다 있지, 현보 학생이 별안간 눈이 돌아갔다나, 사꺌이 됐다나, 어쨌다나 그래서 병원에 실려 가서 이것저것 검사를 해보았는데 뇌 속의 골이 한쪽으로 쏠려 있더란다. 우리 생각으로는 골이라는 게 흔들리기도 하고 쏠리기도 할 수 있을 것 같은데 똑바로 있어야 하나 보지. 아무튼 열어보고 그 원인을 찾아내야 하니까 뇌 수술을 하게 됐다는데 어떻게 됐나 모르겠다."

엄마가 내 안색이 안 좋다고 걱정을 해서 감기를 지독하게 앓고 나서 그렇다고 했더니 아무리 지독해도 아는 병이니까 괜찮고 하면서 그 얘기를 해주었다. 그 남자의 큰누나하고 올케하고는 알고 지내는 사이였는데 올케가 동대문시장에 자리 잡고부터는 옷감을 끊으러 올 때도 있지만 일부러 들러서 수다를 떨다 가는 사이로까지 발전한 것 같았다.

"무슨 병인지는 뇌를 갈라봐야 한다니 얼마나 끔찍하냐. 아픈 지는 오래됐대. 가끔 가끔 골치가 아프다고 소리소리 지를 적도 있었는데 본인이 금방 멀쩡해져가지곤 신경질이 나서 그랬다고 하니까 그런가 보다 했다는구나. 우린 잘 모르지만 신경질 날 일이 많았나 보더라. 학교도 쉬고 있었다니까. 그 집 작은딸이 의사니까 보통 병이면 그것 몰랐겠냐. 근데 어느 날 자고 일어나더니 머리를 쥐어뜯으면서 아프다고 난리를 치는데 글쎄 눈알이 획 돌아가 있드라지 뭐냐. 그 마나님이 얼마나 놀랐을까. 눈이 그렇게 됐는데 왜 뇌를 가르려고 하는지. 뇌를 가르고도 사람이 살려나. 병원에서 즈네들 궁금증 풀려고 생사람이나 잡지 말았으면 좋으련만."

자세히 알고 싶어 하는 나에게 털어놓은 엄마가 알고 있는 것의 전부였다. 그 후 큰누나가 시장에 안 나왔으면 올케도 더는 알고 있는 것이 없을 것이다. 정말로 뇌 수술을 했는지 그것만이라도 알고 싶었다. 집에 오는 길에 명륜동 그의 집에 들를까 하다가 직접 확인하는 게 무서웠다. 다음 날 동대문시장으로 올케를 만나러 갔지만 엄마한테 들은 것 이상은 알아내지 못했다. 어느 병원에 입원해 있는지조차 알 수 없었다. 마지막으로 혹시나 해서 물어본 게 작은누나가 다니는 병원 이름이었다. 자식 기르는 사람은 달랐다. 작은누나는 소아과 의사니까 아이들이 큰 병원에 갈 일이 있을 때 이용하려고 알아놓았다고 했다. 청량리에 있는 그 큰 병원 전화번호를 아는 건 어렵지 않았다. 동네에는 전화 있는 집은커녕 공중전화도 없어서 언젠가 종로 거리에서 본 적이 있는 전화상을 찾아가서 통화료 내고 빌려서 어렵사리 걸었다. 전화를 걸기까지의 과정이 힘들었을 뿐 다행히 쉽게 연결이 되었다. 그 남자가 입원해 있는 병원은 혜화동에 있는 여의전병원이라고 했다. 다음에는 살아 있냐고 물었다. 수술은 잘됐다고, 성공적이었다고 말하고 나서 누나의 목소리가 잠겼다. 나는 심장이 튀어나올 것 같아서 수화기를 안 든 손으로 가슴을 누르고 다음 말을 기다렸다. 수술은 잘됐는데 죽는 수도 있을 것이다. 그러나 그런 수술을 아무도, 설사 집도한 의사라 해도 성공적이라고는 말 못 하리라. 성공적이라는 말에 매달려 기다리는데도 그 시간은 너무 길었다. 암만 해도 누나는 울고 있는 것 같았다.

"목숨에는 지장이 없는데 실명했어. 불쌍해서 어떡하냐. 내 동생."

누님이 흐느끼는 소리를 끝까지 듣지 못하고 수화기를 떨어트렸다. 전화상에서 집까지 걸어오는 동안 세상은 너무도 밝았다. 햇볕이 하루하루 도타워지고 있는 초봄이었다. 눈을 감아도 눈꺼풀을 뚫고 봄의 화사함이 느껴지는 날이었다. 완전한 암흑이란 어떤 것일까. 가장귀를 거의 남기지 않고 전지해놓은 가로수는 가지 끝이 너무 뭉툭해서 움틀 것 같지 않은데도 빛은 그 끄트머리를 열심히 간질이고 있는 것까지 내 눈에는 보인다. 발밑 양회 바닥의 균열에 고인 흙을 밀고 올라오는 초록빛 풀 끝도. 그렇지만 그런 것들을 보고도 그 아름다움을 느끼지 못한다면 본다는 게 무슨 의미가 있을까. 나는 앞으로 보긴 보아도 아무것도 못 느낄 것 같았고, 마땅히 그래야 한다고 생각했지만 그 무의미는 또 어찌 견딜 것인가.

작은누나를 거치는 거긴 하지만 전화 통화라는 새로운 통로를 알아냈는데 그 남자에게 안 가보고 배기는 건 불가능했다. 병실을 물어보면서 언제 갈 거라는 걸 말해놨기 때문에 작은누나 큰누나 다 와 있었다. 어머니는 여전히 허름한 몸뻬 바지 차림인 걸로 봐서 줄곧 아들 곁에 붙어 있는 것 같았다. 누나들은 침울해 보였지만 어머니는 생각했던 것보다 평온하고 씻은 듯이 해맑아 보이기까지 했다. 나를 보고 듬성한 앞니를 드러내고 반겼다. 나는 병자에게 곧장 다가가지 못하고 식구들과 인사를 끝내고 나서도 잠시 어쩔 줄을 모르다가 큰누나가 그에게 건이 고모 왔다고 말하는 소리를 듣고서야 그를 바라보았다. 그는 머리에 투구처럼 견고하게 붕대를 감고, 눈은 거즈 같은 걸로 가볍게 가린 채 반듯하게 누워 있었다. 나는 암말 못 하고 명

치께에 포갠 그의 손을 잡았다. 맞잡는 그의 손에 악력이
가해지고 그 악력이 가늘게 떨렸다. 그날 많이 기다렸지?
미안해. 나는 아니, 아니, 아니, 라고 연속적으로 부인하다
가 울음이 복받쳐 입술을 깨물었다. 내가 못 받아들이겠는
건 그의 사과가 아니라 내 앞에 펼쳐진 믿을 수 없는 현실
전체였다. 끝끝내 이건 아니라고 생각하면서 병실을 뛰쳐
나왔다. 누나들이 따라 나왔다.

"어머니가 그만하셔서 다행이에요. 어머니를 어찌 뵙
나, 그 걱정부터 했는데 뜻밖에 편안해 보이셔서 마음이
놓이네요."

나는 인사치레를 위해 생각지도 않은 소리를 했다. 그
와중에도 나는 간교했다.

"목숨 건진 것만 고맙다고 하루에도 몇 번씩 그저 감사
합니다, 감사합니다, 하시니까."

"어쩌면 그러실 수가 있을까요?"

"전에도 그랬어. 현보가 어머니 속을 얼마나 썩였는지
건이 고모도 알잖아? 아버지 따라 이북으로 가버리지 뭣
하러 절 기다렸냐고 구박도 많이 하고. 현보가 그러는 걸
보면 괘씸하고 속이 상해서 우리도 덩달아서 아버지나 오

236

빠나 이북이 좋아서 갔으니까 거기서 한자리할 텐데 그리로 붙지 뭣 하러 저 철딱서니 없는 것을 기다린다고 남아서 이 고생을 하냐고 얼마나 구박을 했다고. 그럴 때마다 그저 고맙다는 거야. 살아 돌아온 거 봐서 고맙고, 당신이 건강해 그 철딱서니 없는 막내의 의지가 될 수 있어서 고맙고. 고마워하려면 현보가 고마워해야지 왜 어머니가 고마워하냐 말야."

"언니, 엄마 너무 구박하지 마. 불쌍하잖아."

"불쌍하긴 뭐가 불쌍하냐? 현보가 저 지경 됐는데도 또 고맙다니까 저 노인이 돌았구나 싶더라. 돌 만도 하지."

"알고 보면 엄마도 신앙의 힘으로 버티는 거야. 성당 나가니까 참 좋더라고 하시길래 뭐가 그렇게 좋으시더냐고 물었더니 신부님이 매사에 감사하라고 하신 말씀이 제일 마음에 드시더래. 그거 하나는 지킬 자신이 있으셨나 보지."

"감사는 엄마 특긴데 겨우 그거 복습하려고 성당 나갔대? 나 같으면 그까짓 성당 당장 집어치우겠다. 엄마가 성당 나가고 나서 좋은 일이 뭐가 있어. 그 명랑하고 건강하던 애가 점점 이상해지다가 결국에 가서 눈뜬 장님까지 됐는데도 얼어 죽을 감사는 무슨 놈의 감사. 아무튼 제 증이 아니라니까."

"언니 정말 왜 그래? 엄마가 제 증이든 신앙의 힘이든 저렇게 버텨주지 않으면 우리끼리 무슨 수로 쟤를 감당하겠어."

"나도 속상해서 그래. 나도 하느라고 했어. 그 녀석이 지랄 칠 때마다 건이 고모 생각나서 그러는 줄 알고 여북해야 시집가서 잘 사는 사람을 내가 꼬셔냈겠어. 넌 명색이 의사가 한 게 뭐가 있냐? 주치의하고 한통속이 돼가지고 병원 잘못은 없는 것처럼 즈네들 변명만 늘어놓고. 하느님이고 의사고 병이나 액을 미리 예방해야지, 그것도 못 하면서 감사만 하라는 걸 누가 믿냐? 내 한바탕 들었다 놓고 말 거야. 신부님이고 의사고 없어."

나는 제쳐놓고 자매끼리 점점 언성을 높이자, 고정하시라고 내가 끼어들 수밖에 없었다. 그제서야 내 존재를 깨달은 듯 민망해하는 게 역력해 그동안 자매가 속에 있는 말을 할 기회도 없었던 것처럼 보였다. 큰누나가 내 손을 잡더니 그렁그렁한 눈으로 이런 꼴 보여 미안하다고, 너무 속상해서 그랬다고 말하고 나서 또 한판 동생하고 붙으려고 했다.

"넌 명색이 의사잖아. 현보 못 고쳐도 좋으니 현보 같은 병 앓은 사람 한 사람이라도 이 대한민국에 있으면 데려와봐. 대한민국에서 못 찾으면 이 세계를 뒤져서라도 찾아와봐. 몇억에 한 명 있을까 말까 한 병이라는 게 도대체 말이 된다고 생각해. 수술을 잘못했으면 국으로 가만히나 있을 것이지."

"언니, 제발."

큰누나가 난동이라도 부릴까 봐 걱정이 되는지 작은누나가 입을 틀어막다시피 하면서 병실 쪽으로 몰고 갔다. 그동안도 큰누나는 입을 다물지 않고 더 큰 소리를 냈다.

"현보는 회도 잘 안 먹는 애야, 비위생적인 건 질색이고. 어머니가 얼마나 가려 먹였는지 너도 잘 알잖아. 말이 되는 소리를 해라, 말이."

내가 알아들을 수 없는 소리를 계속해서 지껄이는 언니를 억지로 병실에 처넣고 작은누나는 다시 내게로 왔다. 그 병원은 작은누나가 졸업한 학교 부속병원이니까 의료진 중에는 스승이나 선배도 많을 것이다. 작은누나의 난처한 입장이 이해되었지만 나도 이 비극적 재난의 진상을 알고 싶었다.

"현보는 어떻게 되는데요? 설마 영영 장님이 되는 건 아니죠. 누님이 아는 것만큼 저도 알고 싶어요."

"건이 고모가 시집갈 때까지 우린 현보가 건이 고모를 여자로 좋아하는 걸 몰랐어. 한 살이라도 손위고 누나 누나 하고 따르니까. 편한 여자 친구인 줄만 알았지. 건이 고모 시집가고 나서 점점 아이가 이상해지는 거야. 그땐 머리 아프단 소리는 안 했지만 신경질을 잘 내고 툭하면 물건을 내던지질 않나 아버지든지 형이든지 찾아내라고 생떼를 쓰지를 않나, 그렇게 발작하는 억지 중에는 건이 고모도 종종 나오니까 우리 식구들은 그 애가 상사병이라고 생각한 거야. 걔 하는 짓이 꼭 상사병 같았거든. 나도 상사병을 본 적은 없지만 미치겠단 소리도 입에 달고 살았으니까 멀쩡한 사람 미치게 하는 게 상사병 말고 뭐가 있겠어. 명색이 의사인데도 그렇게 쉽게 생각하게 되더라구. 그러다 어느 날 골치 아프다고 펄펄 뛰던 아이 눈이 한쪽으로 확 돌아간 거야. 그제서야 우리가 뭘 크게 잘못 생각했다는 걸 알고 응급실로 데려가고 뇌 사진을 찍게 된 거지. 뇌 사진 찍는 거 보통 일이 아니거든. 사진에 나타난

걸로 봐서는 안 보이는 쪽에 종양이 있을 것 같다고 해서
열어보기로 했지. 열어보니까 종양이 아니라 벌레가 있었
어. 잡아내 세어보니까 열 마리도 넘는 벌레가."

"벌레가요? 뇌 속에 벌레가 어디서 나요? 말도 안 돼."

"나도 못 믿겠는 일이 내 눈앞에서 일어난 걸 어쩌겠어.
내 눈으로 똑똑히 봤어. 집도한 의사도 처음 봤을 거야. 그
래도 그런 임상 사례가 아주 없는 건 아닌가 봐. 의학저널
에 보고된 사례로 짐작건대 음식물을 통해 들어간 유충이
뇌에 도달해서 자라났겠지."

"어떻게 그런 일이? 그럼 회충이 뇌까지 올라간 사람은
왜 없어요?"

"몸속에 들어간 벌레가 돌아다니는 길은 제각기니까.
종류도 그렇고, 밝혀진 건 그중 얼마 안 되는지도 몰라."

"벌레를 잡아냈으면 병이 나아야지 왜 눈이 멀어요."

"뇌 수술은 그렇게 간단한 게 아냐. 집도한 박사님은 뇌
수술의 제일인자로 소문난 분이지만 그 수술에서 시신경
을 건드리는 건 불가항력이었을 거야."

"앞으로 현보는 어떻게 되는 거죠?"

"그걸 낸들 어떻게 알겠어. 아무리 동기간이라도 도와

줄 순 있어도 대신 살아줄 순 없는 거니까. 참 나 따라오지
않을래?"

"어딜요?"

"현보 머리 속에서 잡아낸 벌레가 박사님 연구실에 보
관돼 있거든. 한번 봐, 보라구."

"왜요? 제가 왜요?"

"싫으면 관둬. 난 문득문득 가보곤 해. 저 징그러운 건
어디로부터 왔을까, 생각하다가 어디서 왔니? 묻다가 그
래. 그래봤댔자 그런 짓이 얼마나 가겠어. 곧 그만두겠지."

집도한 박사님 연구실에 박사는 없었다. 누나도 박사를
만나기를 기대하지 않은 듯 열린 문으로 들어가 박사 책
상 위에 있는 유리병을 가리켰다. 약물인 듯한 액체 속에
구더기같이 생긴 연분홍 벌레들이 잠겨 있었다. 죽어 있
는지 살아 있는지 분간할 수 없었다. 나는 누나처럼 벌레
한테 말을 걸지는 않았지만 여자들이 죽었다 깨어나도 알
수 없는 딴 세상, 극한 상황의 전쟁터가 떠올라 몸서리를
쳤다.

그것이 다 벌레의 짓이었을까. 내 젊음을 황홀하게 빛
낸 그 기쁨의 시간이 다 벌레의 선물이었을까. 설마 처음

부터 끝까지 다는 아니겠지. 그렇다면 언제부터 언제까지가 우리들의 시간이고 언제부터 언제까지가 벌레들의 시간이었을까. 오직 그 생각만 하면서 집까지 왔다. 나에겐 전쟁터가 중요한 것보다 그게 중요했다.

다시 한번 문병을 갔을 때 병실엔 아무도 없이 그 남자 혼자 누워 있었다. 여전히 눈은 가리고 있어 얼굴의 반만 보였다. 앞으로 그 남자는 소리 내지 않으면 아무도 못 알아보겠지. 내 마음은 이렇게 아픈데 그 남자는 눈을 가린 것만 풀면 다시 세상을 볼 수 있다고 생각하는 것처럼 광기도 격정도 사라진, 다만 지친 표정으로 깊이 잠들어 있었다. 나는 처음으로 그 남자의 전체, 보이는 상처와 보이지 않는 상처까지를 포함한 한 남자의 전체를 본 것처럼 느꼈다.

12

막 외출을 하려는데 전화가 왔다. 몇 분 늦게 나간다고
큰일 날 것도 아닌데도 안 받고 나가버릴까 하는 생각이
들었다. 늙는다는 게 인간사보다 귀신에게 더 가까워지고
있다는 증거처럼 언제부터인지 전화벨 소리만 듣고도 반
가운 전환지 긴치 않은 전환지 식별할 수 있는 능력이 생
겼다. 물론 백발백중은 아니다. 대개는 딴 사람들과 마찬
가지로 여러 번 울리기 전에 아무 생각 없이 받는 편이지
만 문득 받기가 망설여지는 불길하달까, 안 듣는 게 편할
것 같은 기분 나쁜 예감이 드는 전화벨 소리가 있다는 걸
알게 되었다. 반대로 어디서 좋은 소식이 오기를 기다리고

있었던 것도 아닌데도 왈칵 반가운 생각이 들어서 허둥거리며 명랑한 목소리로 받게 되는 전화벨 소리도 있다. 이번에는 안 받는 게 나을 것 같은 생각이 들게 하는 벨 소리였다. 아마 현관에서 끈 매는 구두를 신고 난 후였기 때문에 귀찮은 생각 때문에 그렇게 들렸을 것이다. 자식 기르는 사람이 이러면 안 되지, 나는 내 망령된 예감을 이렇게 꾸짖으며 구두끈을 풀었다. 귀찮은 전화라도 자식들이 나를 필요로 하는 전화라면 만사를 제쳐놓고 달려가야 하기 때문이다. 구두끈 풀고 거실로 올라서는 동안에도 전화벨은 계속해서 울렸다.

"당숙모시죠, 저예요, 저. 광수, 장호원 광수요. 건강하시죠?"

"그럭저럭, 근데 네가 웬일이냐? 아직도 장호원에서 사는 걸 보니 이제 마음잡은 게로구나. 올해 복숭아 농사는 괜찮구?"

"숙모님도 복숭아 농사 걷어치운 지 언제라고 그러세요. 저렇게 저 같은 것한테는 관심이 없으시다니까."

네가 또 개개려는구나, 나는 그가 본론은 꺼내기도 전에 말투만 듣고도 그렇게 알아차리고 전화를 받은 걸 후회했다. 그러고 나서 후회한 걸 또 후회했다. 광수의 첫마디만 듣고 떠오른 개갠다는 말은, 나는 잘 안 쓰는 말이었다. 같은 뜻의 말이라도 사람마다 잘 쓰는 말이 따로 있는 법이다. 개갠다는 말은 사촌 언니가 잘 썼다. 나는 외딸이기 때문에 사촌 언니라도 언니라고 부를 수 있는 사람이 있는 걸 좋아해서 많이 따랐지만 나하고는 나이 차이가 많이 났다. 광수는 그 언니의 맏아들이니까 당질이지만 나보다 몇 살밖에 어리지 않아 조카라기보다는 동생뻘이 어울릴 것 같았다. 광수가 자라면서 서글서글하고 보기 좋은 청년이 되자 사촌 언니는 친척들의 부러움을 샀다. 훤칠한 키하며, 떡 벌어진 어깨하며 누가 보기에도 한 집안의 대들보감이었다. 심성은 또 얼마나 착한지 남을 의심할 줄 모르고 친구를 위해서라면 아까운 게 없는 아이였다. 그러나 공부는 언니의 기대만큼 못 하는 것 같았다. 대학을 못 가고 말았다. 이왕 떨어질 거 똥통 학교에서 떨어지긴 싫다고 부득부득 명문대학 원서를 써달라고 담임 선생한테 졸랐다니 붙으러 간 게 아니라 떨어지러 간 셈이었다. 그때까지도 언니네는 웬만큼 살 때였으니까 재수를 시키고 싶어 했지만 본인은 명문대학에 떨어진 학

벌만으로도 몇 년 동안이나 으스대며 살았다. 우린 친척
이니까 어쩌다 만나지만 언니는 속이 상할 것 같았다. 조
금씩 그 아이에 대해 뜨악해지고 있었다. 언니가 우리한
테 전혀 그런 내색을 한 적이 없건만도 눈치로 그랬다. 형
부가 4남매 공부를 다 마쳐주지 못하고 저세상 사람이 됐
기 때문에 광수가 가장이 됐다. 광수 밑으로는 공부를 다
들 잘했다. 광수는 책임감도 강해서 동생들 공부라면 신
이 났고, 자기는 시험만 쳐본 학교에 동생은 척척 붙는 걸
자기 일 못지않게 기뻐하고 학비 걱정은 말라고 큰소리
도 땅땅 친다고 했다. 언니로부터도 이렇게 큰아들에 대
한 흥이 조금씩 흘러나오기 시작했다. 그래도 남편을 잃
고부터는 큰아들한테 의지를 많이 하는 것 같았다. 큰아
들한테 가장의 위상을 갖도록 하는 게 큰아들을 위해서
라기보다는 세상 사람들한테 언니가 얕보이지 않으려는
의도도 있었을 것이다. 돈을 써가면서 취직을 시키려 한
다든가 그 아이의 능력이나 집안의 재력에 안 맞는 사업
을 벌이게 하는 따위 언니답지 않은 짓을 많이 했다. 밑의
아이들 공부시키랴, 사업 자금인지 체면 유지빈지 대랴,
언니는 형부 죽은 지 10년 안에 집 한 칸 없는 신세가 됐

다. 다행히 밑의 아이들이 똑똑해서 돈 잘 버는 애도 생기고 시집 잘 가는 애도 생겼다. 그래도 광수는 제 버릇 개 못 준다고 여기저기 삥이나 치고 돌아다녔다. 삥이나 친다는 건 당해본 친척들이 하는 소리지 막상 내가 당해보니까 그것도 아니었다. 그 애가 겉보기까지 초라해지면서 우리 집에도 종종 나타나곤 했는데 와서 용건을 곧바로 말하는 적이 거의 없었다. 무슨 말을 할 듯 할 듯 하면서도 한정 없이 뜸을 들였다. 저녁 먹고 갈 거니? 하면 아니라고 곧 가볼 데가 있다고 엉덩이를 들다가 다시 뭉기적대며 주저앉았다. 할 수 없이 상을 들여가면 당장 갈 듯이 일어서서 선 채로 이런저런 얘기를 중얼거렸다. 그래도 본론은 아니었다. 우리가 밥을 먹기 위해 일어선 사람을 억지로 붙들어 앉히면 마지못해 수저를 드는데 속이 안 좋은 사람처럼 식욕 없이 먹는데도 나중에 보면 먹을 건 다 먹었다는 걸 알 수가 있다. 그렇게 오래 뜸 들이고 나서 한다는 소리는 대개 부탁이었다. 남편이 은행에 다니니까 융자를 부탁하기도 하고 보증을 부탁하기도 했다. 남편은 아무리 처가 쪽 친척이라 해도 위험을 무릅쓰고 도와줄 사람이 아니었다. 그러나 야박하게 거절하진 못하고 얼마간의 용돈으로 섭섭지 않게 해 보내곤 했다. 거기 맛을 들여 자주 집에 들르곤 했다. 내가 야박하게 하면 은행으로 직접 찾아갈까 봐 나도 남편이 하는 대로 해 보냈지만 뜸 들이는 과정은 조금도 짧아지지 않았다. 언니도 그걸 모르지 않았다. 언니하고 따로 만날 일이 있을 때마다 광수가 너한테 또 개개러 갔지? 하기도 하고 요샌 좀 들 개개지? 하기도 했다. 난 그 소리를 들으면 좀 위로받은 것처럼 한결 광수가 참을 만해지곤 했다. 개갠다는 말이 광수한테 그렇게 딱 들어맞을 수가 없었다. 나로서는 뭐라고 표현할 수 없는 걸 언니가 딱 집어낸 건 역시 어머니이기 때문이구나 싶고, 알아주는 사람이 있으니까 그까짓 걸 고통스러워한 게 슬그머니 열적어지곤 했다.

그렇게 남편하고 부닥치기도 하고 안 부닥치기도 하면서 우리 집에 다녔지만 싫어하는 마음 때문에 자주 오는 것처럼 느낀 것이지 광수가 그렇게까지 염치없는 애는 아니었다. 그 무렵은 내 친구들도 다들 어느 정도는 생활 기반이 잡혔을 때라 옛날 같은 때는 친정이나 시집 식구들한테 뜯기는 얘기들을 많이 했다. 그런 소리를 들을 때마다 나는 참 팔자도 좋다고 생각했으니까. 개개는 것 정도는 아무것도 아니었다. 그러나 광수 쪽에서 볼 때는 개개고 볼 일이었다. 한 가지도 꾸준히 해본 일이 없는 광수가 개개는 것 하나는 꾸준히 하더니 마침내 끝장을 보게 되었다. 마침 남편하고 부닥치게 된 날이었다. 무슨 말 끝엔가 광수가 중장비차 운전면허를 땄다는 걸 알게 된 남편이 건성으로 듣지 않고 자세히 따져 묻는 것 같았다. 나도 의외였다. 아마 무슨 자격증이라도 하나 갖게 하려고 언니가 무진 공을 들인 결과라는 게 보지 않아도 본 듯했다. 남편은 그 자리에서 혹시 월남에 진출한 건설회사에 취직할 생각이 없냐고 물었다. 나는 광수가 자존심 상할까 봐 겁이 더럭 나서 광수가 뭐라고 대답하기 전에 얼른 가로막고 나섰다. 애가 여태 취직을 못 한 건 눈이 높아서이지 그런 데 취직하려면 벌써 했을 거라고 남편에게 핀잔을 주었더니 광수가 뜻밖에 나를 이상한 눈으로 보면서 말했다. 숙모, 펜대 놀리고 싶은 놈이 미쳤나, 중장비 면허를 따게, 하는 게 아닌가. 나는 어리둥절해서 그건 그래 맞아, 그렇지. 그렇지만 체면이 있잖아. 네 자존심도 있고, 했더니 남들이 안 보는 데서 하는 거니까 상관없다고 했다. 광수다웠다.

그다음부터는 남편이 말만 그렇게 하고 취직을 못 시키면 어떡하나, 내 체면 때문에 걱정을 했는데 다행히 일이 일사천리로 진행이 돼 광수가 좋은 조건으로 월남에 진출한 건설회사에 취직이 돼 현장으로 떠났다. 언니는 광수의 봉급을 차곡차곡 저축하는 재미로 마치 제2의 인생을 맞은 것처럼 활기 있어졌다. 언니의 기가 사니까 집안에서는 그저 장남이 잘돼야지 지차나 딸년 잘돼봐야 아무 소용 없다는 언니의 인생 철학도 힘을 얻었다. 그러나 회사와의 계약 기간을 채우기도 전에 트럭이 낭떠러지로 떨어졌다나, 장애물을 피하다가 전복이 됐다던가 해서 현지에서 응급조치만 받고 국내의 종합병원으로 이송돼 왔다. 언니네는 초상집이 됐고 나도 그 애를 취직시킨 남편을 원망하랴 언니를 위로하랴 정신이 없었다. 문병을 가봤더니 다리 하나를 공중으로 매달아놓아서 어마어마해 보이고 간병하기도 힘들다 싶긴 해도 그 밖에 상체는 멀쩡했다. 언니가 애지중지 자랑스러워하던 그 잘생긴 얼굴에도 피멍 하나 없었다. 그러나 오랜 입원 생활 끝에도 다리는 원상복구가 되지 않아 남의 눈에 띌 정도로 절게 되었다. 그동안 회사와의 장기적인 협상 끝에 집 한 채를 장만할 만한 돈을 얻어냈다. 취직을 시켜준 죄로 아마 남편도 중간에서 애를 많이 쓴 것 같았다. 남편의 성품이나 애쓰는 정도로 봐서 혹시 남편이 제 돈을 보탰을지도 모른다는 의혹도 품음 직했지만 친정 쪽에 속한 일이라 모르는 척 넘어갔다. 알뜰하고 용의주도한 언니가 아들이 생전 처음 번 모갯돈을 한 푼도 허투루 쓰지 않고 최대한으로 이용했다. 집 장만은 물론 미용 기술이 있는 참한 색시를 며느리로 들여 미장원을 차려주었다. 이쯤 했으면 아들네 백년대계를 세워줬다고 여기는 것 같았다. 아무 때 죽어도 편히 눈을 감게 됐단 소리를 자주 하더니 막내딸까지 여의고 나서 얼마 안 돼 세상을 떴으니까 만아들한테는 짐 될 일이라고는 티끌만큼도 안 남긴 셈이었다. 언니다웠다. 생긴 대로 논다는 말이 있다. 죽는 것도 생긴 대로 죽는 것 같았다.

언니가 편하게 눈감은 후 광수의 인생은 다시 꼬이기 시작했다. 미장원이 자리 잡히기 전에는 아이를 안 갖기로 했다며 늦추다가 낳은 첫아이가 소리에 전혀 반응하지 않는 농아였다. 고막이 아예 생성되지를 않았다는 것이다. 뜻하지 않은 재난이었다. 재난은 한 번으로 끝나지 않고 둘째도 셋째도 같은 장애를 갖고 태어났다. 그런 경우

누구라도 그런 불운이 왜 자기들에게 일어났는지 그 이유를 따져보고 싶었을 것이다. 광수는 그게 좀 심했다. 배냇병신은 유전이라더라, 우리 집안 내에는 병신은 없다. 그러니까 이건 분명히 너희 집안의 나쁜 피 때문일 것이다. 그러면서 제 처가 쪽은 물론 처외가까지 병신을 찾아다니기 시작했으니 그 부부 관계가 온전할 리 없었다. 셋째까지 같은 장애를 갖고 태어나자 그의 처 또한 가만히 있지 않았다. 느네 쪽은 왜 가만 놔두느냐, 배 속에 들었을 땐 어미는 배만 빌려주는 것처럼 제 새끼 뱄다고 좋아하더니 왜 잘못된 건 어메 쪽에만 뒤집어씌우냐고 대든 모양이다. 당연한 항의였다. 제 친가는 물론 외가인 우리 친정 쪽의 먼 친척까지 그의 병신 색출의 대상이 되었다. 시골 친척 중 어려서 언청이 수술을 한 자국이 있는 처녀가 있는데 그 집에서 며칠을 개갰다고 한다. 그 집으로선 얼토당토 않은 횡액이었지만 언니가 생전에 인심을 잃지 않아 참아 준 것 같았다. 나중에 들은 소문으로는 아무리 자식은 겉을 낳지 속까지 낳는 건 아니라지만 그 똑똑한 누님이 어찌 그리 못난 아들을 두었을까 혀들을 찼다니, 그 애가 한 짓이 보지 않아도 본 듯했다. 행패를 부릴 일도 아니고, 처

음에는 대단한 발견이라도 한 것처럼 얼굴을 빛내며 허둥
대다가 그다음부터는 어쩔 줄을 몰랐을 것이다. 그쪽에서
도 딸을 보호하려고 했을 테고, 소문은 들었을 테니까 난
처해하면서도 사람 취급을 안 했을 것이다. 그렇다고 뒤통
수 부끄러운 건 알아서 그냥 물러날 위인도 아니다. 말도
안 되는 소리로 성가시게 굴다가 신세 한탄을 했을 테고,
술잔이나 얻어먹고 동정 어린 위로의 말이나 듣고 노자나
몇 푼 얻어가지고 왔을 것이다. 농아 아들딸에게 적절한
교육을 시키는 건 뒷전으로 그는 하필 자기 자식 대에 나
타난 나쁜 유전자를 찾아 10년도 넘는 세월을 낭비했다.
그동안에 아내와의 사이도 파탄이 나 이혼에 이르렀고 그
는 집도 절도 없는 신세가 되었다. 농아를 엄마나 아빠 어
느 쪽이 기르는 것도 정상아보다 어려운 것은 자명한 이
치, 아이들 때문에 다시 합쳐 낳은 딸은 다행히 정상아였
다. 뛸 듯이 기뻐한 것도 잠시, 건강한 아들도 하나 있어야
겠다고 다시 시도, 역시 정상적인 아들을 보게 되어 소원
성취를 했다. 그때는 소식만 듣고도 안도의 숨을 내쉬었
다. 그러나 건강한 아이도 다섯은 많은, 너무 많은 세상이
되었다. 그는 막노동을 하기에는 몸도 부실하고 나이도 많

았다. 이제 와서 가방끈이 짧다는 걸 무슨 유세처럼 하고 다닌다는 소문이었다. 가방끈이 긴 사람도 자영업 아니면 은퇴했을 나이가 지났다는 걸 아는지 모르는지 이렇게 뒷 북만 치고 다녔다.

어떻게 광수를 대할 것인가. 지난여름엔 발목을 다친 일이 있다. 깁스를 풀고 나서도 보행이 여의치 않았다. 자 꾸 움직여야 된다고 해서 아침마다 집에서 가까운 근린공 원으로 산책을 갔었는데 산책로에서 벗어난 숲속에서 이 상한 풍경을 목격하게 되었다. 잘생기고 곧게 자란 소나무 마다 사람이 하나씩 붙어서 몸을 탁탁 부딪히고 있었다. 대개는 나이 지긋한 노인들이 마치 어린애처럼 나무에게 떼를 쓰고 있는 것 같아서 웃음이 났다. 나무는 꿈쩍 안 했 지만 실하지 못한 나무는 둥치가 흔들리기도 하고, 어떤 나무는 저러다 말라 죽지 싶게 심한 지다위를 당하는 나 무도 있었다. 아침 일찍 산책을 나온 사람들은 산책이라기 보다는 뛰듯이 빨리 걷는 게 건강을 위한 걷기인 걸로 봐 서 나무하고 씨름하는 것도 건강법이 아닌가 싶었다. 아이 들한테 물어봤더니 텔레비전에 그런 건강법이 나왔나 보 지요, 비꼬듯이 말하는 며늘애도 있고, 아마 나무의 기를 옮겨 받으려고 그러나 보지, 아이 추해, 하는 딸도 있었다. 그 애들은 젊었다. 건강의 절정은 얼마나 찬란한가. 자신에게도 홀릴 수 있을 만큼. 반면 시들어가는 것들이 누추해 보일 수도 있었다. 지다위도 기운이 있어야 당하는데, 광수가 온다는 소리를 들으니까 지레 기운이 빠지면서 난데없이 근린공원의 소나무의 건강이 궁금해졌다. 광수가 온다니까 그 소나무들이 떠오른 것은 난 이제 누가 나에게 개개는 걸 참아낼 수 있을 것 같지가 않아서였다. 체력의 문제가 아니라 정신력의 문제일 것도 같았지만 둘 다 자신이 없었다. 누구에겐가 무엇엔가 개개고 싶은 걸 참는 것도 힘들었다. 남편을 먼저 저세상으로 보낸 지 얼마 안 될 때라 마음이 많이 약해져 있었다.

마침내 광수가 왔다. 광수는 내 기대에 어긋났다. 어긋나도 너무 많이. 그가 광수라는 게 믿어지지 않았다. 나이 든 사람들이 오랜만에 만났을 때 상대방을 판단하는 기준이 되는, 그동안 너무 늙었거나 너무 안 늙어서 혼란스러운 것하고는 달랐다. 그가 딴사람처럼 보이는 건 나에게 광수 그 자체로 각인됐던 개개는 표정이 온데간데없는 거였다. 그는 선물까지 사 들고 왔다. 그 또한 안 하던 짓이었다. 소나무에서 추출한 건강 음료라고 했다. 비닐 팩에 진공포장된 검은 음료였다.

"오래 살고 볼 일이다. 너한테 보약을 다 얻어먹으니."

나는 며칠 동안 키운 경계심이 미안해서 그 검은 액체를 보약으로 격상시켰다.

"나한테 누가 있수? 당숙모밖에. 아저씨 생전에 진 신세도 있고, 어머니 뵙듯 자주 찾아뵙고 효도해야 되는데 너무 늦었어요."

당숙모한테 효도라니. 나는 친동기가 없어 그 사촌 언니하고 많이 친하게 지냈고 개개기 좋아하는 아들을 둔 것 때문에 하소연도 많이 들어주었지만 다 지난 얘기고 지금이 어떤 세상인가. 제 부모를 몰라라 해도 불효자 소리 안 듣고 넘어가는 세상에 한 치 건너 두 치도 아닌 다섯 치한테 효도씩이나. 이건 격상을 시켜도 너무 시키는 것 같았지만 왠지 경계하는 마음은 생기지 않았다. 나는 이 나이까지 목격한 타인의 삶이나 이 세상 돌아가는 켯속에 대한 이해를 여러 번 수정하면서 살아왔다. 거의 자의 반 타의 반이었다. 이 세상에 변하지 않는 건 아무것도 없었다. 왜 광수에 대한 생각만 한 번도 바꾸지 않았을까. 그에게 표현한 적은 없는, 내 속마음이지만 그에게 미안했다. 나에게 그가 딴사람처럼 보이면 딴사람처럼 대하는 게 마땅한 일이 아닐까.

"숙모에게 여쭤볼 게 있어서 들렀어요. 부탁은 아니고 좀 알아보고 싶은 게 있어서요. 건이 말예요. 건이한테 다리를 놔주셨으면 해서요."

"왜 집에 누구 아픈 사람 있냐? 물어볼 거 있으면 네가 직접 전화 걸든지 찾아갈 일이지 뭣 하러 다리씩이나 놔달래냐. 의사가 뭐 그리 높은 사람이라고."

친정 조카 건이는 의사였다. 명의랄 것도 돌팔이일 것도 없는 평범한 개업의였다.

"워낙 격조했었잖우. 만나도 못 알아볼걸."

"하긴 그렇다. 너만 해도 정이 있는 옛날 사람이니까 이렇게 외당숙모를 다 찾아오지, 건이하고 너만 해도 외육촌 간인데 설명을 해도 한참 해야 알아들을라나 모르겠다. 내가 그건 책임지고 해줄게. 걔한테 도움받고 싶은 일 있으면 그건 네가 직접 해."

"건이가 한때 좋은 일 많이 했다고 하던데 지금도 그 정의감은 변함이 없겠죠?"

나는 광수가 당당하고 약간은 거만하게 변신한 게 마음에 들었지만 정의감이란 소리는 광수답지 않아서 웃음이 나려고 했다.

　"누구한테 무슨 소리 들었는지 모르지만 돈 없는 환자들을 거저로 많이 봐준다나 봐. 전엔 무의촌에 무료 진료도 열심히 다녔는데 이젠 개도 많이 늙었어. 그런 좋은 일로 소문나면 가난한 사람들만 꼬이지 부자들은 잘 안 온다나 봐. 명색이 의산데도 겨우 먹고살 수 있을 만큼밖에 못 버니까 제 아내한테서도 좋은 소리 못 듣고. 그래도 본성이 착해서 남의 어려운 사정을 모르는 척하진 못하니까 너도 그런 부탁이라면 걱정하지 말고 해보렴. 네가 누구라는 것 정도는 알아듣게 다리를 놓을게. 참 아픈 사람이 누구야. 어디가 아픈데? 건이는 가정의야. 홋두루 다 보는. 제 분야가 아니면 딴 전문의도 소개시켜줄 수 있을 거야."

　"숙모 내가 설마 무료 진료나 받으려고, 몇 해 만에 숙모님을 찾아왔겠수? 우리 그렇게 구차하게 살잖아요. 병신 자식들이라고 얕보지 말아요. 다들 제짝 찾아서 자립해서 잘 살아요. 국가라는 게 왜 있는데, 교육도 그렇고, 먹고

사는 것도 그렇고, 몰라서 그렇지 찾아보면 국가에서 베풀어주는 게 많아요. 누가 그러는데 미국은 장애인 천국이랍디다. 우린 미국 따라가려면야 아직 멀었지만 많이 좋아졌우. 아파트고 뭐고 다 우선권을 주니까. 우리 식구 다들 살 만해요. 집사람 미장원도 여전히 동네 장사지만 단골이 쏠쏠하고, 며늘애 중 하나가 걔도 장애자이긴 하지만 일류 미용사라 많이 도움이 되고. 나도 이제 절대로 남한테 안 개개잖아요."

"알았어, 야아. 누가 뭐랬냐? 나 네 얼굴 보고 벌써 알아봤어."

"그래 말인데 숙모, 병신 자식들까지 이렇게 자식 된 도리 잘하고 사는데 사지 멀쩡하게 타고난 사내놈이 죽을 때까지 애비 노릇 한번 제대로 못 해봐서 쓰겠수?"

"그럼, 그럼, 듣던 중 반가운 소리로구나. 근데 네 애비 노릇을 건이가 어떻게 도울 수 있다는 건지……."

"숙모 얼굴에 벌써 써 있네. 한 치 건너 두 치라고 오촌 조카 놈이 친조카한테 어려운 부탁 할까 봐 가로막고 나서려는 게. 근데 안심해요. 이건 나만 좋자는 일이 아니라 건이 명예도 높여주는 일이니까."

"뭔데 어서 말해봐. 갠 제 일에 만족하고 사는 평범한 의사야. 명예 같은 거, 소용없으니 제발 건드리지 말아라. 다 부질없다."

"명예 싫은 사람이 어디 있어요. 명예 싫은 사람이 그런 일 했겠수?"

"걔가 무슨 일을 했다고 그래? 어디서 무슨 소리를 듣고 왔길래."

나는 아차 싶었다. 나도 모르게 이야기가 건이가 해줄 수 있는 일하고는 전혀 다른 방향으로 가고 있는 것 같아 이제라도 되돌리고 싶었다.

"건이가 한때 공장에서 일하다 다치거나 병든 산재 환자들을 치료하고 보상도 받게 해준 운동권 의사였다는 걸 기억하는 사람이 지금도 많습디다. 숙모님만 모르지."

"내가 왜 몰라. 청년 의사일 때 첫 직장이 산재 환자를 전문적으로 보는 병원이었는걸, 한참 산업화가 진행이 될 때 그 그늘에 가려진 억울한 사람을 돕는 데 시대적인 소명을 느꼈을 거야. 한참 젊은 나이였고. 그뿐이지 명예욕은 무슨, 걔가 들으면 펄펄 뛰겠다. 도대체 우리 건이한테 바라는 게 뭐냐?"

"우리 아이들이 왜 장애를 갖고 태어났는지 이제야 알아냈거든. 고엽제 때문이었어. 미국 놈들이 월남 사람 인종을 말리려고 마구 뿌려댄 고엽제에 대해선 숙모도 아주 모르진 않죠."

"그럼, 그게 얼마나 무섭다는 거 알고말고. 피해자들이 고생하는 거 티브이로도 본 적 있고. 근데 너희 아이들이 고엽제 때문에 그렇게 태어났다고 누가 그래? 넌 다리 다친 거 말고는 여태까지 건강했잖아."

"글쎄 고엽제 후유증이 바로 그렇다니까. 나무나 풀만 아니라 사람의 씨를 말리려고 만든 무서운 약이니까. 같이 월남 가서 운전하던 친구도 겉으로는 멀쩡한데 애를 못 낳아. 애 씨가 말라붙은 거지. 나도 그렇잖우. 월남 갔다 온 지 얼마 안 있다 생긴 아이는 부실하게 태어나고 내 몸속에서 그 무서운 독이 가신 후에 태어난 아이들은 정상인 것만 봐도 알조 아뉴."

"그래서?"

"그렇게 딱한 듯이 바라보지 말아요. 보상을 받을 거란 말예요. 내 억울한 세월은 물론 아이들이 받은 멸시, 불편, 불이익을 다 보상받을 거란 말예요."

"누구로부터?"

"누군 누구겠수. 국가지."

"국가가 그렇게 호락호락할까. 그게 벌써 언제 적 일이고, 또 그게 고엽제 때문에 그렇다는 걸 어떻게 증명하냐?"

"그래서 건이 도움이 필요하다는 거 아니유?"

"우리 건이는 네가 생각하는 그런 명의 아냐. 돈이 없어서 그런지 병원 시설도 그저 그래. 많지도 않은 환자를 중한 병이다 싶으면 큰 병원으로 보내버리고, 감기나 배탈난 환자한테는 주사 한 방도 안 놔주고, 며칠 쉬라든가 한끼 굶으라는 처방밖에 안 하니 무슨 돈을 벌겠니. 그게 제 분수다 생각하고 만족하고 사는 사람 괜히 건드리지 마라. 나 다리 안 놓을란다."

다리만 안 놓을 게 아니라 적극적으로 훼방을 놓을 생각까지 하고 있었다. 제 말짝으로 한 치 건너 두 치였다. 광수는 별로 실망한 기색 없이 유들유들하게 맞받았다.

"싫으면 그만두구려. 내가 직접 못 찾아갈까 봐. 이런 건수에 덤벼들지 않으면 두고두고 후회할걸."

광수는 어수룩한 구석이라곤 없이 똑똑하고 야멸차 보

였다. 나는 건이와 광수를 한 번도 동격으로 생각해본 적이 없었다. 삼촌과 오촌이라는 촌수 차이를 염두에 두지 않고 공정하게 객관적으로 본 게 그렇다고 여기고 있었다. 생긴 건 광수가 조금 더 잘생겼지만 건이는 공부를 출중하게 잘했고, 광수는 지지리도 못했다. 건이는 의사고 광수는 이 나라에서 한 번도 직업을 가져본 적이 없다. 건이는 돈을 많이 벌 수 있는 직업을 갖고도 돈에 욕심 안 내고 늘 누군가를 도와주면서 살았고, 광수는 욕심만큼 돈이 붙지 않아 늘 누군가에게 개개면서 살았다. 지나가는 사람에게 물어봐도 누가 더 잘났다 할지 자명하지 않은가. 그렇게 건이가 더 잘났다 생각하면서도 광수가 하도 똑똑해 보여서 건이를 해코지하거나 이용할 수도 있을 것 같은 생각이 들었다. 한마디로 건이 같은 이가 광수 같은 이에게 곤욕을 당하게 하고 싶지 않았다. 나는 나도 이해할 수 없는 격렬한 혐오감을 자제하고 친절을 다해 물었다.

"설사 그게 증명이 된다고 해도 고엽제 후유증의 특별한 사례로 학계에 보고가 될지는 몰라도 보상을 받는 게 가능한 일이라고 생각하니. 월남전이 언제 적 일인데."

"숙모는 뭘 몰라도 한참을 모르네. 지금이 어떤 세상이

유. 감방 가고 퇴학 맞은 사람들이 저만 똑똑하면 민주인사로 대접받고 보상도 받고 출세도 하는 세상이라고요."

"그야 당연하지, 이 나라의 민주화를 위해 이바지한 걸 알아주고 보상하는 거 당연하지만 넌 군인도 아니었고 돈 벌러 간 거잖아. 일하다 다친 것에 대해서는 충분한 보상도 받았고."

"충분하긴 뭐가 충분하다고 그래요. 내가 일생 벌 수 있을 만큼 받았다 쳐요. 우리 아이들이 일생 벌 수 있는 돈은 누가 챙겨줄 건데요. 민주화만 젤유. 그때 우리 회사가 월남 경기로 번 돈이 얼만데. 그 돈이 이 나라 경제성장에 이바지한 건 왜 생각을 안 해줘도 된다고 생각해. 국가가 뭐 하자고 있는 건데. 난 끝까지 싸워볼 테니 두고 보시유. 난 기껏 생각해서 건이한테 한 건 올릴 기회를 주려고 했는데……."

마치 악덕 브로커처럼 말하고는 미련 없이 일어나 인사도 없이 나가버렸다. 어디로 가는지 물을 새도 없었다. 그는 올 때와 마찬가지로 갈 때도 잘난 척을 했다. 나는 부랴부랴 전화기를 들고 건이 병원 번호를 누르려다 말았다. 아마 자제하지 못한 채 건이하고 통화가 됐더라면 그 미친 새끼를 정신병원에 처넣으라고 했을지도 모른다. 나도 이해할 수 없는 격렬한 혐오감으로 돌아버릴 것 같았다. 물론 건이가 그럴 수는 없을 것이다. 건이 아니라도 의사가 남을 함부로 그럴 수 있는 사람은 아닐 것이다. 광수가 건이한테 가든지 말든지 그건 광수 마음이고 광수를 어떻게 다룰지는 건이 마음이다. 내가 상관할 일이 아니다. 겨우 이렇게 마음을 가라앉혔다. 광수가 느닷없이 당당하고 똑똑하게 변한 것도 이해가 되었다. 그는 변하지 않았다. 사람은 그렇게 쉽게 변하는 게 아니다. 그는 아마 생전 개개는 버릇을 못 버릴 것이다. 단지 개갤 수 있는 대상이 변했을 뿐이다. 평범하고 힘없는 사람한테 개개다가 국가라는 막강한 힘에 개갤 수 있게 되었으니 그 정도는 저절로 힘이 났을 것이다. 그 허세까지를 이해한다 해도 혐오감은 여전했다.

나의 뇌리에 내가 한 번도 경험한 일이 없는 그 남자의 전쟁터와 광수의 전쟁터가 오버랩됐다. 나의 참을 수 없는 혐오감은 그 남자의 순결한 전쟁터를 광수의 전쟁터가 오염시키고 있는 것 같은 느낌에서 비롯된 것이 아니었을까. 창가에서 저녁 햇살이 엷어지다가 마침내 회색빛으로 사

위어가는 걸 망연히 바라보면서 가까스로 그렇게 자신을
이해했다. 이 세상에 순결한 전쟁터가 어디 있다고.

13

그 남자가 입원했던 병원에 또 한 번 갈 일이 생겼다. 이
번엔 나를 위해서였다. 홀로 누워 있는 그 남자를 보고 온
후 아무것도 먹기가 싫었다. 시집에서 음식을 만드는 일은
아직도 시어머니의 소관이었다. 시어머니는 아들만 위하
는 게 아니라 며느리도 극진히 위했기 때문에 식욕 없어하
는 걸 여간 걱정하는 게 아니었다. 아마 며느리 아닌 그 누
구라도 당신이 만든 음식을 맛없어한다면 못 참아주었을
것이다. 입맛이 없어진 봄철을 위해 고추장이나 된장 속에
박아놓은 오이나 무, 버섯 따위 밑반찬까지 상에 올렸다.
아무리 쑤셔 박고 묵혀도 오이는 오이 맛이고 무는 무 맛

이었다. 민어를 가지고 아무리 솜씨를 부려봤댔자 민어 자체의 진미, 그 궁극의 맛 이상을 낼 수 없듯이. 내가 물린 건 어떤 특정한 음식이 아니라 시어머니의 손맛이었다. 시집에 시어머니의 손맛이 들어가 있지 않은 음식은 없었다. 나는 중병이라도 든 것처럼 친정으로 피접을 보내줄 것을 청했다. 엄마는 입맛 날 것을 해줄 생각은 안 하고 바쁜 올케에게 병원에 좀 데려가보라고 성화를 했다. 나는 동네 병원에 가려고 했는데 올케는 큰 병원에 가자고 우겼다. 올케가 하자는 대로 대학병원까지 갔다가 방향을 조금 틀어서 여의전병원으로 갔다. 진찰을 마친 내과 의사는 나를 산부인과로 보냈다. 마음도 몸도 준비가 돼 있지 않아 도망치려 했지만 여의치 않았다. 임신이란 진단을 받았다. 올케는 예상하고 있었던 듯 거봐란 듯한 표정을 지었다. 나는 의사에게 내가 시도한 어설픈 피임에 대해 털어놓으면서 임신이 아닐 거라고 말했다. 의사는 입 귀퉁이로 웃으며 생리가 끊겨도 임신인 걸 몰랐으면 앞으로 2, 3개월 안에 배 속에서 아기가 꼼지락거릴 테니 그때 가서 믿든 지 말든지 하라고 했다. 의사는 내가 순진한 척 내숭을 떤다고 생각하는 것 같았다. 그 자리에서 꺼져버리고 싶도록 부끄러웠다. 올케가 뭐 먹고 싶은 거 없냐고 하면서 임신 중에 먹고 싶은 거 못 먹으면 눈이 짝짝이인 아기를 낳는 다고 했다. 올케는 동대문시장으로 바로 가려고 해서 나는 동대문시장의 돼지 껍데기가 먹고 싶다고 말하려다 말고 집에 가서 눕고 싶다고 말했다. 올케와 병원 문 앞에서 헤 어지고 나서 다시 병원으로 들어갔다. 입원실 쪽으로 가서 그 남자가 있던 병실로 올라가보았다. 환자복을 입은 젊 은 남자가 침대에 걸터앉아 문병 온 여자들과 웃고 있었 다. 병실을 잘못 찾은 것처럼 미안한 기색을 하는 나를 아 무도 이상하게 여기지 않았다. 나도 그 이상은 아무런 이 상한 짓도 하지 않고 병원을 나왔다. 내가 사랑이라고 믿 은 건 도덕적인 사랑이든 부도덕한 사랑이든 죄다 벌레들 의 짓이었구나 생각하며. 그 생각 때문에 문득 메슥거리고 나서는 다시는 입덧을 하지 않았다.

시집으로 돌아올 때 엄마가 따라와서 의기양양하게 그 기쁜 소식을 전했다. 시어머니는 벌써부터, 입덧도 하기 전부터 태기인 줄 알았노라고 엄마보다 더 의기양양하게 말했다. 박수무당이 아이가 들어서겠다는 달에 들어섰다 는 것이었다. 시어머니는 의기양양한 나머지 우리 엄마에게 안 할 소리까지 했다. 사돈 마님하고 조금만 일찍 알았어도 사돈댁에 줄초상이 나는 일은 없었을 텐데, 하면서 당신도 줄줄이 어린 자식을 잃고 난 후에 그 영검한 박수 무당을 알게 된 얘기를 했다. 엄마가 그런 얘기를 끝까지 들어주는 동안 나는 어찌나 조마조마하는지 이마에서 식은땀이 났다. 시어머니가 우리 엄마에게 상처를 준 것을 절대로 잊지 않겠다고 다짐했다.

임신하고부터는 시어머니가 음식 솜씨를 다해 잘 먹이고 싶은 우선순위가 아들에게서 며느리로 바뀌었다. 나는 이상하게도 소화불량인 줄 안 게 임신이라는 게 밝혀지고 나서 입덧이 싹 가셔 아무거나 잘 먹게 되었다. 여기저기서 아기들이 지천으로 태어날 때였다. 임신이 조금도 대수로운 일이 아니었다. 꽃이 열매 맺으려면 암술과 수술, 벌과 나비 등 짝짓기에 직접 관여하는 것 말고도 하늘과 땅의 조화, 바람의 기운이 있어야 하는 것처럼 전후라는 시기는 전쟁 중에 죽고 죽인 엄청난 인명을 벌충하려는 하늘의 뜻 같은 게 축복처럼 형벌처럼 이 땅의 천지간에 미만해 있었다. 내 친구 중엔 벌써 아이를 낳은 애도 있었고 첫애가 백날도 되기 전에 둘째가 들어선 친구도 있었다.

먹고살기도 어렵거니와 미래도 불안하여 터울을 조절하려도 피임법은 불확실하고 남편은 비협조적이었다. 터울 조절은 순전히 중절에 의지할 수밖에는 딴 방법이 없었다. 채소를 솎아주는 것처럼 죄의식 없이 터울을 조절했다. 그 대신 원해서 낳았든, 터울 조절에 실패해서 낳았든 간에 낳은 애기에 대한 모성애는 그 어느 시대보다도 당당하고 극성맞았다. 베이비붐이 하늘의 조화라면 하늘이 어찌 태어나는 생명에게 필요한 양식과 사랑을 딸려 보내지 않았겠는가. 제 몸은 비록 영양 부족일망정 젖이 흔하지 않은 산모는 거의 없었고, 젊은 엄마도 전차 간이건 버스 간이건 사람 많은 데서도 가슴을 풀어헤치고 젖을 물렸다. 젖은 아기의 것일 뿐, 성적 욕망에 민감한 데라는 망측한 생각은 아무도 하지 않았다. 아직도 광주리장수는 여자들의 중요한 생계 수단이었고 무거운 광주리를 이고 다니면 치마말기는 흘러내리고 저고리 도련은 치켜 올라가 젖가슴이 나오는 일은 흔했다. 치마 대신 고무줄 몸뻬 바지를 입고 다니면 더했다. 젖먹이는 거의 엄마들이 업고 다녔고, 업힌 아기는 배고프지 않더라도 심심하면 겨드랑 밑으로 손을 뻗쳐 젖을 만지고 싶어 했다. 고사리손이 엄마의 연적 같은 젖을 주무르는 모양은 그림처럼 아름답고 평화 그 자체였다. 해산달이 아직 멀었는데 시어머니는 동대문 시장에서 소창을 들여다가 새하얗게 마전하고 이불을 꾸미고 배냇저고리를 누볐다. 엄마가 그 소리를 듣더니 그 유난스러운 마님이 외가에서 해줄 것은 아무것도 안 남길 것 같다면서 처네 포대기는 외가에서 맡겠다고 말씀드리라고 했다. 아기를 업고 다닐 때나 필요한 처네도 지금의 보행기만큼이나 꼭 필요한 아기맞이 용품이었다.

옆집 춘희네하고 시어머니는 여전히 한집안처럼 친하게 지냈다. 대문만 나란히 있는 게 아니라 부엌 뒷문까지 나란히 있어서 서로 음식을 퍼 나르기 편했다. 주로 우리 집에서 많이 갔지만 내가 아기를 선다니까 아기 서면 남의 손으로 한 음식이 먹고 싶은 법이라며 꽁치 조림이나 김치 부침 같은 걸 갖다 데밀기도 했다. 그 집 음식에선 라아드(돼지기름)와 버터를 합친 것 같은 양키 냄새가 났다. 라아드를 듬뿍 넣고 끓인 김치찌개는 번들번들 윤기가 흘렀다. 기름기를 충분히 섭취한 춘희 동생들도 까칠하던 피부에 윤기가 돌았다. 내가 미군부대 다니면서 조카들의 얼굴에 버짐이 없어지던 생각이 나서 춘희를 취직시킨 일이 새삼스럽게 잘한 일이다 싶었다. 춘희네 형편이 그 이상 더 나아지지는 않았다. 춘희의 여섯 동생들은 다 학교 다닐 나이였다. 춘희는 제 동생들을 말할 때면 꼭 업어 기른 내 동생들이라고 했다. 동생이 없는 나는 그게 정겹게 들렸지만 동생을 업어 기른다는 게 잘 상상이 안 됐지만 7남매의 장녀라는 게 얼마나 고달픈 일인지는 알 것 같았다. 업어 기르고도 집에 올 때마다 구메구메 동생들 줄 걸 싸가지고 오는 걸 보면 기특하기도 하고 안쓰럽기도 했다. 그건 춘희를 마치 조카딸처럼 귀애하는 시어머니도 마찬가지였을 것이다. 그래서 집에 다니러 와 하룻밤 자고 갈 때는 당신이 데리고 주무셨다. 세 개의 방 중 두 방을 하숙생에게 내주고 여덟 식구가 모여 자던 안방은 춘희 한 사람 빠졌다고 잠자리가 넓어질 것 같지 않은 한 평 반짜리였다. 춘희가 미군부대 근처로 방을 얻어 나가는 걸 식구들이 붙잡지 않은 건 잘 때 숨이라도 제대로 쉬고 싶어서였을 것이다. 아이들은 빨리 자란다. 여섯 아이들이 그동안 자란 몸의 부피를 합치면 춘희의 몸 하나 빠진 자리보다 더 되면 더 됐지 결코 못하지 않을 것이다. 자리를 내주기가 잘못이지 다시는 돌아갈 자리가 없어진 황당함이랄까, 의지가지없는 표정이 역력했다. 시어머니처럼 마음으로부터 그 애를 가엾어하지는 못해도 싫은 내색은 안 하려고 노력했다. 그 애를 미군부대에 취직시켜준 데 대한 불안한 책임감도 있고 해서 그 애가 원할 때는 말동무도 돼주었다. 그러다 보니 흉허물 없는 사이가 되었지만 어느 날 정색을 하고 밖에서 조용히 만나고 싶다고 했을 때는 까닭 없이 가슴이 덜컥 내려앉았다.

동대문시장에서 살 게 있는데 언니가 물건을 잘 고르니까 같이 좀 가달라고 했다고, 춘희가 시어머니에게 말해주었다. 왜 그런 사소한 일에 거짓말을 시켜야 하는지 잘 이해가 되지 않았다. 미리 봐둔 듯 집에서 멀지 않은 동네 다방에 마주 앉았다. 둘이만 마주 앉으니까 그녀를 처음 소개받았을 때 생각이 났다. 그때도 교복을 입고 있는 건 아니었는데도 숨길 수 없는 여고생이었다. 그 미숙한 싱그러움이 남아 있지 않은 게 가슴 아팠다. 볼 때마다 세련돼가는구나 약간은 부러워하며 바라본 모습도 단둘이 마주하고 보니 닳고 닳은 것처럼 보였다. 그녀가 먼저 말을 시켰다.

"언니 보면 신기하더라."

"뭐가?"

"시집살이 잘하는 것도 그렇고, 아니지, 그것보다는 미군부대 다니던 여자가 어떻게 그 재미없는 한국 남자하고 결혼해 사는지 정말 신기해. 나라면 죽어도 못 살 것 같은데."

미군하고 데이트 몇 번 해보고 비슷한 소리 하는 애들을 많이 봐왔기 때문에 그다지 놀랄 일은 아니었다. 그러나 그런 소리 하려고 일부러 보잔 건 아닐 것이다.

"고작 그 얘기 하려고 날 여기까지 불러낸 것 같진 않고……. 용건부터 말해봐."

내가 달래듯이 말하자 춘희의 꾸민 당돌함이 처참하게 무너졌다.

"언니 나 임신했어. 글쎄 그 폴토리칸 피에프씨(PFC, 일등병) 새끼가 날 속여먹었어. 폴토리칸 주제에. 폴토리칸이니까 나 정도면 감지덕지할 줄 알았는데."

"그렇게 무시하면서 어쩌자고 임신까지 했냐? 뭘 바라고."

"그 새끼가 먼저 결혼하자고 했어, 따라다니면서. 한국 남자보다 작고 보잘것없었지만 여자한테 친절한 건 양키 수준이구 헤픈 여자 싫어하는 건 한국 남자 같고. 암튼 정식으로 결혼만 하면 같이 미국 갈 수 있다는 말을 철석같이 믿게 하더라고. 그 새끼하고 처음 잤을 때 그 새끼는 내가 처녀였다는 걸 알고 감격해서 눈물을 다 흘리더라니까. 언니, 나 그 피에프씨 새끼가 처음이었어. 그걸 알아주는 걸 보고 아이가 생겼다면 얼마나 좋아할까 기대했었는데, 글쎄 지가 고작 폴토리칸에다 피에프씨 주제에 암말 안하고, 안아주지도 않고, 벌레 씹은 얼굴을 하고 있더니 결국은 도망가버렸어."

거기까지 말하고는 눈물이 줄줄 흐르는 얼굴을 두 손바닥으로 가리고 탁자 위로 윗몸이 고꾸라졌다. 나는 위로할 엄두도 나무랄 엄두도 못 내고 제풀에 울음을 그칠 때까지 기다렸다. 나도 아이를 가졌다는 게 마음에 걸렸다. 춘희가 내 탓을 하는 말은 한마디도 안 했는데도 나는 그 아이를 미군부대에 취직시켜준 데 대한 꺼림칙한 죄책감을 느꼈다. 내가 아무 말 못 하고 지켜보는 사이에 요동치던 어깨가 잦아들면서 춘희가 고개를 들었다.

"내일 긁어내기로 했어. 언니가 같이 가줘야겠어."

춘희는 언제 울었더냐 싶게 비 갠 얼굴로 단호하게 말했다. 나는 강력한 힘에 덜미를 잡힌 듯한 무력감을 느껐다. 가까스로 어디서 그렇게 할 거냐고 물었다.

"우리 동네."

"뭐, 우리 동네?"

"놀라긴, 설마 내가 우리 집 근처에서 그런 짓 하겠어. 여기 말고 의정부 우리 동네 말야. 여의산데 중절 전문이야. 한번 사고를 쳤다나 어쨌다나 그래서 지금은 야미로 하는데 값도 싸고 잘해. 내가 아는 언니들 죄다 거기 단골이야."

"미장원도 아니고 병원을 어떻게 야미로 하냐. 겁나지 않아?"

"안 겁나, 하나도."

야미든 말든 병원까지 정했다니까 좀 안심이 되었다. 내가 빠질 수 있을 것 같아서였다.

"내가 같이 갈 거 없잖아, 그럼."

"그럼 누구하고 가?"

춘희는 마치 소풍 갈 때는 꼭 엄마가 따라가야 한다고 믿는 소학교 1학년짜리처럼 막무가내로 말했다. 나 느이 엄마 아냐, 그러면서 뿌리칠 수 있으면 간단하련만 그래지지가 않았다. 나는 자신이 답답하여 신경질이 나는 걸 참고 애걸하듯이 말했다.

"꼭 누가 따라가야 하는 거야?"

"혼자서 하다가 잘못돼서 죽기라도 하면, 그래서 그 야미장수 여의사가 얻다 갖다 야미로 묻어버리면? 나 같은 목숨은 그렇게 허무하게 이 세상에서 없어져도 괜찮다는 거야, 뭐야?"

그래서는 물론 안 되지만 그걸 지켜야 하는 게 왜 하필 나여야 하는지, 그녀의 지명指名에 승복할 수 없었지만 아무 말을 못 했다. 정말이지 안 하고 싶었지만 다른 대안이 떠오르지 않았다. 내키지 않는 정도가 아니라 만약 그녀가 말한 최악의 경우가 생길 경우 나는 꼼짝 못 하고 야미 여의사하고 공범자가 되어 끔찍한 일을 저지르게 될지도 모른다는 생각까지 들었다. 임신 중인 여자에게 그런 부탁을 하다니, 떳떳하지 못한 아기를 밴 여자의 떳떳한 아기를 밴 여자에 대한 질투가 아닐까 하는 고약한 생각까지 들었다. 야미가 좋아서 할 사람이 어디 있겠는가, 돈 때문이지. 빠른 시간 안에 그 정도나마 머리가 돌아간 건 다행이었다. 애걸하다시피 설득을 해서 간판 건 병원에서 면허증 있는 의사한테 하되 야미보다 더 들어가는 비용은 내가 부담하기로 했다. 거기까지 머리를 굴리는 동안 그녀가 혐오스러워 돌아버릴 것 같았지만 식구들한테 일러바치겠다는 소리는 안 했고, 그럴 생각도 없었다. 춘희도 비밀로해달라는 부탁 같은 건 하지 않았다. 신기하게도 서로 그정도의 신뢰감은 남아 있었다. 중절 경험이 있는 친구를통해 마땅한 병원을 알아내어 소개를 해주었는데도 춘희는 나하고 같이 가달라고 했다. 같이 가주기만 하는 게 아니라 수술하는 자리에 같이 있어줘야 한다는 것이었다. 양공주 친구 중에 소파 수술을 하고 왔는데도 배가 조금씩불러오더니 배 속에서 꼼지락대기 시작해서 병원에 다시가봤더니 덜 긁어냈다고 하더라는 것이었다. 지금 다시 긁어내는 건 살인이고, 산모의 목숨도 책임질 수 없다고 해서 낳으면 고아원에 보낼 작정으로 산달을 기다리고 있는데 다리나 팔이 하나 없는 병신이 나올까 봐 허구한 날 그걱정이라고 했다.

"그 언니 얼마나 불쌍하다구. 온전한 애면 눈 딱 감고고아원에 보내겠는데, 만약 병신 자식이 나오면 그걸 어떻게 떼어 보내냐고, 삼신할머니한테도 빌고, 교회당에도 나가고 그런다우. 그동안 돈도 못 벌면서. 얼마나 안됐다고.

이왕 돈 많이 들여서 하는데 그 꼴 나지 않게 언니가 지켜
봐줘야 해."

야미는 아니라지만 뒷골목의 허술한 병원이었다. 중년
의 남자 의사는 싫증이 잔뜩 난 표정을 짓고 있었다. 싫증
도 툭 건드리면 터질 수도 있다고 그 남자는 말하고 싶은
지도 몰랐다. 우선 진찰부터 해야 된다는 소리도 의사가
하지 않고 간호부가 했다. 진찰실 옆으로는 조선 기와를
인 안채가 보였고 수도가 있는 마당에는 빨래가 널려 있
었고, 장독대도 보였다. 간호부는 식모를 겸하고 있을지도
모른다는 생각이 들 정도로 소독약보다는 행주 냄새가 날
것 같은 인상이었다. 간단한 문진을 하는 동안도, 진찰실
로 가는 동안도 춘희는 내 손을 꼭 붙잡고 놓아주지 않았
다. 진찰실 앞에서도 그녀가 내 손을 놓지 않길래 나는 구
원을 청하듯이 간호부와 눈을 맞췄다. 간호부는 홍, 네가
남편이라도 되냐, 꼴좋다, 하는 듯한 비웃음만 지어 보이
고 말리지 않았다. 그리고 그녀를 휘장 친 뒤로 데리고 들
어갔다. 나도 산부인과 진찰을 한번 받아봤기 때문에 거기
까지는 놀라지 않았다. 산부인과 진찰실의 시설은 큰 병원
과 별로 다르지 않았다. 내가 당한 것과 똑같은 자세로 춘

281

희가 진찰대 위에 눕혀졌다. 내 동성同性이 그러고 누워 있
다는 것만으로도 남자 의사 보기가 민망해서 눈 내리깔
고 춘희 머리맡만 지켰다. 진찰대가 그냥 수술대가 될 줄
은 몰랐다. 간호부는 여러 가지 모양의 쇠붙이를 춘희 발
치로 대령하면서 전신마취를 할 거냐, 국소마취만 할 거냐
고 물었다. 어떻게 다르냐고 춘희가 가랑이를 벌린 채 물
었다. 국소마취는 통증을 느끼지만 회복이 빠르고 전신마
취는 아무것도 모르고 있다가 깨어나지만 회복이 느리다
고 했다. 국소마취는 많이 아프냐고 춘희가 물었다. 참을
만하다고, 독한 여자는 국소마취도 안 하고도 잘만 한다
고 간호부가 대답했다. 왜요? 춘희가 다시 물었다. 나도 모
르지, 돈이 아까워서 그러는지 그날로 영업을 하려고 그러
는지, 간호부가 슬쩍 반말지거리로 대답했다. 국소마취로
해주세요. 춘희가 대답했다. 왜? 내가 놀라서 물었다. 조금
아파도 참을 수 있어. 보고 있을 거니까. 뭘 보겠다는 건지
춘희의 눈이 유난히 초롱초롱해서 내 마음을 섬뜩하게 했
다. 마취 주사를 놓고 수술이 시작됐는지 춘희가 아야, 아
야 가늘게 신음했다. 조금만 참아, 곧 끝날 테니까. 의사가
반말지거리를 했다. 나는 춘희의 손을 꼭 잡았다. 춘희는

내 손을 뿌리치면서 가서 지켜보지 않고 뭘 하냐고 소리 내어 야단을 쳤다. 의사가 처음으로 웃으면서 보고 싶으면 와보슈 했다. 춘희로부터 산부인과 병원에 같이 가달라는 부탁을 듣고 나서 여태까지 걱정한 게 바로 그 순간이었다는 걸 알 것 같았다. 잘하면 피할 수 있을 줄 알았는데 피할 수 없었다.

내 몸에도 같은 기관이 있을 텐데 나는 여자의 성기의 전모를 보는 게 그때가 처음이었다. 여자들은 왜 타인에게 자기 몸의 일부를 적나라하게 드러내 보일 수는 있어도 자기 눈으로 볼 수는 없는 것일까. 자신의 뒤통수는 볼 수 없다지만 뒷거울로 볼 수가 있다. 거울을 사용하면 자신의 성기도 볼 수 있을지 몰라도 나는 한 번도 그걸 시도해본 적이 없다. 궁금하게 여기지도 않았다. 제 몸의 일부건만 마치 없는 것처럼 자신에게조차 감추고 살았다. 눈부시게 밝은 불빛 아래 샅샅이 드러난 여성 성기는 아름답지도 추하지도 신비롭지도 않았다. 마치 검은 털을 가진 짐승의 상처처럼 다만 검붉고 처참했다. 의사는 상처의 가장 깊은 구멍에다 금속으로 된 대롱 같은 걸 박고, 그 관을 통해 자루가 긴 약숟가락처럼 생긴 쇠붙이로 분홍빛으

로 흐느적대는 내장 같은 걸 조금씩 조금씩 긁어내고 있
었다. 자궁이라는 신비한 궁이 외부에서 저렇게 가까이 직
통으로 연결돼 있을 줄이야. 춘희는 신음 소리를 참지 못
하면서도 제 아랫도리를 들여다보고 있는 나한테서 눈을
떼지 않았다. 춘희는 지금 나를 통해 제 아랫도리를 들여
다보고 있다고 생각했다. 다 끝났다고 간호부가 말했다.
정말이냐고 춘희는 나에게 물었다. 나는 고개를 끄덕이며
수고했다고 말했다. 수고란 말이 합당한지는 모르지만 달
리 위로할 말이 없기도 했고 자신에 대한 안도의 표시이기
도 했다. 정말? 그렇게 아파하고도 부족한지 미진한 듯 물
었다. 의사가 나 대신 깨끗하게 끝났다고 말해주었다. 간
호부가 부축해서 보통 침대가 놓여 있는 옆방으로 데려다
눕혔다. 간호부가 나간 사이에 춘희는 나에게 아기가 어
떻게 생겼더냐고 물었다. 나는 기가 막혀서 눈을 흘겨주었
다. 눈을 감고 조금 있다가 또 물었다. 콩알만 해? 나도 의
학 책 같은 데서 콩알만 한 머리에 올챙이 꼬리 같은 하체
가 달린 태아의 그림을 본 적이 있었다. 춘희도 그런 걸 본
모양이다. 의사가 긁어낸 핏빛 점액질 안에 그런 형태는
보이지 않았다. 그걸 확인하지 못한 게 조금씩 불안해지기

시작했다. 만일 태아의 일부가 조금이라도 남아서 자라게 되면 춘희는 어떻게 되고, 나는 무슨 면목이란 말인가. 고생은 고생대로 하고 책임을 완수하지 못한 게 꺼림칙했다. 춘희는 눈 감고 누워 있고 나는 그 옆 의자에서 춘희 옆구리 곁으로 엎드려 있는데 간호부가 우유를 한 컵 들고 들어와서 이제 가도 된다고 했다. 이거나 마시고 빨리 꺼지라는 듯한 태도였다. 걸어갈 수 있을까요? 물었더니 나를 같잖은 듯이 바라보면서 장바구니 들고 와서 긁어내고 장 봐가지고 가는 여편네도 많다고 했다. 춘희가 벌떡 일어나더니 우유를 벌컥벌컥 마셨다. 그러고는 씩씩한 목소리로 말했다.

"언니, 고마워. 수술 제대로 된 것 같아. 우유는 보기만 해도 구역질이 나서 임신인 줄 알았었는데 지금은 우유가 맛만 있네. 배 속에서 그거 없어졌다고 어쩌면 이렇게 금방 달라지지."

춘희는 종기라도 짜낸 것처럼 개운한 얼굴로 침대에서 일어나 비틀거리지도 않고 걸어 나갔다. 나는 그래도 춘희를 혼자 보낼 수가 없어서 종로 5가에 있는 시외버스 정류장까지 바래다주었다. 일주일쯤 있다가 집에 다니러 온 걸

보니 건강해 보였다. 아무렇지도 않아, 정말. 춘희는 내가
묻지도 않았는데 정말 아무렇지도 않다는 걸 강조했다. 아
이 떼는 수술이 아무렇지도 않다는 건지, 외국 군인한테
가랑이를 벌리는 게 아무렇지도 않다는 건지 분명하지 않
았다. 아마 둘 다일 것이다. 그 둘이 상쇄하지 않으면 아무
렇지도 않을 수가 없는 것이다. 미군부대에는 아직도 다니
고 있는 건지 그만두고 전문으로 양색시 노릇에 나섰는지
도 알 길이 없었고 궁금하지도 않았다. 그보다는 그 후에
도 여러 날을 짐승의 상처처럼 검붉은 춘희의 성기가 뇌리
에서 지워지지 않았다. 그건 짐승의 상처일 뿐 성기는 아
니었다. 아직도 나는 엄연한 나의 몸의 일부에 대해 아무
것도 안다고 할 수가 없었다. 그건 여전히 가려져 있었다.
심지어는 나는 그 나이까지 우리말 속에 존재하는 여성
성기의 이름을 한 번도 입에 담은 적이 없었다. 식구들이
그걸 입에 담는 걸 들은 적도 없었다. 그렇다고 그 이름을
모르는 건 아니었다. 남이 입에 담는 걸 들으면 알아들었
으니까. 알아듣기만 한 게 아니라 그걸 입에 담는 사람을
혐오하고 경멸하는 마음까지 품었다. 나는 그럼 그렇게 순
진무구한가. 나는 내가 얼마나 까졌는지 알고 있었다. 주

로 미군부대에서 얻어들은 성적 지식이 너무나 다양해서 그렇게 생각하고 있었지만 그건 자신에 대한 오해일 수도 있었다. 몰라도 될 것을 너무 많이 알고 알아야 될 것은 모르고 있는지도 모른다는 생각이 자꾸만 들었다. 춘희는 그럼 폴토리칸 일등병을 감동시켰다고 믿은 처녀성의 정체인 처녀막이라는 걸 본 적이 있을까. 그 신성한 건 내장에 속하는 걸까 외모에 속하는 걸까. 나는 무지나 호기심의 결여를 경멸해왔다. 자신의 성기를 본 적이 없는 건 그게 보기 불편한 데 위치해 있기 때문이라기보다는 호기심이 없었기 때문일 것이다. 아무리 호기심이 왕성한 사람도 폐나 허파, 위나 장 등 내장을 보고 싶어 하지는 않는다. 쥐새끼도 내장을 터뜨리고 죽으면 온전한 죽음보다 더 오래 방치된다.

남의 성기이긴 하지만 내장의 일부처럼 비밀을 보장해주고 싶었던 기관을 봐버린 것은 아직 백치 상태로 남아 있던 내 정신의 일부가 화들짝 놀라 깨어나게 하는 계기가 되었다. 나는 그 남자와 자보고 싶은 걸 여러 번 잘 참아냈다. 그건 처녀성을 신성시하거나 그 값어치를 대단하게 여겨서가 아니었다. 만약 순결성이라는 것을 그렇게 귀중하게 여겼다면 오히려 그 남자에게 주고 싶었을 것이다. 내가 남녀의 성에 대해 확실하게 알고 있는 것은 같이 자면 여자에게 애가 생길 수도 있다는 것, 오직 하나뿐이라고 해도 과언이 아니었다. 결혼하기 전에 애를 갖는다는 게 얼마나 끔찍한 일인지, 그 부모가 생전 얼굴을 들고 다닐 수 없는 집안 망신은 물론 본인도 목을 매거나 물에 빠져 죽을 수밖에 없었다는 이야기를 슬쩍 흘리는 게 우리 집안의 성교육의 전부였다. 결혼하고 가장 좋았던 건 임신의 공포로부터 놓여난 거였다. 책을 통해 어설프게 배운 피임법을 써먹고 있긴 했지만 아직은 아이 엄마가 될 준비가 안 됐다는 앙탈 정도였기 때문에 그 불확실성이 그다지 문제되지 않았다.

결국은 임신이 되고 말았고 친정 시집 식구들이 다 좋아하니까 이왕 낳을 거 더 오래 미루지 않길 잘했다고 생각하고 있었다. 그 남자하고 산지기 집으로 놀러 가려고 할 때 나는 그 남자와 한번 자보기로 작심을 하고 있었다. 꼭 그래야만 첫사랑의 주술로부터 놓여날 수 있을 것 같았다. 임신하면 어떻거나 하는 생각은 손톱만큼도 안 했다. 왜냐하면 결혼한 몸이기 때문에. 만약 그날 그 남자에게 그런 불행이 닥치지 않아 내가 목적을 달성하고 왔더라도 지금 내가 이렇게 떳떳하고 편안하게 임신부 노릇을 할 수 있을까. 임신한 시기를 꼽아보니 그 남자와 놀러 가기로 한 날을 전후한 며칠에 해당됐다. 만일 그 남자와 잤더라면 어쩔 뻔했나. 내가 꿈꾼 불륜은 실은 완전범죄였기 때문에 그 생각만 하면 오금이 저리고 식은땀이 났다. 나는 정숙하지 못한 여자인 것은 확실했지만 내 아기의 아빠가 누구인지 밤낮으로 의심하는 걸 견딜 수 있을 것 같지는 않았다. 그 아빠가 벌어 오는 밥을 먹고 희희낙락 자식의 재롱을 보고 착한 사람 되라고 가르칠 자신이 없었다. 설사 남편을 생전 속여먹을 수 있다 해도 내 마음의 지옥으로부터 놓여나는 날은 없었을 것이다. 나는 잔인하게도 그날 그 남자에게 그 무서운 일이 일어난 걸 감사하고 있었다.

대학로가 눈물겹게 아름다웠다. 그 남자가 다시는 세상을 볼 수 없다는 걸 안 날도, 마지막으로 혼자 문병을 가 본 날도 나는 집까지 느릿느릿 걸어왔었다. 먼 거리는 아니었다. 며칠 사이에 대학천을 향해 늘어진 개나리가 지고 맞은편 의대 마당에선 라일락이 향기를 뿜어내고 있었다.

라일락 향기를 깊이 들이마시면서 구원받은 것처럼 느꼈었다. 그 남자가 볼 수 없는 아름다움이라면 나도 평생 거부하면서 살아야 할 것처럼 여겼기 때문에 아름다움엔 향기가 있다는 게 구원처럼 고마웠던 것이다. 그 남자도 온갖 아름다운 것의 향기는 맡을 수 있으리라. 그 남자는 그토록 사랑한 음악을 계속해서 들을 수 있을 것이며 우리가 함께 사랑한 꽃 피는 봄, 낙엽 지는 가을의 정경, 동대문시장의 번영, 사람들의 먹고살기 위한 경쟁의 치열함 그런 것들도 그의 망막에 지워지지 않고 남아 있을 것이다. 그런 자기 위안조차 실은 지어먹은 마음이었다. 아기가 배 속에서 자라는 걸 느끼면서 덩달아서 변하는 내 마음의 변화가 만약 모성애라는 거라면 모성애란 얼마나 이기적인 감정인가. 짐승도 새끼를 낳을 때가 되면 안전하고 폭신하고 은밀한 산産 자리를 보아놓거나 꾸며놓거나 할 것이다. 인간은 짐승보다 우위에 있다는 교만으로 따뜻한 온돌방에 폭신한 솜이불 외에도 마음의 평온까지를 준비해야만 했다. 그 남자에게 마음이 가 있다는 건 치명적인 발톱에 육신의 일부가 물려 있는 것처럼 불편한 일이었다. 나는 그 남자와 같이 보며 즐거워했던 것들을 혼자서도 새롭게 마음속 깊이 느낄 수 있게 되었고, 공기처럼 고마운 줄 몰랐던 시어머니의 인자한 마음과 남편의 관대함이 내 아기를 끼고 늘어지게 낮잠을 잘 수 있는 이부자리처럼 편하게 느껴졌다.

산달이 초겨울이어서 시어머니도 친정 엄마도 산파를 대서 집에서 낳기를 주장했다. 산모가 추운 겨울에 따뜻한 온돌방에서 산후조리를 할 수 없다는 걸 두 노인들은 상상도 하기 싫어했다. 아마 춘희가 소파수술 하는 광경을 보지 못했더라면 누가 뭐라든 병원에서 낳겠다고 고집을 피웠을 것이다. 병원에서고 집에서고 분만하는 걸 본 적은 없지만 병원 분만이면 떠오르는 것이 가랑이를 최대한으로 벌려야 하는 수술대와 비꼬는 듯 경멸하는 듯한 의사의 표정이었다. 그게 혐오스러워 순순히 집에서 낳겠다고 했지만 그것으로 해산 준비가 완료된 건 아니었다. 박수무당의 지시가 남아 있었다. 박수는 우리가 하고 있는 만반의 준비에 별로 험 잡을 데가 없었는지, 엉뚱한 지시를 내렸다. 병원에 안 가고 집에서 낳기로 한 건 백번 잘한 일이나, 안방도 안 좋고, 건넌방도 안 좋고 제3의 방에서 낳아야 아이가 무탈하게 자란다고 했다. 안방은 시어머니가 쓰고 건넌방은 우리 내외가 쓰는 방이었다. 안 쓰는 제3의 방은 한 칸짜리 문간방밖에 없었다. 허섭스레기를 넣어두었던 문간방을 치우고 도배를 하고 법석을 떨었다. 박수무당의 간섭에 의해 불필요한 요란을 떠는 걸 속수무책으로 구경하면서 마치 엉뚱한 사람들이 배 속의 아기의 소유권을 주장하고 나서는 것 같은 불쾌감과 불안감을 느꼈다. 다행히 예정일 전에 만나본 산파의 진찰하는 태도는 따뜻하고 인간적이었다. 젊은 나이에 과부가 된 후 산파 수업을 받아 자립할 수 있었고, 남매가 둘 다 좋은 중학교에 다닌다고 자랑했다. 산파의 출신 학교도 나의 모교와 같았다. 그런 조건들이 산파에 대한 신뢰감을 더했다.

진통은 과연 인간이 견딜 수 있는 고통의 극한이었다. 산파에 대한 신뢰감이 없었다면 끝까지 참아내지 못했을 것이다. 열두 시간이 넘는 혹독한 진통 끝에 건강한 아기를 분만했다. 다들 순산이라고 좋아했다. 그게 순산이라면 난산은 도대체 어떤 것일까. 친구들이랑 직장 동료들한테 순산이라고 떠벌릴 생각을 하면 남편의 얼굴을 북북 할퀴어놓고 싶었다. 내 몸을 무자비하게 찢고 나온 핏덩이는 영악한 건지 삼한 건지 악바리같이 울어댔다. 시어머니는 첫국밥을 지어다 내 머리맡에 놓고 두 손바닥을 둥글게 부비며 삼신할머니한테 중얼중얼 빌기 시작했다. 아기는 그저 먹고 자고, 자고 먹게 해주시고, 어미는 아기가 먹어도 먹어도 남게 철철 젖이 샘솟게 해달라고 빌고 나서 그 첫국밥을 나에게 먹으라고 했다. 젖이 잘 돌게 하려면 밥은 남겨도 미역국은 한 사발을 다 먹어야 한다는 것이었다. 기저귀 배내옷 포대기를 비롯해서 아기에게 필요한 모든 것이 준비돼 있었지만 정작 먹을 것은 모유 외의 아무런 대안이 없었다. 비락우유라는 외제 분유가 한국 시장에 들어와 있긴 해도 고가이고 젖병 등을 위생적으로 취급하는 데 미숙해서 산모가 젖이 안 나온다는 건 상상하기도 싫은 재난이었다. 나의 가슴은 아직도 사춘기 소녀처럼 미숙했다. 엄마는 계집애 못된 건 젖통만 크다고 가슴이 풍만한 처녀를 경멸하는 소리를 잘했기 때문에 나는 내 빈약한 가슴을 근심하거나 수치스러워한 적이 없다. 시어머니도 젖은 자꾸 빨리면 나오게 돼 있으니 걱정 말라고 나를 위로했다. 나는 젖이 안 나올까 봐 걱정하는 게 아니었다. 젖을 통해 꼼짝없이 아기에게 매여 있을 생각을 하니 기가 막혔다. 나는 옆에 누워 있는 핏덩이가 하나도 예쁘

거나 소중하지 않았다. 낳아놓기만 하면 모성애는 저절로 우러나는 건 줄 알았는데 전혀 아니었다. 저것 때문에 아무 데도 자유로 갈 수 없고, 정 가고 싶으면 달고 다녀야 할 생각 때문에 나는 수렁처럼 깊은 우울증에 빠졌다. 헤어날 수 있을 것 같지 않은 우울증이었다. 모성애가 우러나기는커녕 일생일대의 돌이킬 수 없는 실수를 했다는 생각까지 들었다. 나는 배고파하는 아기에게 등을 돌리고 누워서 서럽게 울었다. 아기가 불쌍해서가 아니라 잃어버린 자유 때문에 우는 자신을 마녀처럼 느꼈다.

내가 모성애라고 믿는 감정은 내 가슴이 부풀면서 젖이 샘솟기 시작하고 나서도 한참 후였다. 아기가 안 나오는 젖을 악착같이 빤 지 사나흘이 되자 아기 목구멍으로 젖이 넘어가는 소리가 들리기 시작했다. 빈 젖을 빠는 것하고 확연히 달랐다. 비록 몇 모금의 빈 젖 빨기 끝에 간신히 한 모금 넘어가는 소리였지만 그 작은 것의 살려는 의지의 집요함이 섬뜩하기도 하고 측은하기도 했다. 두이레를 지나자 내 가슴이 짜릿짜릿하면 젖이 붓는 징조고, 또한 아기가 배고파하고 있다는 신호라는 것도 알게 됐다. 젖통을 통해 아기와 얼마나 긴밀하게 연결돼 있는지 인정하지 않을 수가 없었다. 내가 잃은 자유의 부피가 얼마만하다는 걸 삼신할머니가 보여주려는 것처럼 내 가슴은 무섭게 부풀어 올랐다. 정말로 먹어도 먹어도 넘치게 젖이 샘솟았다. 아기가 한쪽 젖을 빨면 다른 한쪽이 넘쳐흘러 치마말기를 흥건히 적셨다. 나는 부끄러움 없이 양쪽 가슴을 활짝 드러내고 한쪽은 아기에게 물리고 한쪽은 착유기로 한 사발씩 뽀얀 젖을 짜내지 않으면 안 되었다. 시어머니는 이런 나를 이젠 마음 놓았다는 듯이 바라보며 아기가 먹을 복을 많이 타고났다고 모든 공을 아기에게 돌렸다. 삼칠일이 지나면서 토실토실 살이 오르기 시작한 아기는 백날을 바라보면서 황홀하게 예뻐졌다. 집안에 웃음이 넘쳐흘렀다. 뭐니 뭐니 해도 인화초가 제일이라는 시어머니의 표현도 듣기 좋았다. 여태까지 웃은 건 다 가짜 웃음이었던 것 같은 생각이 들 정도로 아기를 보고 웃는 웃음은 어떤 잡생각도 섞이지 않은 희열 그 자체였다. 내가 잃은 자유가 비로소 하찮게 여겨졌다. 더 행복해지길 바라지 않을 정도로 완벽한 행복감은 두 식구가 세 식구가 됐다는 안정감 때문이기도 했다. 여태까지 시어머니를 우리 식구가 아니라고 생각해본 적은 없었다. 그러나 그 세 식구는 부부가 가정이 되기 위한 최소한의 안정된 숫자인 셋에 해당되지 않았다.

아기는 백날 잔치를 한 후에도 계속해서 예뻐졌다. 아기에게 젖을 물리고 눈을 맞추고 있으면 이렇게 예쁜 아기는 이 세상에 없을 것 같은 만족감보다 더 큰 기쁨을 느꼈다. 그건 우리 아기는 장차 절대로 나쁜 사람은 될 수 없다는 확실한 예감이었다. 출세를 할 거라느니, 돈을 많이 벌 거라느니 하는 생각은 조금도 들지 않았다. 이 아이는 선한 사람이 될 것이다. 그리하여 이 세상의 모든 좋은 것, 아름다운 것과 교감하고 느끼고 구가할 것이다. 나는 내가 창조한 사랑하는 자식에게 온 세상을 준 것이다. 나는 자신있게 그걸 믿었다. 아기에게 젖을 물리는 것도 좋아했지만 업는 건 또 얼마나 좋은지. 아기도 업히는 걸 좋아했다. 처네를 둘러 아기를 업으면 아기의 얼굴은 볼 수 없지만 아기의 온몸이 느껴졌다. 좋으면 어깨에 두 손을 얹고 사정없이 엉덩방아를 찧기도 하고, 사방을 두리번거리던 둥근 머리를 등에 안락하게 기대고 잠들기도 하고, 등에다 사정없이 오줌을 싸기도 했다. 아기가 무얼 하든 심장의 건강한 고동을 직접 내 몸으로 느낄 수 있었다. 시어머니도 아기를 업고 다니기를 좋아했다. 아기를 업으면 골목 안의 어떤 집에나 거리낌 없이 마실을 다닐 수 있어서 좋다고 했다. 아기는 골목 안의 인기를 독차지하고 있다고 시어머니는 자랑했다. 동네 한 바퀴 돌고 오면 재롱이 하나씩 늘었다. 곤지곤지, 짝짝꿍, 쥐암쥐암을 가르친 건 내가 아니라 골목 안 식구들이었다. 시어머니가 업고 다닌 덕택으로 아기는 낯을 안 가리고 아무나 좋아했다. 특히 자기 또래의 아기만 보면 악수를 하거나 볼을 부벼야만 만족해했다. 아기가 가장 먼저 알아들은 말도 엄마 아빠 맘마 다음으로는 악수와 뽀뽀였다. 아기는 식구들과 동네 사람뿐 아니라 꽃과 나무와 멍멍이도 좋아했다. 아기가 좋은 것을 보고 온몸으로 좋아한다는 감정 표현을 할 때 인간이 행복이라 부르는 것의 원형을 보는 것 같았다. 나는 우리 아기가 천재라고 생각했다. 좋은 것을 향한 감수성이 활짝 열린 아이, 그 이상 무엇을 바라겠는가.

14

건강한 부부의 정상적인 부부 생활과 전쟁을 치른 민족
에 대한 특혜인지 천벌인지, 아무튼 천지간에 감도는 특별
한 에너지라고밖에 달리 해석할 길 없는 폭발적인 베이비
붐에 힘입어 10년도 안 되는 사이에 나는 네 아이의 엄마
가 되었다. 남편도 나도 막내라 그런지 양쪽 어머니들 말
에 의하면 네 살 때까지 젖을 먹였다고 해서 나도 내 새끼
한테 그렇게 해주고 싶었지만 돌만 지나고 나면 애가 들
어섰다. 애가 들어서면 젖이 안 나와 그때부터는 시어머
니가 떼어다가 데리고 자면서 이유식이고 뭐고 없이 곧장
밥을 먹였다. 젖 먹던 아기에게 처음부터 된밥을 먹이기가

안됐다 싶었는지 당신 입에 넣고 일단 한 번 꼭꼭 씹어서 아기 입에 넣어주었다. 아기는 할머니 침으로 충분히 버무려진 밥을 넙죽넙죽 잘도 받아먹으며 젖살은 내리고 뼈대가 단단해졌다. 때맞춰 예방주사를 잘 맞아서 그런지 잔병치레 없이 잘 자랐지만 아이마다 종기나 부스럼이 잘 났다. 아마 전후의 비위생이 도처에 남아 있어서 그랬을 것이다. 특히 인구 밀집 지역인 그 동네엔 고 또래 아이마다 머리통이나 이마빡에 종기를 달지 않은 아이가 거의 없었다. 저절로 종기가 나기도 하고 모기에 물린 자리가 종기가 되기도 했다. 종기엔 그저 이명래 고약이 제일이었다. 종기는 섣불리 건드리지 말고 침을 묻혀가며 넓게 편 고약 한가운데다 근 빼는 약을 녹두알만큼 붙여서 종기 위에 붙여두고 종기가 농익기를 기다렸다가 짜주면 근이 쏙 빠지고 곧 아물었다. 나는 그 일을 아이가 안 아프게 잘했을 뿐 아니라 즐겨 했기 때문에 남편은 종기 짜는 일을 나의 취미 생활이라고 놀렸다. 시어머니는 특히 이명래 고약의 효능을 해방 후의 만병통치약인 페니실린이나 다이아찡보다 더 높이 쳐주면서 놀라워했다. 남편도 어려서 그렇게 종기가 잘 났다고 했다. 그래서 손자들이 자기 아들의 그런 체질을 물려받은 것까지도 신통한 모양이었다. 아들의 종기를 치료한 얘기가 엽기적이었다. 목덜미에 나는 악성종기는 목숨까지도 위태롭게 한다고 해서 고름을 입으로 빨아내서 고쳤다고 했다.

식구가 일곱 식구가 되면 밥상머리도 난리였다. 시어머니는 아우 본 아이에게 왕년에 종기 빤 입으로 밥을 씹어 먹이랴, 국그릇 엎지를까 봐 떼어놓으랴, 당신도 잡수시랴, 밥이 어디로 넘어가는지 몰랐을 테지만, 나 역시 가슴을 헤치고 갓난쟁이한테는 젖을 물린 채, 숟갈질만 겨우 하는 아이에게 젓갈로 반찬 놔주랴, 큰아이에겐 골고루 먹으라고 야단치랴, 아이들이 흘린 거 주워 먹으랴, 내 밥이 어디로 들어갔는지 과연 먹긴 먹은 건지 헷갈릴 때가 많았다. 이 아귀다툼에서 남편은 제외시키는 게 내가 할 수 있는 최대한의 남편 대접이었다. 일요일을 제외하고는 남편은 먼저 먹여서 출근을 시키고 저녁은 우리가 먼저 먹고 남편 상은 따로 봐놓고 기다렸다. 식구가 늘면 느는 대로 먹고살 만큼 주급을 챙겨주고 식량이 가장 싼 추수기에 1년 먹을 양식 들여놔주고 연탄이 가장 질 좋고 싼 여름철에 방방이 1년을 때고도 남을 연탄 들여놔주는 가장,

누가 뭐라고 하든 자기 어머니 용돈은 변함없이 새 돈으로만 드리는 아들, 내 입에서 안따노 오까아상 소리만 나오면 금방 코를 골 수 있는 음흉한 남자, 처가를 도울 일이 있을 때는 왼손이 하는 걸 오른손이 모르게 하는 사위, 조강지처에 대한 확고한 믿음을 가진 남편, 그런 가부장의 가치를 존중해주고 싶었다.

그때만 해도 초상이 난 집에서는 큰 소리로 곡을 할 때였다. 특히 아이들을 다 길러놓기 전에 남편이 먼저 죽은 상갓집에선 과부들의 곡성이 처절했다. 과부들은 대개 이 아이들을 데리고 나 혼자 어떻게 살라고, 서럽게 넋두리를 하면서 울었다. 사랑 때문에 우는 게 아니라 제 살 걱정, 결국은 생활비 때문에 우는 과부들을 나는 지겨워하며 경멸했었다. 지금은 아니었다. 술을 좋아하는 남편이 통금이 임박한 시간까지 안 들어오면 찻길에서 집까지 들어오는 동안 두 군데나 열린 채 방치돼 있는 맨홀 구멍 먼저 떠올랐다. 실제로 맨홀 구멍에 빠져 죽은 사고사가 연탄가스 중독사보다는 덜해도 꽤 될 때였다. 만약 사고로 남편이 먼저 간다면 나도 별수 없이 이 애새끼들하고 날더러 어찌 살라고, 하면서 울부짖었을 것이다. 내가 그렇게 형편없다는 걸 인정하면서도 내가 먼저 죽었을 때 남편 또한 틀림없이 이 아이들을 나 혼자 어떻게 기르라고, 하면서 통곡하리라는 믿음이 위안이 되었다.

첫애가 국민학교에 입학할 때는 남편이 백화점에서 멋있는 아동복을 사 왔다. 남녀의 성을 구별할 수 없는 아동복을 그 아이는 창피하다고 좋아하지 않았다. 그 애가 그 옷을 좋아하게 하려고 집에서 입혀보면서 식구들이 온갖 찬사를 아끼지 않았다. 아이고, 관옥 같은 내 새끼, 시어머니는 어찌나 감동을 하는지 우시는 게 아닌가 걱정이 될 지경이었다. 앞으로 보나 뒤로 보나 특별했다. 그 어느 누구하고도 헷갈릴 수 없는 군계일학이었다. 나는 가슴이 뿌듯하게 자랑스러웠다. 학교는 집에서 멀지 않은 역사 깊은 공립학교였지만 베이비붐이라는 걸 실감하게 대만원이었다. 한 반에 7, 80명을 처넣고도 3학년까지 2부제 수업을 하고 있었다. 2부제가 보통이고 3부제까지 하는 학교도 있다고 했다. 입학식은 운동장에 오전 오후반을 함께 모아놓고 하니까, 아이들보다 더 많은 학부형하고 섞여 운동장은 발 디딜 틈이 없었다. 미리 받은 반 배정표를 따라 내 아이를 해당 반 팻말 앞에 세우고 가상이로 물러났다.

아이는 변변치 못하게도 내 치마꼬리를 붙들고 안 놔주려고 해서 나는 무서운 얼굴로 아이를 위협하지 않으면 안 됐다. 멀리서도 내 아이는 눈에 띄었다. 좋은 옷을 입어서도 잘생겨서도 아니었다. 내 아이는 과연 특별했다. 특별히 잘난 게 아니라 멀리서도 눈에 띄게 특별히 어리버리했다. 앞으로 나란히도 제대로 못 하고 열중쉬어도 따라 하지 못했다. 딴 아이들은 다 앞을 보고 있는데 한눈파는 애가 있어서 보면 우리 애였다. 달리 한눈을 파는 게 아니라 엄마가 어디 있나 해서 찾는 거였다. 엄마 여기 있다고 손짓을 해 눈을 맞추면 영락없이 눈물이 그렁했다. 일주일 동안 운동장 수업을 하는 동안은 엄마들이 따라와도 되지만 교실 수업을 시작하면 절대로 따라오지 말라고 했는데 이를 어쩌나? 나는 아이가 교탁 위에서 선생님이 하는 유희나 노래를 따라 할 생각은 않고 엄마만 찾는 걸 볼 때마다 앞으로 제 교실도 못 찾아 들어갈 것 같아 가슴이 덜컹 덜컹 내려앉곤 했다. 내 아이는 선생님이 특별히 신경 써주지 않으면 지진아로 처지는 건 시간문제일 것 같았다.

국민학교에 치맛바람이 일기 시작할 무렵이었다. 틈만 나면 선생님 둘레엔 엄마들이 모여들어 자기 아이에 대한 좋은 인상을 심어주려고 온갖 아양을 다 떨었다. 무슨 할 얘기들이 그렇게 많은지, 내 차례가 오기를 뒤에 서서 기다리고 있노라면 변변치 못하기가 모전자전이라는 열등감을 느끼곤 했다. 남들이 하는 대로 돈 봉투도 건넬 줄 알게 되고 나서도 아이가 학교 갔다 오면 선생님이 네 이름 아시던? 그거 먼저 궁금해하곤 했다. 아이의 대답은 몰라, 로 일관했다. 선생님이 제 이름을 아직도 모른다는 건지 선생님이 제 이름을 아는지 모르는지 제가 모른다는 건지 알 수가 없었다. 그것까지 캐묻지 않고 넘어가버리는 것은, 나하고는 다른 아이의 무심함이 오히려 고마워서였다. 아이는 아무래도 군계일학은 아닌 듯했고, 특별한 걸 좋아하는 취향도 아닌 것 같았다. 아빠가 사다 준 귀티 나는 옷도 입학식 날 딱 하루 입고는 더는 안 입으려고 했고, 학교가 파하면 같은 반 동무들을 우루루 몰고 와서 동생들을 따돌리고 할머니도 귀찮아하면서 또래끼리만 놀려고 했다. 새로 사귄 동무 집에 놀러 갔다 와서는 그 집에는 공부방이 따로 있다는 걸 부러워하는 소리도 했다. 학교에서 나눠준 가정환경 조사서에도 집이 자가인가 셋집인가, 다음에 공부방이 따로 있나, 묻는 난이 있었다. 남부러울 것

없이 키웠다고 생각한 내 자식이 집 밖의 세상을 안 지 얼마나 됐다고, 벌써 부러워하는 게 생긴 것이다.

내가 시집올 때만 해도 결혼생활을 할 수 있는 둥지로서의 집은 남부러울 게 없었다. 거의 셋방살이로부터 시작할 때 내 집이었고 날림집도 하꼬방도 아닌 뼈대가 튼튼하고 품위 있는 조선 기와집이었다. 마루는 길이 들어 반들반들한 우물마루였고 새 며느리의 방으로 정해진 건넌방은 안방보다 크고 밝았다. 세 식구가 쓰기에 넉넉하고도 방이 하나 남았다. 딴 집 같으면 세를 주었으련만 우리는 빈방으로 놀리다가 옆집 춘희가 집에 다니러 올 때 칼잠 자는 게 불쌍하다고 그 방을 내줄 적도 있었다. 우리 식구 넉넉하게 살고도 남아, 남에게 인심까지 쓰던 게 엊그저께 같은데 어느새 일곱 식구가 되었다. 춘희가 그 방에서 자지 않게 된 지도 오래였다. 우리 집이 터질 듯이 밀도가 높아진 대신 춘희네는 대폭 헐거워졌다. 춘희 밑으로 남동생 둘이 고등학교만 졸업하고 누나가 있는 기지촌으로 취직을 해 나갔다. 춘희는 집에 다니러 오는 일이 거의 없었다. 남동생 둘이 빠져나가고 나서 하숙도 치지 않게 됐다. 춘희네가 하루하루 윤택해지는 게 눈에 보였다. 시어머니는 춘희네서 맛본 커피 맛에 중독이 돼서 아침마다 나 커피 마시러 갈란다, 하고 그 집에 다녀오시곤 했다. 어느 날은 춘희네 갔다가 비틀거리며 들어오시더니 서양 술을 한잔 얻어먹었더니 입에선 단데 몹시 취한다고 했다. 알고 보니 콜라였다.

시어머니의 주책은 여기서 그치지 않았다. 나는 큰아이 한테 따로 공부방을 마련해주기 위해 살림살이의 위치를 대대적으로 바꾸려고 했다. 남는 방은 한 칸짜리 문간방 밖에 없었고, 식구가 불어나면서 그 방은 옷방 구실을 해왔다. 해산방으로 쓰던 것도 첫애 때뿐이고 그다음부터 병원에서 분만을 했다. 서랍장과 안 입는 옷을 넣어두던 박스들이 차지하고 남은 빈자리는 한 사람이 눕기에도 빠듯했다. 춘희가 안 와 자게 된 것도 그런 옹색함과도 관계가 있을 것이다. 나는 그 방 세간을 안방 다락으로 옮기려고 했다. 한옥에는 다락이 있다는 게 그나마 숨구멍이 되었다. 내가 가장 가까이 두고 써야 하는 물건을 시어머니의 방과 직결된 데로 옮기는 건 보통 불편을 각오한 게 아니었다. 그러나 장애는 나의 불편이 아니었다. 제 방을 갖게 됐다고 좋아하던 큰애가 심난하고 어른스러운 표정으로 공부방 없어도 괜찮다고, 그냥 할머니하고 안방 쓰겠다고 했다. 이상해서 캐물으니까 할머니가 큰애를 붙들고 난 너하고 자야 한다, 너 없이 할머니 혼자서 어떻게 자냐고 하소연했다는 것이었다. 큰애 말에 의하며 할머니는 우시기까지 했다고 했다. 내가 마음만 먹으면 시어머니를 못 꺾을 것도 없었지만 나는 온몸에서 힘이 스르르 빠지면서 안 그러고 싶었다. 내 아이의 여린 마음에 내가 그렇게 강한 엄마로 남고 싶지 않았다. 그건 아마 그 아이에게 상처가 될 것이겠기에.

내가 이렇게 누울 자리 보고 다리 뻗을 정도의 눈치도 없이 식구만 늘리는 동안에 친정집도 하숙을 안 쳐도 될 정도로 윤택해졌다. 광장시장 2층에 포목전들이 들어서면서 청계천변의 포목전은 시세가 없어질 무렵 올케는 재빠르게 권리금까지 챙기면서 자기 자리를 팔아버리고 광장시장으로 옮겨 갔다. 전쟁만 안 났으면 살림밖에 모를 순박한 올케가 시장 바닥에 나앉더니 난다 긴다 하는 장사꾼들과 어깨를 나란히 제법 돈을 잘 벌었다. 올케는 그게 다 고모부 덕이라고 내 남편을 고마워하는 걸 잊지 않으니 나도 듣기 좋을 수밖에 없었다. 하숙을 안 치게 되니까

그 볼품없이 방만 많은 양기와집을 엄마는 점점 버거워했
다. 아이들이 양옥집에 가고 싶어 한다는 소리를 엄마한
테 흘려듣고는 나도 슬슬 배가 아파지려고 했다. 친정집이
잘되는 걸 샘내보긴 처음이었다. 내 집에도 변화가 필요한
시기가 됐다는 걸 절감했다. 내 주변만 조금씩 잘살게 되
는 게 아니라 온 국민의 생활 정도가 날로 향상되고 있었
다. 셋방이나 전세방으로 시작한 친구들이 신흥 주택가에
새로 장만한, 타일이 번질번질한 소위 양옥집이라는 데 가
보면 방들이 어찌나 널찍널찍한지 우리 집은 그야말로 코
딱지만 했다. 고래 등 같은 기와집이 코딱지만 해지는 동
안 우리는 도대체 뭘 했나. 상대적인 빈곤감이 이렇게 고
약한 것인 줄은 미처 몰랐다. 나는 매일같이 바가지를 박
박 긁었다. 이게 도대체 사람 사는 거냐고.

　힘겨운 싸움 끝에 아이는 그만 낳기로 합의했다. 아무
리 인명 피해가 심한 전쟁을 겪었다고는 하나 그 후의 폭
발적인 인구 증가를 축복으로만 받아들일 수 없는 건 가
정이나 국가나 마찬가지였나 보다. 산아제한, 가족계획이
라는 말이 새로 생겨나고 3남매쯤을 이상적인 자녀 수로
생각하게 되던 게 남매로 줄어들고 있었다. 우리는 이미

초과 달성을 한 뒤였다. 넷째를 가졌을 때만 해도 나라고 중절을 생각 안 한 건 아니었다. 아마도 춘희가 소파수술 받는 걸 목격하지만 않았어도 그 유혹을 물리치지는 못했을 것이다. 터울이라도 조절해보려고 나 혼자 이것저것 시험해보았지만 여의치 않았다. 남편이 책임지고 더는 아이는 만들지 않겠다고 확실하게 약속했으니 아마 믿어도 될 것이다. 그는 약속한 것은 지키는 남자였다. 좀 더 넓은 집으로 옮겨 가는 문제는 시급했지만 무턱대고 서둘러서 될 일이 아니라는 것 정도는 나도 알고 있었다. 돈에 관한 문제였으니까. 나는 우선 그의 경제 상태를 떠봐야 하는데 그런 문제로 자존심을 상하게 하는 일이 있을까 봐 조심스러웠다. 솔직히 말하면 나의 열등감이 문제였다. 친구들이 집을 새로 장만하거나 늘려 갈 수 있었던 것은 다들 계를 몇 개씩 들거나 적금을 해가며 여자가 돈을 모았기 때문에 가능한 일이었다. 나는 그런 면으로 무능했다. 목돈을 쥐어봐야 남겨먹을 수도 있는데 월급조차 반납한 상태가 벌써 10년을 넘기고 있었다. 나는 주급이 편했다. 어떤 때는 주급 관리도 제대로 못 해서 일당으로 하자고 제안한 적도 있었다. 그 제안은 그가 거부했다. 사람이 좀스러워져서 싫다고 했다. 그는 어딘지 지친 표정으로 그렇게 말했다. 그걸 보면 남편이라고 월급을 쪼개서 주는 걸 즐기는 건 아니었다. 금치산자 노릇은 내가 자청한 거였다. 돈을 쓰다 보면 어디로 새어 나간 것처럼 계산이 안 맞는 걸 방지하기 위해 내가 생각해낸 방법은 가계부를 쓰는 게 아니라 일주일 치를 고무줄로 묶어놓고 거기서 빼 쓰는 거였다. 시장에서도 남들이 하는 대로 악착같이 물건 값을 깎고 나서도 얼마를 깎았는지 잊어버리고 왜 이렇게 많이 거슬러줬냐고 묻기 일쑤였다. 시장에서 장사꾼들한 테 나는 마음씨 좋은 아줌마로 통했다. 그들이 나를 얼마나 우습게 본다는 야유조로 들렸지만, 그 시장을 안 다니면 몰라도 쉽게 안면이 바뀌지는 게 아니었다.

해결책은 시어머니로부터 나왔다. 우리는 고부간에 아이를 둘씩 나누어서 데리고 잤다. 나는 당연히 젖먹이를 내 옆에 눕히고 젖 떨어진 애는 남편 옆에 눕혔다. 시어머니는 큰애를 옆에 눕히고 당신하고 한 이불 속에서 재웠다. 다음 아이는 큰애 건너에서 딴 이불을 덮고 잤다. 씹어 먹이고 업어 기르고 품고 자던 아이가 당신한테 등을 돌리고 돌아눕는 게 무엇을 의미하는지 눈치 못 챘을 리가 없었다. 끼고 돌던 아이니 만치 학교 가고 나서도 책상 하나 놓을 자리 없는 집에서 밥상을 펴놓고 숙제를 해야 된다는 것도 마음으로부터 안쓰러웠을 것이다. 그때는 큰아이가 그런대로 학교생활에 적응해갈 초여름 무렵이었는데 느닷없이 정월에 박수무당집에서 올해 신수점 본 얘기를 했다. 아마 남편이 여느 때와 다름없이 어머니에게 빳빳한 새 돈으로 용돈을 드릴 때였을 것이다. 박수가 올해 우리 집에 이사 수가 있다고 했는데…… 하면서 말끝을 흐렸다. 남편은 박숫집으로 갈 줄 뻔히 아는 용돈을 한 번도 군소리 없이 챙겨드리긴 해도 박수가 뭐라고 했다는 소리를 귀담아듣는 걸 본 적이 없었다. 눈에 띄게 불쾌한 표정을 짓기도 하고, 관재구설이 있다느니, 물가에 가지 마라, 상갓집에 가지 마라, 등등 그해에 기릴 것을 전해주는 소리를 들으면, 그만해두시라고 불공할 정도로 큰 소리로 악을 쓰기도 했다. 아들이 하는 짓이라면 노여움보다는 겁부터 내는 시어머니인지라 근래에는 아들한테 전할 말을 거의 다 나를 통해 하고 있었다. 그런 시어머니가 벌써 몇 달 전에 들었을 '이사 갈 수'를 여태 발설 안 하고 있다가 아들한테 직접 말하고 있었다. 나는 희색이 만면해지려고 하는 걸 억지로 참았다. 이사 갈 마음만 먹으면 아직도 사대문 안의 반듯한 조선 기와집은 교외의 신흥 주택가의 개량 주택보다 값이 더 나갈 때였다. 크게 보태지 않아도 문안만 고집하지 않는다면 평수를 늘려 가는 건 어렵지 않을 터였다. 비로소 남편과 진지하게 이사 가는 문제를 의논했다. 그는 벌써부터 이사 가고 싶었노라고 했다. 이 집을 살 때도 박수가 20년 대운이 든 집이라고 해서 샀기 때문에 그 안에 팔자고 하면 보나마나 박수한테 물어봐야 하고, 능수능란한 박수니까 못 팔게는 안 해도 이것저것 복가 만드는 술책을 만들어줄 텐데 자기는 그걸 참을 수 있을 것 같지가 않다는 것이었다. 내가 시집온 후 거의 실권이 없어졌다고 생각한 시어머니가 박수무당의 후광을 입고 아직도 이 집에 막강한 영향력을 행사하고 있었다는 걸 처음 알았다. 어머니를 배제하고 우리 마음대로 이사 갈 집을 정하자고 남편과 합의했다. 그러면서도 그는 여편네 말만 듣고 어머니한테 불효한 아들이 되는 건 싫은 모양이었다. 어려서부터 하도 꺼리고 두려워하는 게 많은 어머니 밑에서 자라서 기휘忌諱로부터의 자유가 자기의 평생소원이라고 했다. 외아들 노릇에 짓눌린 그가 불쌍했다. 불쌍한 건 그뿐이 아니었다. 그가 어느 정도 저축이 있다는 것도 알게 되었고, 집을 옮기게 되면 집 살 돈을 융자도 받을 수 있다는 것도 알게 되었다. 그뿐만이 아니었다. 이제 겨우 국민학교에 들어간 아이가 중·고등학교 갈 때, 대학 갈 때, 각각 탈 수 있는 교육보험을 비롯해서 식구들 생명보험까지 여러 가지 보험 상품에도 가입돼 있다는 것도 알려주었다. 나는 경제관념은 별로 없지만 돈 가치가 자꾸만 떨어져가는 인플레 시대에 살고 있다는 것 하나는 확실하게 꿰뚫고 있었기 때문에 그의 은행원다운 고지식한 재산 관리가 딱하게 여겨졌다. 한편 아내가 얼마나 못 미더웠으면 그렇게 다방면으로 잔머리를 굴렸을까, 충분히 이해하고도 남았고, 내가 그런 일을 대신할 생각이 손톱만큼도 안 생겼기 때문에 그런 일을 별로 대수롭게 여기지 않는다는 의사 표시도 삼갔다.

남편의 저축과 융자 능력에 힘입어 교외로 나가지 않고도 집을 늘려 갈 수 있었다. 남편도 시어머니도 아이를 전학시키는 걸 못 할 노릇처럼 꺼렸기 때문에 전학을 안 시켜도 되게끔 이웃 동네에서 마땅한 집을 발견했다. 이화동에 그때까지도 많이 남아 있던 적산 가옥을 복덕방 영감은 오까베 집이라고 했다. 오까베 집은 건물값은 별로 안 나간다고 했지만 대지가 넓었다. 꽤 넓은 마당이 딸린 이 층집이었다. 아래층에 있는 방들은 다 온돌방이었지만 2층에 있는 방 두 개는 다다미가 여덟 장이나 깔린 넓은 방이었다. 남향의 2층은 온 동네가 다 내려다보이게 전망이 좋고 볕이 잘 들었다. 두 방이 다 책이 가득가득했다. 집주인은 대학교수라고 했다. 사모님이 2층 서재는 볕이 잘 들어 한겨울에도 화로 하나만 있으면 난방이 필요 없을 정도라고 했다. 하지만 하도 책이 늘어 집이 내려앉을까 봐 슬래브 집으로 이사를 가려고 한다면서 터가 넓으니 좀 살다가 헐고 지을 생각이면 이만한 집도 없을 거라고, 과장 없이 솔직하게 집의 장단점을 얘기했다. 복덕방은 집을 보고 나오는 길에 저 사모님이 겁이 많아서 그렇지 오까베 집이 얼마나 튼튼한데 그까짓 책 무게에 주저앉겠냐고 했다. 복덕방이 꼬시지 않아도 마당에 꽃과 나무를 심을 수 있는 양지 바른 이층집은 내가 꿈에 그리던 집이었다. 그 집을 보고 집에 오니 조선 기와집의 우중충함과 신발을 벗어야 부엌에 갈 수 있는 불합리한 구조가 참을 수 없게 싫어졌다. 시어머니는 그 집의 방향만 묻고는 가볼 것도 없이 찬성이라고 했다. 그 동네는 우리 집에서 정동쪽이었고 박수가 올해는 동쪽에 손이 없이 길한 방향이라고 했다는 것이었다. 시어머니는 우리가 동쪽 마을의 집을 좋아한 것까지를 박수무당의 영검함으로 돌렸다. 나 역시 박수무당이 트집을 안 잡아준 것만도 고마웠다. 그를 믿는 것도 아니면서 가장 큰 장애물을 돌파한 것처럼 개운했다. 계약을 끝낸 후 시어머니가 와보고는 우리가 정해놓은 방 배치를 조금도 섭섭해하지 않은 것도 큰 부주였다. 나는 부엌으로 통한 방을 내가 쓰고 싶었는데 명색이 거기가 안방이라 시어머니가 섭섭해하면 어쩌나, 양보할 생각까지 하고 있었는데 당신이 쓸 방이 집에서 가장 큰 온돌방이라는 걸 알고는 얼마나 좋아하시는지, 그 또한 한 고비 넘긴 셈이었다. 아래층에는 좀 작기는 하지만 온돌방이 하나 더 있었다. 여름 동안만 아이들이 2층을 공부방과 놀이방으로 쓰고, 잠도 자다가 겨울에만 내려와 자기로 했으니 그만하면 반 넘어 할머니 그늘을 벗어난 셈이었다.

우리 집도 좋은 값에 쉬 팔리고, 그쪽 집과도 흥정이 잘 돼 계약하고 끝전 치르고 복덕방비 내고 이삿날 받고 등기 내는 일이 척척 순조롭게 돼갔다. 그 모든 일이 남편의 몫이었으니까 간혹 속 썩는 일이 있었을지도 모르고, 차질이 생겼는지도 모르지만 내가 모르니까 순탄하게 보였다. 나는 짐 싸고 아이들 책상 사고 옷장 사고 그런 일로 신바람이 났다. 이사 갈 때 가장 슬퍼한 건 춘희 어머니였다. 이사 가는 날 따라와서 온갖 궂은일을 다 해주고 뒷마무리까지 깨끗이 해주어 마치 살던 집처럼 만들어주고 나서 가면서 어찌나 작별을 아쉬워하는지 천 리 길을 가는 사람 같았다. 집 앞은 완만한 언덕길인데 몇 발자국 가다가 되돌아보면, 지켜 서 있던 시어머니는 어여 가라고 손짓을 하면서도 몇 발자국을 따라 내려갔다. 그러면 춘희 어머니가 얼른 되돌아와 둘이서 손목을 잡고 뭐라 뭐라 말하다가 시어머니 쪽에서 춘희 어머니 등을 밀어 떼어 보내면 또 몇 발자국 가다가 되돌아오고, 어여 가라고 손짓으로는 밀어내면서 뒤따라가고, 도대체 그 이별의 의식이 언제 끝날지 보고 있기 지루하면서도 남남끼리 저럴 수 있을까 신기하기도 했다. 저렇게 못 잊으니 아마 매일같이 놀러 올 것이라고 생각했는데 이사한 후에 시어머니가 자주 옛날 동네를 못 잊어 그쪽으로 나들이를 가면 갔지 춘희 엄마가 놀러 오는 일은 드물었다.

15

춘희가 집 구경을 왔다. 옆집에 살 때도 집에는 얼마 만에 들르는지, 아주 안 들르는지도 알 수 없을 정도로 벌써 몇 년째 통 모습을 볼 수 없었던 춘희였다.

"이게 몇 년 만이냐? 길에서 만나면 못 알아보겠다. 예뻐지고 멋있어지고."

좀 지나치게 호들갑을 떨었나 보다. 춘희는 언니도, 하는 간략한 반응만 보이고 시무룩했다. 세련된 화장과 날씬한 몸매와 다이아가 반짝이는 백금 반지 낀 뱅어처럼 희고 가는 손가락이 왜 그렇게 눈부신지 나는 그녀를 빤히 바라보는 게 부담스러웠다. 그녀도 내 시선을 부담스러워

한다는 게 느껴졌다.

"아, 참 집 구경해야지 우리 이층집이다. 난 어려서부터 이층집에 사는 게 소원이었어. 그때는 일본 사람이나 이층집에 사는 줄 알았는데 나도 이렇게 살아보네."

먼저 2층으로 앞장서면서 어서 서먹함을 극복하고, 말꼬를 트고 싶어서 이렇게 너스레를 떨었다. 아이들의 책상과 장난감과 작은 서랍장을 놓고도 휑뎅그렁하게 빈자리가 많이 남아 있는 다다미방을 둘러보면서 춘희가 말했다.

"언니, 이 방은 스무 명도 자겠다. 어머머 이 방은 더 크잖아? 서른 명도 자겠다. 복도도 이렇게 넓으니 이어서 자면 여기서도 스무 명은 자겠네. 와아 방 한번 크다."

춘희는 아래층 방을 둘러보면서도 같은 소리를 했다. 춘희에게는 사람이 다리 뻗고 누워 잘 수 있는 넓이가 곧 방의 넓이를 잴 수 있는 기본 단위였다. 나는 내 집의 건평이 몇 평인지 아직 잘 모르고 있는데 춘희의 계산법에 의하면 130명을 재울 수 있는 넓이라는 걸 알 수 있었다. 내가 너무 잘사는 게 아닌가, 통증 같은 가책을 느꼈다. 아래층 구경을 하면서 시어머니에게 인사를 드렸지만 시어머니는 춘희의 인사를 탐탁하게 받지 않았다. 집에서 재우기까지 하면서 끼고 돌 때와는 딴판이었다. 시어머니는 춘희에 대해 내가 모르는 걸 알고 있다는 느낌이 들었다. 춘희 또한 노인을 꺼리는 눈치여서 나는 춘희를 2층으로 올려 보내고 차와 과일을 가지고 올라갔다. 춘희가 선물이라면서 인스턴트커피를 한 병 내놓았다. 귀한 맥스웰이었다. 이사 간 집에 갈 때는 팔각성냥 한 통이면 넘치지도 모자라지도 않을 때, 맥스웰 커피는 웬 떡이냐 싶은 선물이었다. 큰애 빼고 세 아이가 2층으로 올라왔다. 우리 아이들은 다들 붙임성이 좋았다. 춘희한테 가서 안기기도 하고 매달리기도 했다. 춘희는 썩 내키지 않는 얼굴로 마지못해 상대를 하다가 돈을 한 푼씩 꺼내주면서 내려가 있을래, 하고 아이들을 내쫓았다. 나는 기분이 안 좋았다. 춘희가 아이들에게 애정 표현을 했더라도 기분이 안 좋기는 마찬가지였을 것이다. 춘희가 지금 의정부에서 어떻게 살고 있는지는 잘 모르지만 평범하고 정상적인 가정에 대한 질시가 없을 수 없다는 추측 때문에 그 자리가 거북했다. 커피 선물이 고맙다는 인사를 좀 과장되게 함으로써 춘희의 기분을 돋우어주려고 했다.

"양키 물건 필요하면 말해. 한두 가지는 안 되지만 필요한 걸 한목에 말하면 배달도 해줄 수 있어. 그 장사도 며칠 안 남았지만."

"무슨 소리야. 그럼 이거 선물 아니고 팔러 온 거야?"

"아무리. 나도 모르게 내 알량한 정체를 드러내고 말았 네. 나 한껏 멋 부리고 왔고, 돈도 가방에 많은데 왜 이렇 게 언니 앞에서 초라해지지?"

"미안해, 그건 아마 네 자격지심일 거야. 너 조금도 초라 하지 않아. 이제 친정을 위해 그만큼 했으면 너도 네 살 궁 리 해야지. 동생들이 벌써 둘이나 돈벌이하잖아. 네 덕에 아이들이 다 건실하고 생활력도 강하고. 네가 만약 나처럼 사는 게 부러우면 얼마든지 그럴 수 있는 기회는 생길 거 야. 난 네가 한국 남자한테는 관심 없는 줄 알았어."

"사실이야, 관심 없는 거. 나 소원 성취했어. 곧 미국 가. 작별 인사 온 거야."

"국제결혼?"

"응, 필리핀 피가 섞인 양킨데 내가 살아본 양키 중에선 그중 하얘. 멀쩡하게 생기고 마음씨도 좋아. 쫄병이지 뭐. 콜포(corp)야. 엠병, 싸진 이상하고는 한 번도 못 살아봤 네. 엠병, 왜 그런 얼굴로 봐?"

"내가 뭘……, 거기 왜 엠병이 들어가? 나는 엠병이 콜 포나 피에프씨 같은 졸병 계급 이름인 줄 알 뻔했잖아."

"순진한 척하지 마. 언니도 미군부대 출신이면서 그것 도 모르면 말이 돼. 엠병은 내 말버릇이야. 양키 서방하고 살다 보면 답답할 때가 좀 많아. 내 돼먹지 않은 영어가 서 방한테 통한 건지 서방 말을 내가 제대로 알아들은 건지 답답해서 기통이 터질 때마다 엠병을 할, 하던 게 엠병이 돼버렸어. 이젠 좋아도 엠병, 화나도 엠병, 영어 쓰다가도 엠병, 우리말 쓸 때도 엠병, 엠병이 입에 붙어버렸네. 고치 려고도 안 해, 엠병. 나하고 살아본 양키는 그 소리를 갓뎀 정도로 알걸 아마, 내가 사귀는 우리나라 사람 중 제일 점 잖은 게 언니 정돈데 엠병, 언니 앞에서 뽀록이 나버렸으 니 어디 가서 조심할 것도 없게 됐네, 엠병."

"아까 작별 인사라고 말한 것 같은데 맞아?"

"비행기 탈 날이 며칠 안 남았어. 서방은 먼저 갔어. 가 기 전에 교회에서 결혼식 비슷한 것도 하고, 엠병. 그 사람 독실한 크리스천이야."

"왜 결혼식 비슷한 거라고 하니? 결혼식이라고 하면 듣 기 좋잖아."

"양가 부모나 친척이 한 사람도 없었으니까. 그래도 그 콜포는 날 배신하지 않고 약속대로 수속을 밟아줘서 드디어 이놈의 나라를 뜨게 됐네, 엠병."

"어머니는 아셔?"

"그럼 내가 엄마도 모르게 이 땅을 뜨겠수? 며칠 전에 말씀드렸어. 엄마도 착잡하지 뭐. 한때는 나 때문에 먹고 살았지만 점점 내가 창피스럽고 불쌍하고 그랬겠지 뭐. 안 됐지만 눈앞에 안 보이는 것도 부주다 싶긴 한데, 엄마가 붙들고 울면서 너 없이 어찌 살꼬, 이제 생각하니 내가 널 서방처럼 의지했나 보다고 하시는 소리를 들으니까 나도 덜 좋기는 해."

춘희가 말끝을 흐리며 핸드백에서 예쁜 꽃무늬 손수건을 꺼내 눈가를 찍어냈다. 엄마 얘기를 할 때는 엠병 소리를 한 번도 안 섞었다. 나라도 춘희를 붙들어야 할 것 같고, 내가 붙들면 춘희가 안 가고 말 것 같은 생각이 들었다. 그러나 붙들 수 있는 적절한 말이 떠오르지 않았다.

"엄마도 엄마지만 동생들에게도 네가 있어야 해. 네 말짝으로 업어 기른 동생들 아니니?"

"걱정 마, 나도 다 생각이 있어. 내가 왜 여태까지 국제

결혼에 목숨을 걸었게? 나 걔네들 다 미국으로 데려갈 거야. 두고 봐. 지금 부대에 취직해서 다니는 남동생 둘도 그중 하나만 남기고 다 데려갈 거야. 하나는 엄마 몫으로 남겨야지 엄마 혼자 놔둘 순 없잖아."

"그렇게 엄마 생각하는 사람이 왜 동생들을 다 데려가겠다는 건지 모르겠네. 동생들 의견은 들어봤고?"

"들어보나 마나야. 양갈보 동생들이 반듯한 데 시집 장가가긴 틀렸다는 건 즈네들이 더 잘 알 거야, 엠병. 나도 이제 닳고 닳았다우."

내가 보기엔 춘희는 그녀가 숫처녀였다는 걸 알고 감격했다는 폴토리칸을 믿었을 때하고 조금도 달라지지 않았다.

"그건 걔네들 인생이야. 책임지려고 하지 마."

"그럼 내 인생은 뭐가 되고? 처음엔 식구들 굶길까 봐, 겨우 밥은 먹을 만해지니까, 공부는 시켜야지, 그러다 잘 먹이고 싶고, 엠병, 욕심 부리다 부대에서 쫓겨나고 계속 돈은 벌어야 하니까 그 바닥에서 그냥 갈보로 눌러앉게 되고, 그러다 너무 힘들면 엠병, 어수룩한 놈 만나 살림도 차려보고 나하고 살림 차려본 양키는 피에프씨, 아니면 콜

포였다우, 걔네들 월급이 얼마 줄 알우? 100불에서 왔다 갔다 해. 한 놈한테 몸 파는 게 여러 놈한테 파는 것보다 못하니까 엠병, 닥치는 대로 피엑스 물건 사 오라고 시켜서 야미 장사하고, 야미 장사만으로 성이 차지 않아 엠병, 나 별의별 짓 다 했다우. 나 신문에도 났다. 엠병, 가루 커피 두 병을 감쪽같이 세 병을 만들어 팔았거든. 쉬워. 커피 병을 뜯어서 안의 것을 쏟아내고 고깔처럼 만든 마분지로 심을 박고 나서 다시 채우면 고깔의 부피만큼 커피가 떨어질 게 아뉴, 그런 식으로 하면 두 병이 세 병도 됐다, 세 병이 다섯 병도 됐다, 하는 거지 뭐, 엠병. 그렇게 해서 유통시키다 걸려들었지. 그때 마침 다방에서는 커피에다 담배꽁초 우린 물을 섞어 팔다가 걸려들었을 때라 우린 신문에서 덜 크게 내주더라. 엠병, 풀어주는 것도 빨리 풀어주고. 하긴 못 먹을 걸 섞어 판 건 아니니까. 언니 저 사색되는 거 봐. 설마 내가 언니한테 심 박은 커피 선물했을까 봐?"

"내가 안색이 변했으면 미안해. 그렇지만 고작 이걸 의심해서 그랬겠어?"

나는 내 옆에 놓인 맥스웰 커피 병을 들어 보이면서 말했다.

"알아, 내 얘기가 언니한테 얼마나 끔찍하게 들렸다는 거. 나 그렇게 살았어. 누구든지 저 혼자 호의호식하려고 는 절대 그렇게 못 살아. 목적이 있어야지. 동생들을 위해 나 한 몸 희생한다고 생각하면 못 할 짓이 없었는데 어느 틈에 동생들이 날 창피해할지도 모른다는 생각이 들더라 구, 엠병. 절대로 걔네들이 먼저 나한테 그런 내색 한 거 아 냐. 아이들이 대가리가 무시할 수 없이 커지면서 하라는 공부는 안 하고 툭하면 땡깡이나 부리니까 그런 자격지심 이 들더라고. 양키하고 살면 화수분하고 사는 줄 아는지 식구들이건 남이건 간에 엠병, 바라는 건 왜 그렇게 많은 지, 굴뚝같이 바라면서 속으로는 똥보다 더 더러워하고, 대놓고 무시하고. 우리 애들이 그렇다는 건 아니고, 걔네 들이야 아직도 누나라면 끔찍이 알지. 그래도 그래. 엠병, 내가 왜 자격지심이 들어? 하여튼 그래. 걔네들 얼마나 불 쌍해. 돼지 새끼도 아니겠다, 먹이기만 했지 희망을 준 적 이 없으니. 그래서 미국 가서 살자고 바람을 넣은 거야. 왜 아메리칸 드림 있잖아. 나도 꿈을 갖게 되니까 한결 살맛 이 나더라구. 국제결혼을 구체적으로 생각하게 되니까 양키 보는 눈도 달라지고. 언니 나 애도 못 낳아, 엠병. 수술도 첫 번째가 무섭지 자꾸 하니까 아무것도 아니더라구. 엠병. 언니 그때 나 참 순진했지. 내가 생각해도 웃겼어. 밥 먹듯이 긁어내다 보니 안 긁어도 붙어 있지 못하더니 저절로 생기지도 않게 되더라구. 그래서 아이 딸린 이혼남을 골랐어. 우리 신랑 콜프, 남매가 있는데 여기 와서 복무하는 동안 전처가 기르다가 귀국해서는 직장도 튼튼한 거 갖게 되었으니까 아이도 데려와야 된다나 봐. 아이들을 위해서도 내가 어서 와야겠다나. 그런 사람이니까 내가 아이를 못 낳은 걸 전혀 문제 삼지 않아. 아마 좋아할지도 모르지. 이래저래 천생연분이야. 10년이나 찾아 헤맨 연분인데 엠병, 천생연분이어야지. 우린 서로 아무것도 안 속이기로 했어. 그 사람 내가 동생들을 미국에 데려가고 싶어 하는 것도 다 알고 협조해주기로 했어. 동양 쪽 피가 섞여서 가족을 위한 여자들의 희생정신을 잘 알더라구. 짐이 된다는 생각도 없구. 미국엔 일자리는 얼마든지 있대. 저만 똑똑하고 건강하면 일하면서 공부도 할 수 있다네, 그래서 아메리칸 드림이라고, 나에게 용기를 주어. 언니, 난 드림이 좋아. 언니도 그런 눈으로 날 보지 말고 축복해줘. 꼭 드림을 이루고 말 테니까."

　그 말수 적던 애가 청산유수로 말도 잘했다. 그녀가 말수 적다는 건 아마 처음 만났을 때 인상일 것이다. 근래엔 뜸했지만 한때는 나한테 속내를 털어놓고 긴 이야기도 한 것 같은데 그 생각은 하나도 나지 않았다. 아마 한 번도 진실을 말한 적이 없기 때문일 것이다. 그녀는 내가 취직시켜준 데를 그만둔 얘기조차 한 적이 없었다. 그럼 난 그걸 아주 모르고 있었을까. 나는 몰랐다고 말할 자신이 없었다. 알고 싶어 하지 않았다는 게 맞을 것이다. 그런데 취직을 시켜주었다는 꺼림칙한 책임감 때문에 모르는 척하고 싶었을 것이다. 그런 혐의로부터는 시어머니도, 심지어는 춘희 어머니도 자유롭지 못했다. 시어머니가 그렇게 귀애하던 춘희를 입에 올리지 않은 지는 오래된다. 안방에서 당신이 데리고 자다가 빈방을 내주더니 입에 올리지도 않게, 순서가 그렇게 되었다.

　춘희는 아래층에 내려와서도 따로 시어머니에게 인사를 하지 않고 곧장 현관으로 나갔다. 내가 안에다 대고 어머님 춘희 갑니다, 소리쳤는데도 아무런 기척도 없었고 춘희를 배웅하고 들어오니까 그때서야 빠끔히 내다보면서 뭐 사 왔더냐고 물었다.

"그 비싼 커피를 사 왔네요."

"본디가 없어도 분수가 있지, 이사 온 집에 커피는. 싸가
지 없는 년."

무시하면서 바라는 건 많다는 춘희 말이 생각났다.

16

큰애가 3학년이 되고 둘째가 입학을 했다. 아이들 머리가 커지면서 저절로 할머니 슬하를 벗어났다. 여름에만 공부방으로 쓰기로 한 2층 다다미방에서 겨울에도 안 내려오려고 해서 난로를 놔주고 침대를 사주었다. 그러니까 보기에 근사해 보이고 아이들은 좀 춥더라도 양옥집에 사는 것 같은 기분에 취해 말도 더 잘 들었다. 아이들도 실속보다는 남 보기에 그럴듯해 보이고 근사해 보이는 걸 더 좋아했다. 시어머니가 섭섭해할까 봐 딸애들을 할머니 옆으로 떼어 내보냈더니 그런대로 만족해하셨고 우리도 참으로 오래간만에 어쩌면 결혼하고 나서 처음으로 임신의 공

포 없이 오붓한 부부만의 생활을 가질 수 있었다. 식구는
많고 오르락내리락할 데도 많아 힘에 부치던 차에 이웃
집의 소개로 시골에서 온 참한 처녀를 식모로 들일 수 있
게 되었다. 집집마다 거의 식모를 두고 살 때였다. 겨울에
만 좀 고생을 하고 나면 봄이면 마당에서 개나리를 시작
으로 여름내 화초들이 쉬지 않고 꽃을 피웠다. 지대가 높
아 시장 갔다 올 때 숨이 차기는 해도 담 너머로 푸르른 나
무들과 커튼 친 2층 창문이 보이는 내 집을 바라보며 걷
는 맛은 더할 나위 없이 느긋해서 이런 게 바로 살림 재미
로구나, 느낄 정도로 주부로서의 관록이 붙어가고 있었다.
이사 간 집에서도 여전히 동대문시장이 제일 가까운 시
장이었지만 워낙 대식구가 되다 보니 매일매일 양팔이 빠
지도록 많이 사들여도 다음 날은 또 시장 볼 게 생기곤 했
다. 큰애 둘은 유치원에 안 보냈지만 그때는 유치원 다니
는 아이가 희귀할 때였고, 세상이 자꾸 달라지면서 가까운
데 유치원이 생기고 다니는 아이도 늘어나 밑의 두 아이는
유치원을 안 보낼 수 없게 되었다. 어느 하루도 시장을 안
볼 수 있는 날이 없고, 아침에 아이들이 나갈 때 돈 달라
고 손을 안 벌리는 날이 없었다. 시어머니한테 새 돈 바치

는 일도 여전했고, 1년 먹을 양식 1년 땔 연탄을 미리 들여 놓는 버릇도 여전했다. 나는 여전히 주급쟁이였지만 큰돈 쓸 일, 작은 돈 쓸 일을 철철이 차질 없이 이행하는 남편이 믿음직스럽고 위대해 보이기까지 했다. 결혼한 지 10여 년 만에 식구 늘고 집을 늘려 간 것 외엔 그날이 그날 같았다. 지금보다 더 잘살 가망도 없었지만, 못살 걱정도 없었다. 설이나 추석에 차리는 음식이 작년이나 금년이나 비슷한 것처럼 우리 집의 가장 큰 잔칫날인 시어머니의 생신날 차리는 음식도 정해져 있었다. 뉘 집에서나 쇠는 명절이나 어른 생신 말고도 그 중간에 낀 아이들의 백날, 돌, 그리고 생일과 계절마다 챙겨야 하는 날과 먹어야 하는 음식도 정해져 있었다. 그런 날을 잊어버릴까 봐 걱정할 필요는 없었다. 세시기歲時記는 시어머니 머릿속에 기록돼 있었다. 그런 날 차리는 음식은 산해진미랄 것은 없어도 풍성하고 맛깔스럽고, 그 이름 붙은 날의 격식에 어긋나지 않는 거였다. 하늘이 관장하는 농사에도 풍년과 흉년이 있는데 우리 집이 때에 따라 차려 먹는 음식은 어느 해라고 더 잘 차리지도 더 못 차리지도 않았다. 작년의 세시기와 금년의 세시기는 정확하게 일치했다. 계속되는 반복은 지루하면서도 10년이 1년처럼 착각하도록 만들었다. 도대체 난 뭐 하고 그 수많은 날을 보냈나. 그런 생각은 문득문득 나를 사무치게 했다. 시어머니는 그렇게 일정한 생활 정도를 유지할 수 있는 건 고마운 일이다, 고마운 일이고말고, 하면서 누구에게랄 것도 없이 감사했다. 내가 보기에 그런 감사는 아들 며느리보다는 박수무당을 향한 것일 듯싶었다. 시어머니가 정월 초승께 박수무당집에 가서 신수점 보고 받아다가 방방에 붙이는 부적도 시월상달에 정성을 다해 지내는 고사도 다 집안의 무고무탈을 위한 거라고 했으니까.

가는 세월 위에 오는 세월이 정확하게 겹쳐지는 게 지겨워지면서 이상하게도 친숙하던 남편의 얼굴이 낯설어지기 시작했다. 가장으로서의 책임감과 관록 때문일까, 유들유들하면서도 지쳐 보였다. 중년 티였다. 새치를 뽑아달라고 내 무릎을 베고 누울 적도 있었다. 갓 마흔에 흰머리라니, 결혼할 때는 조금도 못 느낀 적지 않은 나이 차이가 억울해져서 무릎을 빼내면 머리카락 하나에 얼마씩 줄께 뽑아달라고 치근덕댔다. 언제는 그가 매력 있어 보인 적이 있었다고, 저렇게 매력 없는 남자는 아니었는데 하는 생각이

들다가도 잠든 걸 보면 불쌍해졌다. 이 사람은 무슨 낙으로 살까. 그러다가 어느 날 문득 떠오른 생각 때문에 잠든 그를 흔들어 깨웠다. 그러고는 바람을 피워보라고 권했다. 그는 이맛살을 한 번 찌푸리더니 귀찮은 듯이 돌아누워 다시 코를 골았다. 그가 바람을 피우면 한결 젊어지고 생기가 나고, 덜 불쌍해질 거라는 생각을 나는 단념할 수가 없었다. 다음부터는 잠들기 전에 꾸준하게 설득하기 시작했고, 여자가 생겨도 절대로 질투하지 않을 거라는 다짐까지 했다. 참을성 많은 그도 어느 날 마침내 버럭 화를 냈다.

바람도 돈이 있어야 피우지.

고작 그렇게밖에 말할 수 없었을까. 그런 말은 차라리 안 했으면 좋았을 것을. 그의 그 멋대가리 없는 한마디가 나에게는 결정타였다. 내가 먼지가 된 느낌이 들었다. 다시는 그런 소리를 안 하게 되었다. 그를 불쌍하게 여기려다가 내가 불쌍해지는 짓을 뭣 하러 하겠는가.

어느 날 남편에게 딴 여자가 생기는 꿈을 꾸었다. 나는 그 여자 머리채를 잡고 쥐어뜯고, 때리고 할퀴고, 어찌나 몹시 악다구니를 쳤던지 옆에 자던 남편이 나를 흔들어 깨웠다. 눈을 떴는데도 목구멍엔 그르렁대는 통곡이 반이

나 남아 있었고, 가슴은 벌렁대고, 손발이 떨렸다. 나쁜 꿈을 꿨나 보다고 그가 나를 안고 토닥거렸지만 꿈속의 분노와 무서움은 너무도 생생해 좀처럼 가라앉지 않았다. 생시에는 한 번도 경험해보지 못한 격정이었다. 내 안에 그런 격한 감정이 있으리라고는 상상도 못 해본 일이었다. 누가 내 속을 들여다보고 그만 까불라고 경고를 한 게 아닐까 하는 생각이 들었다. 그래도 딱 한 번은 더 까불기로 했다. 그 즉시 남편에게 꿈 얘기를 한 건 아니지만 며칠 있다가 슬쩍 지나가는 말처럼 가볍게 돈이 생겨서 바람을 피우고 싶어서 피워도 좋은데 절대로 나 모르게 하라고, 절대로, 라는 소리를 두 번, 세 번 반복하면서 완전범죄를 부탁했다. 그가 나를 어떤 표정으로 보고 있는지 아무리 남편이지만 민망해서 바로 보지 않았다.

우리가 이사할 무렵 친정집도 집을 옮길 궁리를 하고 있었다. 포목전을 청계천변에서 광장시장으로 옮긴 후 광장시장이 동대문시장에서 가장 장사가 잘되는 포목의 중심 상가로 자리 잡게 되고, 올케의 장사 수완도 날로 늘어나 생활도 윤택해졌다. 아무리 없이 살아도 체면만은 중하게 여기던 점잖은 월급쟁이 집안에서 어쩔 수 없었다고는 하나 며느리를 시장 바닥에 내보내는 걸 수치스럽게 여기던 엄마도 난세에는 장사밖에 없단 소리를 자주 했다. 휴전된 지 10년이 넘는데도 아직도 난세라고 생각하고 싶은 것도 엄마다운 체면 유지 방법이었다. 올케도 장사 시작할 때 시누이 남편이 도와준 걸 잊지 않고, 기회 있을 때마다 우리 아이들 내복이나 양말도 사주고, 새로운 옷감이 유행할 때는 나에게 새 옷을 해주기도 했다. 내가 친정 걱정이 없어진 대신 친정에서 나의 월급쟁이 마누라 노릇을 걱정해주곤 했다. 올케의 동업자들은 거의 이북서 내려온 아줌마 아저씨들인데 부부가 같이 장사하는 집은 돈도 훨씬 많이 번다고 했다. 남쪽으로 피난 와서 돈 좀 번 장사꾼들 사이에선 양옥집 짓는 게 유행이어서 집들이 가보고 온 올케는 쓸모없고 외풍만 센 날림 오리목 집을 지겨워했다. 그러나 엄마는 그 터 넓고 방 많은 집이 밥 먹여준 걸 잊지 못하고 파는 데 선뜻 동의하지를 않았다. 실상 올케가 돈을 좀 벌었다고 해도 그 집 팔아 번듯한 양옥을 사는 데 보탤 만큼 넉넉하지는 않은 것 같았다. 성이 차지 않으니까, 여자 벌이는 쥐벌이라고 한숨짓곤 했다. 남편이 그 집을 헐고 지으면 터가 넓으니까 처음엔 조그맣게 지어도 장차 증축도 할 수 있고, 그게 경제성도 훨씬 높을 거라고 했다. 올케는 시뉘 남편을 무조건 믿고 의지하는 편이어서 곧 그렇게 가닥이 잡혔다. 새집을 짓는 동안은 지금 집에서 멀지 않은 산동네에다 세를 얻어 나앉기로 했다. 셋집으로 가는 거고, 또 신축한 집에 들 때는 세간을 번듯하게 새로 들여놓고 싶은 생각도 있고 해서, 갖고 갈 이삿짐을 대폭 줄일 때였다. 처녀적에 내가 보던 책이 꽤 되는데 그걸 버릴까 말까 나에게 의논을 해왔다. 내 책이라기보다는 오빠의 책이 대부분이어서 내 생각 같아서는 자식들에게 물려주어 간직하게 하는 게 도리일 것 같은데 올케의 생각은 달랐다. 거의가 다 일본 책인데 그게 아이들에게 무슨 소용이겠느냐고 했다. 나는 그걸 읽을 수 있기도 하려니와, 우리 집을 처음 와봤을 때 책이 가득하던 교수의 서재를 부러워하던 생각이 나면서 그 책들은 천생 내 차지구나 하는 생각이 들었다. 친정집이 임시 거처로 나앉고 집을 헐기까지는 며칠 유예 기간이 남아 있었다. 책만 남겨놓고 다 떠난 빈집에 책을 실으러 갔더니 엄마도 와 있었다. 책 말고도 고물상에 내줄 것들이 많았고 이웃이나 친척들이 가져가기로 한 것도 남아 있었다. 커다란 장독들도 다 누구 주기로 했다는 소리를 들으니까 올케가 이 참에 생활을 확 바꿔보고 싶은 모양이었다. 엄마는 그게 못마땅한 듯, 우리는 그래도 근본이 있는 묵은 집안인데 왜 이북에서 몸만 내려온 사람들이 사는 본을 받으려는지 모르겠다고 한숨지었다. 친정에서는 우리보다도 더 신속하고 완벽하게 세대교체가 이루어지고 있었다. 주거 환경이 바뀐다는 게 올케한테 기회가 되고 있다는 게 느껴졌다. 엄마는 양옥집을 짓게 된 게 기쁘면서도 조금은 섭섭한 듯했다.

"양옥집 지을 돈 그거 느이 올케 혼자 번 거 아니다. 내가 죽자구나 하숙 쳐서 먹고살았으니까 그만큼 쉽게 돈이 모인 것이지."

그렇게 한 차례 공치사를 하고 나서 이상한 소리를 했다.

"참 현보 학생한테 전화 걸어주라고 할걸. 우리 이사 갔다고. 아무것도 모르고 불쑥 왔다가 아무도 없으면 얼마나 놀랄꼬. 가뜩이나 불쌍한데."

나는 너무 놀라 한 권 한 권 골라 쌓아가던 책 더미를 무너뜨리면서 엄마, 지금 뭐라고 했냐고 다그쳐 물었다. 현보 학생이 그 남자에 틀림없다는 걸 알자 얼굴이 달아오르고 심장이 튀어나올 것처럼 가슴이 뛰었다. 엄마가 눈치 챌까 봐, 하던 일을 계속했지만 필요한 책 안 필요한 책 가리지 않고 노끈으로 묶어서 정리해가며 마음의 가닥을 잡아갔다. 엄마가 눈치챌 리 없었다. 그 남자와 나 사이에 있었던 일은 엄마의 상상을 초월한 일이었다. 전쟁 중에 친하게 붙어 다닐 때도 그런 걱정은 꿈에도 안 하던 엄마였다. 친정 쪽으로 먼 친척이자 연하라는 게 엄마의 상상력을 안전하게 붙들어 매놓고 있었다. 그게 바로 세대 차의 편리한 점이었다. 나는 겨우 평정을 가장하고 궁금한 것부터 물었다.

"그 사람이 언제부터 우리 집에 드나들었어요. 앞도 못 볼 텐데."

"너 시집가고 나서도 불쑥불쑥 찾아오곤 했었지, 아마. 워낙 붙임성이 좋잖냐? 건이가 따르니까 건이하고만 장난 치다 언제 갔는지도 모르게 가버릴 적도 있고, 끼니때면 같이 밥 먹자고 하면 사양 안 하고 넙죽 밥상머리에 끼어들기도 하고, 너 있을 때처럼 스스럼없이 굴긴 해도 반갑진 않았어야, 우리 집 하숙생들은 공부도 열심히 하고, 놀기도 잘 노느라 눈코 뜰 새 없이 바쁜데, 허우대는 멀쩡해

가지고 같은 대학생이 왜 저렇게 심심해 보일까, 안돼 보이더니만 그예 그런 일이 나고 말았지 뭐냐. 넌 문병도 갔었다며? 잘했다. 난 가봐야지, 가봐야지 벼르기만 하다가 못 가보고 말았니라. 마나님을 어찌 볼까, 그 생각만 하면 오금이 저려와서 못 가겠더라구. 그래 어떻디? 마나님 말이다."

"엄마는, 그게 벌써 언제 적 일인데 마치 엊그저께 일처럼 그러세요?"

"맞다 맞아. 그 후에 마나님을 우연히 만날 기회도 있어서 인사치레도 했건만도 내가 이렇다니까. 그 일은 전해 듣기만 하고도 어찌나 놀랐던지 꼭 엊그저께 같구나. 아무리 세월이 가도 6·25는 나한테 맨날 엊그저께 아니냐. 너도 늙어보면 알게 될 거다. 늙은이 시간은 종잡을 수 없다는 걸."

"엄마까지 그러우. 우리 시어머님이 하시는 말씀 중 제일 듣기 싫은 것도 너도 늙어봐라, 그 소린데."

"아니, 뭘 잘못했는데 그런 말을 들어?"

"잘못해야만 듣나? 노인네들 버릇이지. 그 얘긴 그만하고 어서 현보 얘기나 계속해요. 궁금해 죽겠네."

그동안 울렁거림을 가라앉힌 나는 충분히 능청스러워져 있었다.

"궁금할 것도 많다. 앞 못 보게 되고 나서는 통 안 오드라. 못 온 거지 뭐. 다시 다니기 시작한 지도 몇 년 안 됐을 거야. 자주 오지도 않았지 아마, 그저 1년에 한두 번 올까 말까더니 이 집 헐리게 됐다는 소리 듣고 그렇게 섭섭해하더라. 그래 그런지 요샌 자주 온다."

"누가 데리고 와?"

"데리고 다니는 아녀석이 있어. 처음엔 한 손에 지팡이 짚고 한 손으로는 그 애 어깨를 짚고 다니더니 얼마나 훈련을 했는지 요새는 혼자서 아무의 도움도 없이 잘 다닌다. 앞 못 보고 나서 처음 우리 집에 왔을 때도 놀랐지만 처음으로 혼자서 멀쩡하게 걸어 들어오는 걸 보고는 어찌나 놀랐는지 버선발로 뛰어나가 맞았다니까. 왜는 왜냐? 하도 멀쩡해서 그동안에 눈을 고쳐서 보게 된 줄 알았지. 축하한다고, 하늘이 무심치 않았다고, 반색을 하려는데, 걔 눈이 코앞에 있는 나를 건너뛰어 대청마루 쪽 허공을 보지 뭐냐. 그제서야 아차, 하고 말을 삼켰다. 참 허우대가 아깝지. 눈정기도 여전하고 눈웃음칠 때 착해 보이는 것도 여전한데 어떻게 보지를 못할까. 보지를 못하면 나이도 안 먹는지 옛날 그대로야. 나도 볼 때마다 인물이 아까워 죽겠는데 즈이 엄마는 얼마나 가슴이 아플까."

"안 그러니까 걱정 말아요."

나는 병실에서 만난 그 남자의 엄마 생각이 나서 퉁명스럽게 말했다. 나는 누가 우리 엄마를 동정하는 것도 싫었지만 우리 엄마가 남의 불행으로 자신을 위로하는 건 더 싫었다.

"암, 안 그래야지 죽은 것보다는 나으니까. 하긴 그 마나님 씩씩하고 극성스러운 건 알아줘야 한다니까. 며느리 볼 생각으로 여기저기 중신 부탁하면서 자기 아들이 절대로 지 색시 고생시키지 않을 만큼 재산도 있다고 자랑한다더라."

"엄마, 그분 절대로 거짓말시키거나 허풍 떨 분 아냐. 잘 알지도 못하고……."

나는 화가 나서 눈을 보얗게 흘겼다.

"애 좀 봐, 누가 그 마나님이 거짓말시켰다고 했냐. 혹시 줄여서 말하면 모를까 그럴 위인도 못 되는 건 내가 더 잘 안다. 왜 부자는 망해도 10년은 간다는 말 있잖냐. 마석인가 어디 있는 선산에 딸린 땅만 해도 몇천 평 되고 여기저기 땅이 꽤 있다더라. 마나님이 영감님 따라 이북 갔으면 아무도 모르고 있을 땅이란다. 그걸 다 챙겨서 아들 이름으로 해놓았다니 살 걱정은 없지 뭐. 상이군인이니까 나라에서 나오는 돈도 있을 테고. 마나님이 이렇게 만반의 준비를 해놓고는 이제 죽을 일만 남았는데 아들 장가들여야 편하게 눈을 감겠다고 집안네나 딸들한테 성화를 하니까, 소문이 나서 참한 데서 혼처가 쏠쏠히 들어오나 보더라. 물론 있는 집 규수는 아니겠지만 대학 나온 색시까지 갖다 댔는데 사귀어보지도 않고 번번이 신랑 쪽에서 퇴짜를 놓았다니 장님 눈 높은 건 참말로 힘들겠더라."

"엄마, 장님, 장님 하지 마. 듣기 싫어."

"장님을 장님이라지 그럼 뭐라고 하냐? 애가 별걸 다 가지고 에미를 훈계하려 드네. 나도 앞 못 보는 거 무시하는 말은 쓰고 싶지 않은데, 걔 엄마, 그 꼬부랑 할머니가 그동안 얼마나 폭삭 더 늙었을까, 나는 보지 않아도 본 듯한데 그것도 못 알아보는 인정머리 없는 자식은 장님이 아니라도 장님 소리 들어도 싸지 뭐 그러냐."

"앞 못 보는 사람이 보는 척하기는 얼마나 힘들었을까.

무지 연습을 많이 했겠지?"

"그 앞잡이 노릇하는 아녀석이 아주 똑똑한가 보더라. 처음에는 붙들고 다니다가 나중에는 손을 놓고 몇 발자국 앞이 계단이고, 계단은 몇 개 하는 식으로 입으로만 가르치고 손은 안 잡아주더란다. 평지에선 남하고 부딪히지 않게 앞길까지 열어주면서 앞서가면 오다가다 만난 사람은 아무도 앞 못 보는 사람이 걸어가는 걸 눈치 못 챌 정도라니 아녀석을 잘 만난 건지, 그 아녀석한테 누가 그런 훈련을 시킨 건지, 마나님이 돈 아끼지 않고 어디서 그런 귀인을 구했는지. 건이가 그러는데 우리 집 올 때도 혼자 걸어 들어오긴 해도 저 골목 밖에는 그 아녀석이 지키고 있더란다. 현보가 이 집을 왜 그렇게 좋아했나 모르겠다. 안 보이는 눈으로 여기저기를 휘둘러볼 때면 꼭 고향 집에 온 것처럼 굴더니만……."

"그런 사람한테 이사 가는 날짜도 안 가르쳐줬단 말예요?"

"이사 가는 건 알고 있었지만 집이 언제 헐릴지는 집장사 맘이지 우리도 잘 모르니까 안 말한 것 같다. 이까짓 집 헐려면 단박이라더라. 이제 설계도를 구청에 넣었다니까,

허가 나오는 대로 헐겠지 뭐. 우린 1년 계약으로 전세 나
갔으니까 급할 것 하나도 없다."

"올지도 모르잖아. 습관적으로. 훈련된 데니까. 집이 없
어졌다고 하면 얼마나 쇼크받겠어."

이제 가슴의 울렁거림은 많이 진정됐지만 아직도 여느
때와 다른 힘으로 박동 치는 심장은 피돌기를 빠르고 신
선하게 만들고 있었다. 내 안에서 생기와 기쁨이 넘치는
것 같은 느낌은 얼마만인가. 나는 그 느낌을 좀 더 즐기고
싶었다. 아마 그걸 오래 즐기고 싶어서 그 남자네 집에 전
화가 있다는 걸 알고도 그 즉시 전화번호는 물어보지 않
았던 것이다. 우리 집에도 전화를 논 지 얼마 되지 않았다.
전화가 귀할 때였다. 전화상에서 원가에다 비싼 웃돈을 얹
어주고 살 때라 아주 부잣집이나 사업하는 집에나 전화가
있을 땐데 남편이 느닷없이 큰 선물처럼 전화를 들여놔주
었다. 친정에도 전화가 없고 친구들도 대부분 전화 없이
살고 있었기 때문에 쓸모없는 기계에 불과했다. 기본요금
이 아까워서인지 남편이 꼭 하루 한 번은 전화를 걸었다.
응 나야, 별일 없지? 끊어. 그게 남편 목소리의 전부였다.
어떻게 된 사람이 술 먹고 늦게 들어올 때는 전화를 안 걸

었다. 통금 시간이 임박할 때까지 마음을 졸이고 있다가 통금 직전에 들어온 남편과 싸울 때 전화기는 유용했다. 나는 전화기를 내던지면서 아니 이까짓 전화기는 뒀다 무엇에 쓰려고 정작 요긴할 때 못 써먹느냐고 싸움을 걸곤 했다.

엄마로부터 그 남자네 전화번호를 알아냈다. 그 남자하고 전화 연락을 할 수 있는 것이다. 지금 세상은 연인의 눈에 거미줄이 칠 때까지 기다리게 하는 미련한 세상이 아닌 것이다. 내 앞에 열린 황홀경의 세상이 너무 눈부셔 눈이 멀 것 같았다. 아니 이미 멀었는지도 모르겠다. 그 남자를 만나는 일 외의 것은 아무것도 안 보였으니까.

내 방에 들어가자 제일 먼저 경대 위의 전화기가 눈에 들어왔다. 전화기는 마치 요염하고 앙큼한 까만 고양이가 잠들어 있는 것처럼 보였다. 아, 귀여운 나의 고양이. 쓰다듬으면 체온이 느껴질 것처럼 정다워 보인다. 나의 고양이는 나른하고 게으른 잠에서 마침내 깨어날 것이다. 고양이야, 깨어나라. 어둠 속에서, 자기 몸뚱이도 묻혀버릴 칠흑 속에서, 홀로 깨어나 귀화鬼火처럼 빛날 고양이의 두 눈은 상상만으로도 온몸의 솜털이 오싹 곤두섰다. 이제야 알겠다. 모든 게 명백해졌다. 내가 왜 그렇게 집요하게 남편에게 바람을 피우라고 졸랐는지를. 그건 나의 숨은 욕망이었던 것이다. 고양이야, 눈뜨지 마, 제발.

그러나 나는 그 남자에게 전화를 걸고야 말았다. 그리고 언제 헐릴지 모를 친정집을 약속 장소로 정했다. 내가 먼저 가서 기다렸다. 그 남자가 정각에 나타났다. 엄마한테 들은 대로였다. 하나도 안 변했다. 조금도 늙지 않았다. 청계천변을 같이 헤매던 시절보다도 더 전, 전쟁 중 폐허의 서울에서 만난 상이군인 시절의 아름답고 우수 어린 청년의 모습 그대로, 앞이 안 보인다는 걸 전혀 눈치챌 수 없도록 뚜벅뚜벅 늠름하게 걸어 들어왔다. 나는 그 남자가 나에게 달려올 것을 기대하며 떨리는 목소리로 그의 이름을 불렀다. 그러나 그 남자는 대청마루 가운데 기둥 먼저 쳐다보았다. 그리고 이 집이 헐리게 되어 섭섭하고 슬프다고 말했다. 왜? 저 포탄 자국 때문에. 그 남자하고 이 집을 처음 보러 왔을 때도 그는 기둥에 생생하게 입을 벌리고 있는 포탄 자국에 먼저 주목하고 마음 아파했었다. 그 남자는 오래오래 마치 작별을 고하듯이 감개무량하게 포탄 자국을 쳐다보고 마루 끝에 걸터앉았다. 그러나 기둥에 포탄 자국은 없었다. 이사 온 지 몇 년 있다 한 차례 집을 고치고 칠할 때, 그 흉터를 메우고 나무 색깔로 칠해서 감쪽같았다. 포탄 자국이 지워진 가운데 기둥을 사이에 두고 그 남자도 마루 끝에 걸터앉았다. 그리고 인기척을 더듬어 정확하게 나를 바라보았다. 오래간만이야, 하나도 안 변했어. 그 남자가 떠듬거리며 말했다. 나는 그가 있지도 않은 포탄 자국을 바라본 것처럼 지금은 있지도 않은 구슬 같은 처녀를 바라보고 있다는 걸 알아차렸다. 이 자라지 않는 남자를 어찌할 것인가. 퇴행하여 소년이 된 그 남자와 내가 비교가 되었다. 나는 한 해 걸러 아이를 넷이나 낳는 동안 체중이 6킬로나 늘어난 두루뭉술한 여편네가 돼 있었다. 그 남자가 나를 보지 못하는 대신 내 눈에 내가 처음으로 똑똑하게 보였다. 너무도 보기 싫게 나이 먹은 여편네를 직시한다는 건 괴로운 일이다. 지금 그를 유혹하는 건 문제없을지도 모른다. 놓치면 다시는 돌아오지 않을 절호의 기회였다. 그러나 그 추악함이 미리 보여 진저리가 쳐졌다. 내가 꿈꾼 건 정사가 아니라 아름답고 로맨틱한 영화였나 보다. 화면을 모독하는 그로테스크한 여배우는 퇴장시켜야 마땅하다. 인정사정볼 거 없다. 내가 모질

게 굴고 싶은 건 그 남자에게가 아니라 나 자신에게였다.

그 남자가 그날 약속을 못 지킨 걸 미안해했다. 약속을 못 지킨 날이 바로 엊그저께였던 것처럼, 그리고 별일도 아닌 걸 가지고 약속을 못 지킨 것처럼. 그러고는 들고 다닐 수 있는 전축을 산 얘기, 어머니를 졸라서 전화를 놓은 얘기를 시간이 왔다 갔다 두서없이 했다. 나는 듣는 둥 마는 둥 딴생각을 했다. 어린애 데리고 놀 시간이 없다는 각박한 생각까지 들었다. 그 남자가 이 집에 정붙이고 드나든 건 같은 상처끼리의 동병상련일 수도 있었다. 그는 집과의 동질감이랄까, 교감이 유별난 남자였으니까. 그러나 앞 못 보는 티 안 나게 성한 사람처럼 행동하기 위한 연습은 나에게 보이기 위한 것이 아니었을까. 보이는 사람과 마찬가지로 행동하기 위해 그가 기울였을 노력을 생각하니까 화가 부글부글 치밀었다. 제아무리 피나는 노력을 했다고 해도 그가 성한 사람처럼 굴 수 있는 행동반경은 이 동네와 저희 동네의 몇십 미터에 지나지 않을 것이다. 세상은 넓다. 할 일은 또 얼마나 많은가. 현실을 볼 수 없게 되었다고 해서 현실을 인정 안 하고 살 수는 없지 않은가. 어떻게 야단을 쳐야 이 새끼가 정신이 날까. 나는 마치 젖

먹이는 업고, 젖 떨어진 애는 걸리고 길을 가다가, 걸어가는 애가 저도 업어달라든가, 뭘 사달라고 떼를 쓸 때, 길바닥이건, 남이 보건 말건 가차 없이 그 녀석의 궁둥이를 까고 철썩철썩 볼기를 칠 때 같은 육친애적이고 떳떳한 분노가 치미는 걸 걷잡을 수 없었다. 나는 참지 않고 입에서 나오는 대로 마구 야단을 쳤다. 어리광 좀 작작 부려 이 새끼야. 안 보이면 안 보이는 척하라고. 장난치지 말고 생긴 대로 살란 말야. 너 도대체 몇 살이냐. 장님이 눈을 떠도 적응하려면 시간이 걸리고 노력도 해야 할걸. 새 세상이 열린 건 눈뜬장님이나 장님 된 너나 다를 게 뭐냐? 일생에 두 세상 살기가 쉬운 줄 알아. 그것도 복이려니 해. 이 한심한 새끼야. 간추리면 대강 그런 얘기였을 것이다. 실은 그보다 훨씬 더 상스럽게 입에서 나오는 대로 야단 야단 치다가 하던 깐은 있어서 설교도 잊지 않았다. 헬렌 켈러가 있다는 게 나에게도 구원이 되었다.

혼외정사보다는 아새끼를 야단치고 사람 되라고 설교하는 게 더 나에게 익숙한 정서가 되어 있었다. 그 남자는 시력을 잃고 나는 귀여움을 잃었다. 나의 첫사랑은 이렇게 작살이 났다.

그 남자가 들어올 때보다 훨씬 서툴게 걸어 나갔다. 나는 뒤를 밟아 골목 밖에 서 있는 소년과 만날 때까지 배웅했다. 한 손으로 소년의 어깨를 짚고 한 손에는 지팡이를 짚고 버스길로 나가는 걸 보니 끼고 있던 남의 보따리를 주인을 찾아 인계해준 것처럼 개운했다.

17

  춘희 엄마가 시어머니, 우리 엄마, 그 남자의 어머니 중
제일 먼저 세상을 떴다. 연세는 넷 중 가장 아래지만 일흔
을 넘어 살았으니 아까운 나이는 아니었다. 그동안 우리는
강남의 아파트로 이사를 가서 아직도 그 옛날 동네의 퇴
락한 조선 기와집에 사는 춘희네하고는 멀어졌지만 그 대
신 집집에 전화가 보급됐을 때라 시어머니는 춘희 엄마하
고 여전히 친하게 지냈다. 며칠에 한 번은 밑도 끝도 없이
긴 통화를 해야만 직성이 풀렸다. 당연히 시어머니 방에
전화기가 따로 있었고, 남편이 밖에서 급한 일로 전화를
했는데 통화 중이 계속되는 날은 으레 시어머니 통화가

길어졌거니 하고 따로 전화를 놔드려야지 말만 하고 아직 놔드릴 기미는 보이지 않았다. 시어머니를 통해 춘희가 정말로 동생 중 맏이만 남기고 다 미국으로 데려갔다는 것도 알고 있었다. 춘희 엄마는 미군부대 다니는 큰아들 장가들여 손자 보고 그냥 그 집에 살다가 노환으로 별세했다. 가장 큰 충격을 받은 이는 시어머니였다. 그 소식에 거의 며칠을 식음을 끊다시피 했다. 그 전부터도 거동이 불편하여 문상은 나 혼자 가야 했다.

일곱 자식 중 여섯을 미국으로 보낸 춘희 엄마의 장례식은 조촐했다. 아직 구습이 남아 있는 침체된 동네라 골목에다 차일을 치고 문상객을 대접하는 것이 신기해 보였다. 한동네서 오래 살아서 그런지 문상객들은 복덕방에 죽치고 앉아 있는 이들을 다 모셔 온 것처럼 비슷하게 후줄근한 노인들이었다. 모시던 큰며느리가 친구들 또래의 여자들과 차일 속에서 묵장을 치는 노인들을 대접하느라 분주하게 움직이고 있었다. 별로 슬퍼하는 것 같지도 않았지만 문상객들 치다꺼리를 귀찮아하는 것 같지도 않은 게 보기 좋았다. 한동네에서 이웃해 살 때도 큰아들 대식이는 학교 다니다 말고 취직해서 나가 있어서 거의 친해질 새가 없었다. 서로 나이가 먹고 소싯적 인상도 가물가물해 내가 누구라는 걸 설명해야 했다. 문상객이 많은 상가는 아니었지만 혼자서 상주 노릇을 하느라 지칠 대로 지쳐 보이는 맏상제가 내 말을 알아들었는지는 확실하지 않았다. 눈도장을 찍었는지 말았는지 몰라 발인하는 날 또 한 번 상가에 갔다. 눈도장도 눈도장이지만 오면서 차일 안의 노인들로부터 흘려들은, 3일장이면 3일장, 5일장이면 5일장이지 4일장이 어디 있냐는 시비에, 미국서 큰딸이 오는 날에 맞추느라 4일장이 됐다더라, 입 다물고 굿이나 보고 떡이나 먹으라는 소리가 잊혀지지 않아서였을 것이다. 맏상제가 나에게 그 이야기도 해주지 않은 걸 보면 내가 누구라는 걸 납득시키지 못했는지도 모르겠다.

발인하는 날 춘희는 정말 와 있었다. 딴 형제들은 다들 급하게 직장을 비울 형편이 안 돼 혼자만 왔다는 걸 나에게 변명하듯 속삭였다. 그 밖에 딴말은 할 새가 없었다. 묘지는 용인 어딘가의 공원묘지라는데 나는 따라갈 생각이 없었다. 시간이 없어서가 아니라 그렇게까지 할 것은 없다는, 정이고 물질이고 넘치지도 모자라지도 않은 게 가장 무난하다는, 몸에 밴 소심한 생활철학이 그럴 때도 잘 가

동을 했다. 골목에서 영구차까지 영정이 앞서고, 관이 운구되고 아들 며느리는 슬프고 피곤한 얼굴로, 딸은 아이고 아이고 소리 내어 곡하면서 뒤따르다가, 관이 차 뒤꽁무니의 열린 구멍으로 들어갈 때는 딸이 따라 들어갈 듯이 자지러지게 울며 몸부림치는 데까지는 나도 만감이 교차하는 침통한 표정으로 뒤따랐다. 누구는 영구차에 타기도 하고, 누구는 관에 매달려 우는 딸을 그만하라고 달래 떼어 놓으려 하는 북새통이 아무의 눈에도 안 띄게 슬쩍 빠져나갈 수 있는 호기다 싶어 발을 돌리려는데 누가 뒤에서 팔을 잡았다. 춘희였다. 선물을 사 왔으니 가져가라는 것이었다. 거기가 어떤 자리라고 선물 타령인지, 나는 황당하기도 하고 남부끄럽기도 해서 어쩔 줄을 몰랐다. 내가 달가워하건 말건 춘희는 상복을 입은 조카딸에게 얼른 집에 뛰어가 쇼핑백에 든 걸 가져오라고 시켰다. 얼떨결에 조카딸로부터 쇼핑백을 건네받고 춘희를 찾았으나 이미 버스에 오른 뒤였다. 집에 와서 미제 봉다리를 열어보니 비닐봉지에 든 인스턴트커피가 나왔다. 한 파운드도 넘을 것 같은 많은 양이었다. 어머니 장사 치르러 오면서 선물을 챙긴 성의가 고맙긴 해도 그걸 언제 다 먹나 싶어 달갑기만 한 건 아니었다. 이제 국내에서도 커피가 흔하고 싸지면서 기호도 다양해지고 있었다. 나도 인스턴트보다는 원두커피를 즐기고 있었다. 나도 모르게 촌스럽긴, 하는 소리가 나왔다. 미국서 오래 살다 온 사람을 촌스럽게 여긴 건 춘희가 처음은 아니었다. 우리가 큰소리치며, 더러는 돈 자랑도 하면서 살 만해질 무렵이었다.

근래에 춘희가 또 한 번 다니러 왔다. 어머니 묘를 화장하러 왔다고 했다. 그때 처음으로 유일하게 한국에 남아 있던 큰동생마저 미국으로 데려갔다는 걸 알게 되었다. 결국은 부모님 묘가 무연고 묘가 되어 화장하기로 합의한 듯했다. 춘희가 나에게 연락을 취한 건 화장해서 그 재를 동해바다에 뿌린 후였기 때문에 따로 도와줄 일이 있을 것 같지 않아서 시간이 있으면 한번 만나자는 의례적인 인사를 했다. 밖에서 만나서 점심이라도 같이 하려고 했는데 내일이면 떠난다고 지금 잠깐 들러서 얼굴이나 보고 가겠다고 했다. 따로 시간을 내달라는 것도 폐 끼치는 것 같고, 폐 끼치는 일은 절대로 안 하겠다는 단호한 의지 같은 게 느껴지는 차갑고도 세련된 목소리였다. 그전 같은 주책스러움이 느껴지지 않으니까 별꼴이다, 싶은 뜨악한 생각이 들었다.

다행스럽게도 춘희는 아무런 선물도 안 사가지고 빈손으로 왔다. 끼니때도 아니었다. 여기서 가끔씩 만나는 동창이나 나이가 비슷한 친구끼리는 만나면 첫인사가 젊어졌다, 아니면 예뻐졌다로 정해져 있었다. 우리는 그 말을 믿지 않으면서도 그 말이 불러일으키는 만족도를 너무도 잘 알고 있었기 때문에 돈 안 드는 유쾌한 선물로 자주 써먹었다. 그러나 춘희에게는 준비하고 있던 그 대사를 써먹지 못했다. 너무도 속이 들여다보일 것 같았다. 춘희는 백발에 다리가 불편한지 조금 절룩대며 들어왔다. 그렇다고 나보다 더 나이 들어 보인다거나 추하게 늙은 건 아니었다. 나보다 훨씬 정직하게 늙었다는 표현이 맞을 것이다. 나는 감쪽같이 염색한 내 머리칼과 곱살하게 늙은 얼굴이 거짓말을 하다가 들킨 것처럼 면구스러워졌다. 끼니때가 아니니까 식사 대접할 생각이 없었는데도 춘희는 밥은 먹고 왔다는 걸 강조했다. 차는 뭘로 할까? 녹차가 좋을까, 커피가 좋을까 물었다. 아무거나, 라고 했다. 그녀에게서 받은 두 번의 커피 선물이 생각나서 녹차와 커피를 함께 내왔다. 녹차는 성의 있게 질 좋은 작설차로 내오고, 커피는 요즘 일회용으로 나온 커피 프림 설탕이 믹스된 걸로 내왔다. 원두커피가 시들해지면서 옛날 다방 커피가 생각날 때면 손쉽게 타 먹던 거였다. 그녀는 녹차보다 그 믹스된 일회용 커피를 더 좋아하는 것 같았다. 좋아한다기보다는 신기해했다. 미국 촌구석에서 살아서 그런지 처음 본다고 했다. 나는 마침 싼 맛에 100개짜리 일회용에 열 개가 덤으로 붙은 큰 봉지를 사놓은 게 있어서 그걸 선물로 주어도 좋겠느냐고 조심스럽게 물었다. 그녀가 그러면 고맙지, 하면서 순진하게 웃었다. 그러고는 마치 그 선물 때문에 온 사람처럼 그걸 챙겨주자 그 즉시 일어서려고 했다. 대식이네 처가에 묵고 있는데 대식이 처남이 여기까지 태워다 주었고 지금 밖에서 기다린다고 했다. 보내고 택시타고 가면 되잖냐고 했더니, 내일 아침 비행기니까 가서 짐도 싸야 하고 할 일이 많다고 했다.

"기어코 대식이까지 데려갈 게 뭐 있냐? 대식이만 안 데려갔으면 어머니 화장 안 해도 됐을 텐데."

"대식인 내가 데려간 거 아냐. 내가 무슨 힘이 있다고. 제가 제 힘으로 이민 비자 받아서 왔어."

"그 나이에도 이민 비자가 나오나?"

357

"걔 평생 내가 넣어준 미군부대 한 직장에서 정년퇴직 했잖아. 그걸 경력으로 인정해줘서 쉽게 비자가 나오더래. 언니 그거 보면 미국 참 좋은 나라지. 안 그래?"

미국이 좋은 나라란 소리를 하도 진지하게 말해서 나는 약간은 강요당한 것 같은 느낌이 들었다. 그래서 탐탁지 않게 대답했는지 언니 정말이야, 미국 괜찮은 나라야, 라고 또 한 번 강조하고 뒤도 안 돌아보고 헤어졌다. 그 옛날 그의 어머니와 우리 시어머니가 만났다 헤어질 때 지루하도록 시간이 오래 걸리던 생각이 났다. 시어머니는 춘희 엄마가 떠난 그 이듬해 세상을 떴다.

다녀간 지 며칠 안 됐는데 춘희가 미국서 전화를 걸어왔다.

언니 미리 말해두는데 전화값 많이 나온다고 생각해주는 척 전화 빨리 끊으라고 하지 마. 알았지? 지금 이 시간은 아무리 오래 통화를 해도 전화값 거저나 마찬가지야. 미국 좋은 나라야. 늙은이한테는 천국이야. 내가 기를 쓰고 데려간 우리 7남매의 나라가 나쁜 나라면 나 너무 불쌍하잖아. 대식이만 안 데려갔어도 우리 엄마 화장 안 해도 되잖았냐고 언니가 그랬을 때, 나 정말 가슴 아팠다. 대식이도 실은 반대했거든. 2세 3세 중엔 돌아가 사는 아이도 생길 테고, 그럴 때 구심점이 될 게 있어야 한다나, 어쩐다나. 내가 우겼어. 우긴 까닭을 나도 잘 모르겠어. 언니는 혹시 이해해줄라나. 내가 지금 사는 노인 아파트에서 멀지 않은 경치 좋은 곳에 묘지가 있거든. 내가 운동 삼아 거기까지 산책을 가곤 하는데 거기서 참 좋은 남자를 만났어. 연애 거냐고? 이 나이에 연애는 무슨. 만난 게 아니라 우연히 발견을 했어. 그 남자는 날 알지도 못하거니와 내가 자기를 눈여겨본다는 것도 모르지. 아주 잘생기고 점잖은 백인 남자야. 나이는 마흔 살쯤, 남자로서 가장 매력 있는 나이 아닌가. 엠병, 내 주제에 매력은 무슨 놈의 매력. 그 남자를 보고 있으면 저런 남자하고 한번 연애 걸어봤으면 죽어도 한이 없겠다 싶은 남자인 건 확실해. 그 남자하고 나하곤 눈길 한번 마주쳐본 적 없다니까. 만일 마주쳤다면 난 그 자리에서 꺼져버리고 싶었을 거야. 내 꼴이 하도 흉해서. 엠병, 난 왜 이렇게 더럽게 늙고 말았을까. 참 내 얘기 말고 그 남자 얘기를 해야지. 그 잘생긴 남자의 와이픈지 애인은 아마 땅속에 있나 봐. 그 남자는 매일같이 거기 와서 꽃을 바치고, 오른손 손가락을 자기 입술에 댔다가 묘비에다 대고는 한참을 있다가 가는 거야. 그 손놀림이 어찌나 우아하고 육감적이고도 정신적인지, 나는 꼭 아름다운 남녀의 길고 긴 키스신을 보는 것처럼 넋을 잃고 바라보다가 그 남자 눈에 띌세라 반대 방향으로 가버린다우. 그런 지극한 사랑을 받는 묘를 보고 나면 딴 묘는 초라하고 불쌍해서 보기도 싫어져. 모조리 이 세상에서 꺼져야 마땅할 것처럼. 멀리 있는 엄마 무덤은 말할 것도 없고. 사랑하기는커녕 거두지도 않는 묘는 없애야 마땅하단 생각이 드니까 걷잡을 수가 없어서 즉시 실행에 옮긴 거야. 나 성질 더럽게 급해, 맞지? 엠병, 동해바다에 뿌렸으니까, 엠병, 태평양을 바라보는 비치에 가면 엄마가 파도가 돼서 밀려오겠지. 엄마가 내 발에 키스하는 거지 뭐. 엄마는 내 발에 키스를 골백번 해도 싸. 우리 모녀는 참 질긴 파트너였어. 엠병, 천만 년 후라도 그 여자하고 다시 모녀로 태어나라면 노오 땡큐. 화장을 해다가 미국에 묘지를 마련할 생각도 해봤지만, 수속도 복잡하고 비용도 많이 들고 내가 힘이 없는데 형제들한테 추렴 걷는 것도 치사하고. 우리가 어느새 이렇게 늙고 말았는지, 걔네들도 다 리타이어 했어. 2세들, 3세들 세상이야. 난 내 새끼 영 못 낳고 말았잖

아. 그래서 그런가 봐. 아직도 동기간이라면 살이라도 베어 먹일 것처럼 애틋한데 개네들은 안 그래. 안 그런 게 당연하지. 남자하고는 한 번도 사랑이라는 걸 못 해본 나 같은 거하고 어떻게 같겠수. 정말이야, 언니 난 짝사랑도 못 해봤어. 섹스는 원 없이 많이 해봤는데. 사랑 없는 섹스 그거 참 재미없다. 내가 미쳤나 봐. 엠병, 웬 섹스 타령. 이래서 근본은 못 속인다고들 하나 봐. 엠병, 언니 내가 자꾸 욕한다고 전화 끊지 마. 나 한잔했어. 기분 좋아서 한 건데 왜 기분이 좋았는지 생각이 안 나네. 아, 종희 딸년 고 신통한 년 자랑이 하고 싶어서 전화해놓고서. 엠병, 왜 이렇게 정신이 가물가물하지? 종희는 내가 제일 많이 업어 기른 막내고, 또 계집애고 해서 사내 녀석들보다 어릴 적에 데려왔어. 사내 녀석들은 한 놈 빼고는 다 군대 갔다 온 년에 데려왔으니까. 아마 셋째 올 때 같이 왔을 거야. 그래도 결혼은 제일 늦게 했어. 개만 대학 공부시켰으니까. 대학 공부한 티를 내느라고 그랬는지, 양놈하고 결혼을 하겠다고 내 속을 얼마나 썩인 줄 알우? 나 죽는 꼴 보려느냐고 길길이 뛰고, 약 먹는 시늉까지 하고, 사실 이 사회에서 통할 일도 아닌 난동을 부렸지. 결국은 그년이 져주더

라고. 그때 내가 그년보다 더 괘씸한 건 오라비들이었어. 큰오라비만 한국에 남겨두고 다 데려왔으니 넷이나 되잖아. 실은 개들은 공부는 못 시켰어. 한국 사람이 하는 글로서리나 세탁소에서 고용살이하다가 독립하곤 했지. 그래도 개네들이 한인 사회에서 성공 케이스에 들어. 돈을 많이 벌어서가 아니라 저희들 못 배운 게 한이 돼서 아이들을 다 잘 가르쳤거든. 아이도 많이 낳아. 난 이름도 다 못 외. 스무 명도 넘으니까. 개네들이 다 대학 나왔어. 대학도 보통 대학인 줄 알아. 한국 사람들이 껌벅 죽는 하버드, 예일, 스탠퍼드, 컬럼비아, 엠아이티……. 난 다 외지도 못해. 그런 데 나와서 변호사도 하고 의사도 되고 박사는 또 얼마나 많은지 저희들 못 배운 원수 실컷 갚았지 뭐. 이 조시로 씨를 퍼뜨리면서 서너 대만 더 내려가면 조그만 시의 시장도 해먹을 수 있을 거야. 그렇지만 그 잘난 2세들이 한국말은 하나도 못 해. 엠병, 저희들 영어 시원찮아 받은 수모가 한이 됐던지 아이들은 철저하게 미국 시민으로 키우더라구. 그게 섭섭하지만 저희들 자식 기르는 일까지 내가 이러쿵저러쿵 안 해. 아이 돈 케어. 그렇지만 저희들이 결혼할 땐 내가 부모 겸 큰누난데 두고만 볼 수 없잖아.

다 순종 한국 여자하고 결혼시켰어. 한국서 데려오기도 하고 여기서 찾아내기도 하고. 여기 피 섞인 여자하고 하고 싶어 하는 녀석이 왜 없었겠어. 내가 결사반대했지. 굉장치도 않았어. 그래서 잘 살면서 하나 남은 여동생이 양놈하고 하겠다는 건 나더러 말리지 말라는 거야. 엠병 그게 말이 돼. 내가 저희들을 말릴 때, 우리 집안이 몽땅 미국으로 왔지만 우리 씨가 잡종이 되는 건 못 참겠다, 이랬거든. 그걸 갖고 날 걸고넘어지는 거야. 종희가 양키하고 결혼해서 튀기 낳아도 우리 집안 씨가 아닌데 무슨 상관이냐는 거야. 엠병, 그게 말이 돼? 출가외인이다 이거지. 내 생각은 그렇게 옹졸한 게 아니었는데. 내 편은 하나도 없었는데도 종희 년이 나한테 져주었어. 아무하고도 결혼 안 할 테니 두고 보라고 심통을 부리면서 져주긴 했지만. 그래서 종희 결혼이 좀 늦긴 했지. 서른이 넘어서 여기로 유학 와서 박사 딴 순종 한국 남자하고 결혼해서 낳은 딸이 카멜리어라고, 그 이름도 얼마나 웃기는 이름인지, 엠병, 내가 애를 못 낳잖우? 종희 년이 제 딴엔 속으로 그게 걸렸었나 봐. 첫딸을 낳자 나에게 바친다나, 어쩐다나, 그래서 이름을 그렇게 지었다는데 나는 부르기가 어려워서 카멜리, 라고 불러. 카멜리언지 카메란지가 영어로 동백꽃이라나 봐. 내 이름이 춘희잖우. 엠병, 이름만 갖다 붙이면 내 딸 되나, 엠병, 내 정신 좀 봐. 종희 딸 얘기하다 말았지. 걔도 명문 대학 대학원까지 나와서 지금 박사과정이라나 봐, 걔도 한 국말은 한 마디도 못 해. 언니 웃기는 거 있지. 1세들이 열 심히 영어만 가르쳐서 한국말 하나도 못 하는 2세들이 저 희 새끼들한테는 한국말 가르치는 붐이야. 한국어 과외도 시키고, 방학 때 한국에 보내기도 하고, 3세 중엔 튀기도 많은데도 그래. 덕택에 내가 귀하게 불려 다닌다니까. 집 에서 안 쓰니까 전혀 못 할 거 아냐. 그래서 나더러 한국말 로 욕을 하든지 말든지 좀 놀아주라는 거야. 그중엔 순 백 인하고 결혼한 2세들도 있는데, 백인 배우자도 대찬성이 라니, 웃기잖아. 이놈의 나라가 그래도 괜찮은 나라다 싶 고. 2세들이 양놈하고 결혼하는 건 안 말렸냐고? 내가 미 쳤우. 걔네들한테까지 내가 책임감을 느끼게? 걔네들은 아이 돈 케어야. 2세가 스무 명도 넘으니까 별놈이 다 있 지 백인만 쫓아다니는 놈, 그래도 한국 사람한테 끌리더라 는 놈, 그러니 내 동생들이 별의별 사돈을 다 겪어봤을 거 아냐. 1세들은 나보다 더 영어가 시원치 않은데도 미국 사돈이 편하대. 한 번 짝지어주는 세리모니 해주면 그만인데, 한국 사돈은 결혼할 때부터 한국서 하고 여기서 또 하고, 두 번 해야 된다고 주장하는 사돈이 없나, 예단이 어떻고, 집이 어떻고, 애프터서비스에 대해 너무 모른다고 훈계를 다 당하고, 넌더리가 난대. 엠병, 먼저 한국 사돈 본 동생이 그런 소리 하는 것 듣고는 딴 동생들도 굳이 며느리나 사위의 국적에 신경 안 쓰대. 그런데 내가 왜 나서겠어. 아이 돈 케어. 언니 내가 어디까지 얘기했지? 어디까지도 생각이 안 나고, 뭣 때문에 전화 걸었는지도 가물가물하네. 언니 미안해. 나 지금 계속해서 소주를 질금질금 마시면서 전화 걸고 있거든. 엠병, 아 생각났다. 카멜리 얘기하다가 말았지. 언니 종희 년이 그래도 제일 언니 생각을 한다우. 지 첫딸 이름을 내 이름에서 따왔대. 영어로 동백꽃이 카멜리어라나 봐. 그 얘긴 했다고? 미안 미안 한 얘기 또 들어주면 좀 안 되우? 내가 내 이름자는 동백 아가씨가 아니라 봄 아가씨라고 해도 동백 아가씨가 나한테 어울린대. 아무튼 이모 이름을 제 딸에게 붙여주고 싶어 하는 건 이모를 무시하지 않는다는 증거 아뉴. 얼마나 고마워. 근데 그 카멜리 년이 공부를 그렇게 잘해서 명문대학에서도 장학금 받고 다닌다더니 무슨 박사를 하는지는 몰라도 한국전쟁 중에 섹스 산업이 한국 경제에 얼마나 기여했나, 그런 걸 가지고 연구해서 논문을 준비한다나 봐. 걔 얘기를 들으면 한국에 산업이라고는 전무했을 시기에 무상 원조 말고는 유일한 외화벌이였을 거라는 거야. 그걸 구체적으로 산출할 건가 봐. 나야 기껏 피에프씨 아니면 콜포의 100불 미만의 월급에서 뜯어다가 우리 식구 먹여 살리고, 그 사이사이 똥갈보 소리 들어가며 주로 검둥이한테 더 싸구려로 몸 팔고. 아, 엠병, 그게 몇 푼 될까 싶은데 합치면 그렇지도 않은가 봐. 난 내 부끄러운 과거가 학문이 된다는 게 이상해. 카멜리가 자랑스러워. 걘 나를 수치스러워할 아이가 아냐. 남동생들이 가끔가다 내 지난날을 깔보는 눈치를 보일 때마다 얼마나 서러웠는지, 엠병, 5달러도 그만, 10달러도 그만, 달러만 보면 가랑이 벌려서 저희들 안 굶긴 게 억울하기만 하더니, 그게 국가 경제를 일으키는 원동력이 되었을 거라는 연구 결과가 나올지도 모른다고 생각하니까 한풀이를 한 것처럼 통곡이 나오려고 하는 거 있지, 엠병. 카멜리를 보면 미국이란 나라까지 좋아져. 쟤가 미국이니까 저렇게 자랐지 싶어서. 탁 터졌고 편견이 없어. 난 개한테 그 철없는 것한테, 아무한테도 안 하던 내 마음속의 진짜 응어리까지 털어놓았다니까. 이건 언니한테도 안 하던 얘긴데 우리 아버지 민간인 복장으로 시골로 식량 구하러 가다가 국도에서 미군 비행기 기총소사 맞고 그 자리에서 즉사했잖아. 눈깔 뜨고 빤히 보이는 데까지 내려와서 왜 민간인한테 기총소사를 하냐 말야. 엠병, 미친 살인마들이지. 그건 언니도 아는 사실이라고? 나도 언니가 안다는 거 알아. 그다음이 중요해. 아무 데나 묻어버린 아빠의 육신이 썩기도 전에 그 웬수 양키한테 몸을 파는 내 마음이 어땠겠어. 조선 여자라면 양키 한 놈 껴안고 한강에라도 뛰어들어야 하는 거 아냐. 그런 갈등 때문에 생전 불감증으로 살았단 얘기를 카멜리한테 했어. 처음 입 밖에 내보는 소린데 그렇게 위로가 될 줄은 몰랐어. 나를 안아주면서 이모, 사랑해, 사랑해, 그러더니 이모 잘못은 하나도 없다고, 그래서 전쟁과 가난이 인류 최대의 악이라고 하면서 같이 울어줬어. 그 한마디에 온갖 설움이 다 가시는 것 같았다우 언니. 나 설움 많이 받았거든, 한국에서 양갈보짓 했다는 소문이 여기까지 따라올 줄 누가 알았겠수. 벌써 몇 년 전이지만 막냇동생의 댁이 여기

조기 유학 온 아이들을 맡아서 데리고 있으면서 집의 아이들하고 영어로 얘기도 하게 하고, 학교 뒷바라지도 해주는 일을 한 일이 있었거든. 물론 돈 받고 해준 거지만. 그 벌이가 괜찮았는데 몇 달 못 하고 아이들이 다 떨어져나간 거야. 나 때문이지, 한국에서 양갈보짓 해먹던 집안이라는 걸 어떻게 알아냈는지. 그 소리 안 듣게 하려고 그렇게 기를 쓰고 동기간을 끌어냈는데 그런 소문이 돌아돌아 내 귀에까지 들리게 되었으니 내 마음이 어땠겠수. 엠병, 지금은 아무렇지도 않아. 동생들이 그걸 처음 안 것도 아니고, 더러워서도 그 짓 안 해먹는다고, 그러고 말았지. 그 여자들 돈을 물 쓰듯 해. 여기 와서는 두고 온 남편 못 잊고, 한국 가서는 여기 있는 새끼 못 잊고, 그래서 들락날락하려면 비행기값만도 얼마냐 말야. 들락날락 몸만 하면 좋게, 소문이란 소문은 다 물어들여서 어디서 뭐 해먹던 것들이 여기 와서 잘난 체하나를 저희들끼리만이 아니라 여기서 눌러살면서 제 살기 바쁜 사람들한테까지 좌악 퍼뜨린다구. 그뿐인가, 거기서 하던 못된 짓은 여기 와서 다 해요. 명품 사족 못 쓰는 거, 부동산 투기, 과외 공부, 선생님 돈 봉투 주기, 물을 흐려놓을 대로 흐려놓으면서 부끄러운 줄 알아야지 웬 잘난 척은 그렇게들 하는지. 그 돈이 다 어디서 난 돈이야. 서방이 한국에서 번 돈일 거 아냐. 우린 여기 와서 몇십 명씩 불어난 식구들 다 여기서 벌어서 여기 돈으로 먹고살고 공부도 여기 돈으로 했다구. 한국 돈 한 푼도 안 갖다 썼어. 우리가 더 떳떳해? 즈네가 더 떳떳해? 남대문은 없지만 막고 물어보고 싶네. 서방이 번 한국 재산 갖고 나와 물 쓰듯 하면서 서방을 못 믿긴, 또 얼마나 못 믿는지, 의부증 수준이야. 아무튼 풀방구리 쥐 드나들 듯 태평양을 쉽게 넘나드는 게 문제야. 몸은 여기 있으면서 소문은 한국 소문에만 귀 기울이다 보면 무슨 소문이 안 들리겠어. 한국에서 혼자 밥해 먹고 궁상 떠는 서방이나, 거기서도 돈이 넘쳐 잘나가는 서방이나 여자 문제가 제일 소문이 잘 나잖아. 아니 그 서방이 번 돈 물 쓰듯 하면서 서방이 제 좆 가지고 제 맘대로 좀 하면 어때. 제거 닳는 건 아니잖아. 그걸 가지고 안달을 하고. 카멜리는 전쟁과 가난이 가장 큰 악이라고 했지만 돈은 그보다 더 큰 악이야. 엠병, 즈네들이 돈이 있으면 얼마나 있다고, 미국 부자들도 정말 부자는 우리 눈에 안 보이지만 한국 부자도 정작 부자는 어떻게 사는지 안 보일 거야. 어머머, 내 정신 좀 봐. 정작 용건은 이게 아니었어. 벌써 했다구? 아냐. 언니가 어떻게 알아. 실은 언니가 준 커피 잘 먹었단 인사 하려고 건 건데. 이젠 여기가 커피 본고장이 아냐. 언니가 준 그 커피 가지고 우리 아파트에서 파티했어. 다들 너무 맛있다고 뽕갔어. 어떤 할망구는 한 번 맛보고 인이 박혔다고 슈퍼로 사러 갔나 봐. 없더래. 여긴 한인 마켓이 없어. 그것만 보고도 한국이 미국보다 훨씬 발달했다고 할망구들이 부러워하더라구. 그나저나 걱정이야. 사가지고 갈 선물이 없어서 다시는 한국 못 가볼 것 같아. 한국 사람이 보고 신기해할 게 뭐 있어야 말이지. 엠병, 나 같은 거 눈에 안 보이는 데는 있겠지만. 말도 그래. 말 통하는 사람도 점점 없어져가. 그래서 슬퍼. 언니 없으면 누구한테 이런 소리를 막 지껄이겠어. 한국에 언니가 없으면 뭣 하러 한국을 그리워하겠어. 아무것도 안 그리워하면 무슨 재미로 살겠수.

18

아침 신문 부고란에 그 남자의 부음이 나 있었다. 그 남자가 생전에 전 재산을 털어서 기울인 장애인을 위한 재활과 장학 사업에 대해서는 따로 박스 기사로 취급하고 있었다. 유족으로는 대안학교 교감 선생님인 부인과 1남 2녀를 두고 있다고 했다. 살아남은 자의 슬픔의 반 이상은 추억의 무게이다. 문상은 안 가기로 했다. 결별은 그때 그것으로 족하므로.

마지막으로 그 남자를 만났을 때 생각을 하고 있었다. 그 남자의 어머니가 돌아가셨을 때였다. 그 사실은 며칠 지나고 나서야 알게 되었다. 친정 올케하고 통화하다가 우연히 알게 되었다. 그 남자의 어머니는 엄마보다도 시어머니보다도 나이가 많았지만 제일 늦게 돌아가셨다. 그만큼 고난의 세월도 길었을 것이다. 뒤늦게지만 문상을 가보고 싶었다. 마지막 전쟁어머니를 애도하고 싶었다. 그때 그 남자는 수유리에 살고 있었다. 주택공사에서 지어서 분양한 것 같은 반듯하고 양지바른 집이었다. 아담한 집 마당엔 잔디가 잘 가꾸어져 있고 나무들도 싱싱하고 푸르렀다. 그네 틀 밑은 시세 밭이고, 꽃삽, 장난감 트럭, 세발자전거 등이 나동그라져 있는 게 사람 사는 집 같아서 보기 좋았다. 30대 중반이 되어서야 장가를 들었으니 아이들이 아직 어릴 것이다. 나는 그때 큰아이가 벌써 취직을 해서 용돈 얻어 쓰는 재미가 쏠쏠할 때였다. 상을 당한 지 며칠 안 되는 집 같은 적막감은 찾아지지 않았다.

애 엄마하고는 초면이었다. 미리 연락을 하고 갔기 때문인지 두 내외가 다 늘 만나던 사람처럼 친숙하게 반겨주었다. 먼저 어머니가 쓰던 안방으로 안내해주었다. 어머니의 영정이 웃고 있었고 화병에는 싱싱한 국화꽃이 꽂혀 있었다. 향로와 향도 갖추어져 있어서 분향하고 절했다. 착한 며느리 보고 손자도 보셨으니 마음 놓고 쉬세요. 나는 뒤에 서 있는 며느리 듣게 소리 내어 말했다. 그 남자는 머리가 희끗희끗했고 검은 안경을 쓰고 있었고 집에서 왔다 갔다 하는데도 유치원생 정도로 보이는 꼬마의 부축을 받고 있었다. 그 남자도 꼬마도 그걸 즐기는 것 같았다. 그가 맹인이라는 것과 가족으로부터 사랑받고 있다는 것이 숨김없이 드러나서 보기 좋았다. 그의 아내는 그보다 훨씬 어리고 당차 보였다. 중학교 선생님이라고 했다. 그녀는 고등학교 졸업하고 회사에 다니다가 그 남자하고 중매로 맞선을 보고 몇 번 더 만나고 나서 그에게 아주 당돌한 제안을 했다는 걸 소문으로 들어서 알고 있었다. 나는 대학을 못 다닌 게 한이다, 당신이 나를 공부시켜주면 나는 당신이 재활할 수 있도록 돕고 사랑하겠다. 나는 당신이 마음에 든다. 당신도 내가 싫지만 않다면 서로 도우며 같이 살아보는 게 어떻겠느냐. 이렇게 여자가 먼저 프러포즈를 했다는 소문은 그의 누나들로부터 나온 것 같았다. 절로 미소가 떠오르는 듣기 좋은 소문이었다.

소문을 듣고 상상한 것보다 더 곱고 상냥해 보이는 여자가 안내해주는 대로 그의 방으로 들어갔다. 꽤 고가로 보이는 오디오 세트는 거실에 있고, 그의 방은 책이 빽빽하게 꽂힌 책장과 튼튼하고 고풍스러운 책상 외엔 장식 없이 소박하게 꾸며져 있었다. 나는 그의 책상 위의 펼쳐진 점자책을 신기해하며 들여다보고 있는데 여자가 다과상을 들고 들어왔다. 아이들이 들락날락했다. 나는 그의 아내에게 먼저 시어머니 모시느라 고생이 많았을 거라고 말했다. 말해놓고 보니 냉랭한 시누이처럼 말한 것 같아 참 복이 많으신 분이라고 고인을 기렸다. 복은 무슨, 생전 호강 한번 못 시켜드렸어. 그 남자가 말했다. 그런 소리 말아. 예서 더 어떻게 호강을 하셔. 내가 말했다. 우리 엄마 돌아가실 때도 내 헌 빤스 입고 돌아가셨다우. 내 내복 찌들어서 버리면 멀쩡한 거 왜 버리냐고 주워다가 껴둔다고 와이프가 구시렁거리는 소리 들었어도 그 정돈 줄은 몰랐어. 와이프도 몰랐겠지. 돌아가시고 새 옷 갈아입혀드릴 때 와이프가 그걸 보고는 내 손을 끌어다가 억지로 남자 빤스 고추 구멍을 만져보게 하는 거야. 내가 그것만은 꼭 봐둬야 한다나. 정말 내 빤스였어. 혹시 해진 데는 없나 해서 손으로 골고루 더듬어보았어. 어머니가 장사 다닐 때 내 해진 런닝구 입고 다니던 생각이 나서. 해진 데는 없었지만 우리 엄마 너무 말랐더라. 그 남자가 말끝을 흐렸다.

울고 있었다. 점점 더 심하게 흐느끼면서 볼을 타고 눈물이 줄줄 흘러내렸다. 나도 애끓는 마음을 참을 수 없어 그 남자를 안았다. 그 남자도 무너지듯이 안겨왔다. 우리의 포옹은 내가 꿈꾸던 포옹하고도 욕망하던 포옹하고도 달랐다. 우리의 포옹은 물처럼 담담하고 완벽했다.

　우리의 결별은 그것으로 족했다.

그 남자네 집을 찾아서

호원숙

어머니가 돌아가신 후 그 남자네 집을 찾아간 적이 있다. 그 언저리에 조선 기와집이 몇 채 남아 있기는 했지만 골목을 헤매어도 딱 이 집이다 싶은 집을 발견하지 못했다. 나는 어머니가 단편 「그 남자네 집」을 쓰실 때부터 "정말 그 집이 남아 있었어요?" 하고 묻고 싶었지만 어머니 소설에 대해서 묻는 것이 모녀 사이에 왠지 금기처럼 되어 있었다.

물어보지 못한 물음을 돌아가신 지 10년이 되어 다시 묻는다.

여러 번 읽었지만 처음 읽은 것 같은 것에 놀란다. 분명

2004년에 나온 책인데도 아직 잉크가 마르지 않은 것 같은 느낌에 또다시 놀란다. 나는 며칠째 『그 남자네 집』을 손에서 놓지 못하고 있다.

마지막 장편소설이 될 줄은 모르셨겠지만 이 소설에서는 많은 이야기를 쏟아내고 있다.

나의 태초의 기억과 겹치는 부분이 많은 소설이라 나는 더욱 전율을 느꼈다.

'너를 낳고 서럽게 울었단다.' 어머니의 목소리가 들린다.

'정말로 먹어도 먹어도 넘치게 젖이 샘솟았다. 아기가 한쪽 젖을 빨면 다른 한쪽이 넘쳐흘러 치마말기를 흥건히 적셨다.'

젖먹이 때를 기억할 수 없겠지만 나를 낳은 충신동 집에서 어머니가 잠깐씩 누워서 보던 《현대문학》을 기억하고 있다. 어린 눈에도 한자로 된 표제와 표지가 세련되어 보였다. 그리고 어머니의 치마꼬리를 잡고 같이 걸어가던 충신동 골목에서 현대문학 사무실을 흘끗 보며 작은 탄성을 내던 어머니를 기억한다. 오영수 선생이 계시다는 것까지, 그 동경과 흠모의 시선을 기억한다.

'그해 겨울은 내 생애의 구슬 같은 겨울이었다.'

폐허가 된 서울의 극장에서 무릎을 꿇고 장갑을 언 발에 끼워주던 남자.

'언 발가락이 따뜻해졌을 뿐 아니라 내가 얼마나 애지중지당하고 있다는 만족감까지 맛볼 수 있었으니까.'

나는 어릴 때 그 이야기를 여러 번 들었다. 어머니는 어린 딸들과 아버지 앞에서 그 이야기를 하곤 했다. 우리에게는 짜릿짜릿하게 낭만적인 이야기였지만 그 남자와 결혼을 하지 않은 것이 얼마나 다행이었나. 그럼 우리가 태어나지 못했잖아 하면서 가슴을 쓸어내렸다. 우리는 마치 사랑의 경쟁에서 살아남은 아이들처럼 의기양양하게 그 이야기를 들었다.

그는 음반을 조심조심 마치 애무하듯이 다루었다. (……) 음반을 어루만지고 싶어서 그러는지, 먼지를 닦으려고 그러는지, 분간이 안 되는 그의 골똘하고도 탐미적인 손놀림 때문일 것이다.

그는 한 푼도 못 버는 백수였고, 나는 돈을 벌긴 해

도 다섯 식구의 밥줄이었다. 나는 내 식구의 밥줄의 존엄성을 무시할 만큼 연애질에 눈이 멀지 않았다.

나는 글을 보며 아슬아슬하다가 그 밥줄이라는 말에 안도하게 되었다.

어머니는 결혼 초부터 할머니가 박수무당집에 다니는 것을 힘들어하셨다. 나는 어릴 적부터 할머니를 모시고 박숫집에 갔다. 그 당시 명륜동 골목에 초가집이 있었다는 걸 기억하는 사람이 얼마나 있을까? 종로 5가에서 전차를 타고(아마도 갈아타고) 명륜동에 내려 성균관대 골목으로 들어가 왼편에 있었던 집이었다. 지금이라면 걸어서라도 금세 갈 수 있게 길이 나 있지만 그때는 전차를 타지 않으면 못 갈 것 같은 사정이었다. 그 집은 초가집이라도 마루가 반들반들 정갈했고 건넌방에는 만신을 모시는 굿당이 있었는데 안방 아궁이에서는 떡을 찌느라 방은 늘 뜨끈뜨끈했다. 나는 할머니가 치성을 드리는 동안 안방 아랫목에 오도카니 앉아 기다렸다. 박수무당 부인은 반들반들 곱게 쪽 찐 머리에 어찌나 음식 솜씨가 좋은지 치성을 다

드리고 나서 나오는 밥맛이 좋았다. 어머니를 대신한 심부름이었지만 무당집에 앉아 있는 것이 곤혹스러웠다. 할머니는 금비녀를 꽂고 가장 좋은 비단옷과 금 단추를 단 모본단 마고자로 잔뜩 멋을 내셨다. 할머니의 유일한 나들이였기에. 길도 모르고 글씨도 모르는 할머니는 손녀 없이는 집 밖 출입을 할 수 없으니까 나를 섬기듯이 떠받들어주셨고 어머니가 하기 싫어하는 일을 내가 대신 해주었으니 으쓱였던 것 같다.

할머니는 박수무당이 써준 새해의 운수를 엄마에게 건넸다. "올해도 에미는 문서에 조심해야 한다더라" 하고 말을 전하는 할머니 뒤에서 나에게 보란 듯이 "우리 집에 문서라곤 집문서밖에 없다"며 장롱 맨 밑 서랍을 열어 보였다. 어머니가 글을 쓰기 전의 일이었다.

어머니가 묘사한 박수무당의 이야기가 하도 재미있어서 명륜동의 그 박숫집이 그리워지기까지 한다. 남자와 여자의 중간쯤 되는 목소리, 하얀 버선, 영화배우같이 생긴 얼굴.

'박수가 나한테 뭐라고 가르쳐준 줄 아냐? 장가가는 날부터 아들은 어머니보다 제 각시하고 더 가까운 사람이

되는 거니까 무슨 일이 있어도 새중간에 끼어들 생각 말라
고 하드라.'

할머니가 박수의 말에 얼마나 충실하셨는가는 우리가
잘 안다.

'난 이 방들을 분통같이 도배할 거다.' 외할머니의 목소
리가 들리는 듯하다.

돈암동에서 여러 번 이사를 다니는 외할머니의 모습을
그려낸 구절을 보며 외할머니를 그리워한다. 『엄마의 말
뚝』이나 다른 소설에서는 못 보던 우왕좌왕하는 인간적인
모습이 그려져 있어 외할머니가 더욱 그리워진다.

외숙모가 광장시장에서 포목점을 시작할 수 있었던 그
라이카 카메라의 이야기는 어찌나 선명한지, 아버지는 두
개의 카메라를 가지고 있었는데 그중 하나는 어머니의 친
정을 살게 하는 종잣돈이 되었고 하나는 콘텐사 독일제
카메라로 결혼하기 전부터 숱한 가족의 기록을 남겨주었
다. 어머니의 젊을 적 사진은 모두 그 카메라로 아버지가
찍어준 것이다.

광수와 춘희의 이야기야말로 작가로서 꼭 해야 된다고

생각한 것이 아니었을까?

나는『그 남자네 집』을 다시 읽으며 어머니는 나에게 무엇을 말하려고 했을까? 물으면서 읽었다. 그냥 아름다웠다. 인물들이 하나하나 살아 움직였고, 영화에 비긴다면 조연들이 더 빛났다. 나는 행복스럽게도 그 인물들을 다시 만나서 사랑받은 기억을 되살리고 있었다.

사랑의 기억, 그 사랑을 기억하려고 쓰신 글이구나. 사랑의 기억, 사랑받은 기억, 음악과 시와 아름다운 정원이 주었던 감성이 '척박하고 남루한' 시기를 넘기는 약이었구나. 힘이었구나.

어머니가 이 소설을 쓰기 전후로 가장 절친했던 친구이고 성신여대 후문에 집을 지어 이사 간 후배가 바로 이규희 선생이다. 두 분이 전화 통화를 하면 아주 길게 이어졌다. 주로 화제는 꽃 이야기였다. 끊임없이 아주 자세하게 두 분이 경쟁이나 하듯이 마당의 꽃 이야기를 하는데 꼭 여고생 같았다. 아니면 같이 본 영화 이야기를 어찌나 세세하게 나누시는지 몰랐다.

이규희 선생이 돈암동에서 우리 마당에 옮겨주신 만추

국이 매년 늦가을 피어오른다.

또 한 분 어머니의 단편소설을 일찍이 번역했고 어머니와 문학을 이해했던 특별한 친구가 있다. 연극배우이기도 했던 전경자 교수인데 그분의 어투로 춘희의 대사를 쓰셨다고 했다.

어머니가 돌아가시고 49일째 되던 날 아치울 집에서 작은 낭독회가 있었다. 전경자 선생이 오셔서 『그 남자네 집』에 나오는 춘희의 목소리를 낭독했다. 그때는 아직도 어머니가 살아 계신 듯 안방에 누워 듣고 계실 것처럼 온기가 남아 있었다.

이제야 춘희의 대사로 이 소설을 마무리한 까닭을 조금은 알 것 같다. '진흙탕에서 피어난' 연꽃이 춘희가 아니었을까?

'나에게 용기를 주어. 언니, 난 드림이 좋아. 언니도 그런 눈으로 날 보지 말고 축복해줘. 꼭 드림을 이루고 말 테니까.'

어느 페이지를 펴도 멀리서 밀려와 가까이 다가오는 파도와 같이 나에게 안겨온다. 그 힘이 무엇인지 나는 알 수 없지만 그 영롱하고도 아름다운 기억을 품에 꼭 안아본다.

　나는 이 나이까지 목격한 타인의 삶이나 이 세상 돌아가는 켯속에 대한 이해를 여러 번 수정하면서 살아왔다. 거의 자의 반 타의 반이었다. 이 세상에 변하지 않는 건 아무것도 없었다.

---

* 이 글은 박완서 작가의 딸인 호원숙 씨가 어머니의 10주기와 『그 남자네 집』 개정판 출간을 맞아 쓴 추모 에세이다.

박완서를 그리워하며 (《현대문학》 2011년 3월호 '추모특집'에서 발췌)

6·25의 파괴적인 충격과 그 여파의 꼼꼼한 관찰과 묘사가 박완서 선생이 추구하신 줏대 되는 주제였습니다. 당대 현실에 더없이 충실하면서도 재미있게 읽히는 소설은 생동하는 인물, 설득력 있는 세목, 감칠맛 나는 지문, 실감 나는 대화로 차 있습니다. 문학으로서 뛰어날 뿐 아니라 20세기 후반의 사회사로서도 압권이지요. 우수한 문학 작품이 사회 증언적 가치도 풍요하다는 문학사회학의 명제를 시퍼렇게 구현하고 있습니다.

_유종호(영문학자, 문학평론가)

박 선생님의 글에 등장하는 가족 이야기나 소소한 일상의 기쁨과 서글픔은 내 기억 속의 1960년대와 1970년대를 되돌아보게 하기에 더욱 귀하게 생각된다. 눈에 뜨이지 않는 사소한 것에 눈길을 돌리고 사랑을 베푸셨던 박완서 선생님은 그 시대를 살아왔던 우리 모두의 어머니가 아니셨나 생각한다.

_구본창(사진작가)

전후의 가난한 아낙들 곁에 말없이 서 있던 박수근의 겨울 나목을 보며 늠름하고도 숨 쉬는 듯한 정겨움을 느꼈다던 선생님. 온몸에 겨울과 같은 독한 상처를 품었으되 당당한 나목처럼 봄의 언어로 따뜻하게 언제나 우리 곁에 서 계시던 선생님. 당신의 마지막이 조용하고 완벽한 '붕괴'이기를 희망하셨던 선생님이셨으나, 선생님의 천성적인 겸손을 받아들일 수 없어 나는 한 글자를 빼고 그것을 '붕崩'이라 부른다.

_구효서(소설가)

박완서 선생님이 말이나 글에서 남을 비판하는 일은 거의 없다. 남보다는 자신에 대한 비판, 비판보다는 우리 모두가 지닌 속물근성을 꿰뚫어 보는 해학적 시선, 그리고 거기에 대한 연민과 이해를 거쳐 궁극적인 사랑에 이르려는 노력, 그것이 선생의 삶이요 문학이었다.

_김화영(불문학자, 고려대 명예교수)

늘 부족하고 미흡하기 그지없는 저를 그토록 알뜰히 챙겨주셨던 선생님, 당신의 신간을 제게 증정하실 적엔 서명과 함께 '사랑합니다'라는 글귀를 꼭 넣어주셨던 선생님, 병석의 저를 대신하여 초대된 성당에서 특강사례비로 받아 오신 봉투를 저에게 내밀며 '수녀님 대신 내가 간 것이니 당연히 나누어야 한다'며 유쾌한 웃음 속에 건네주신 기억도 새롭습니다.

_이해인(수녀, 시인)

박완서 장편소설
그 남자네 집

지은이 박완서
펴낸이 김영정

초판 1쇄 펴낸날 2004년 10월 23일
개정1판 1쇄 펴낸날 2008년 12월 24일
개정2판 1쇄 펴낸날 2021년 1월 22일

펴낸곳 (주)현대문학
등록번호 제1-452호
주소 06532 서울시 서초구 신반포로 321(잠원동, 미래엔)
전화 02-2017-0280
팩스 02-516-5433
홈페이지 www.hdmh.co.kr

ISBN 979-11-90885-56-0 03810

• 책값은 뒤표지에 있습니다.